EINSTEIN'S
CONFIDENTIAL PAPER

王晋康/著

爱因斯坦密件

SCIENCE
FICTION
IN
CHINA

北京理工大学出版社
BEIJING INSTITUTE OF TECHNOLOGY PRESS

图书在版编目（CIP）数据

爱因斯坦密件 / 王晋康著. — 北京：北京理工大学出版社，2016.5（2018.3 重印）

（虫）

ISBN 978 -7 -5682 -2156 - 6

Ⅰ. ①爱… Ⅱ. ①王… Ⅲ. ①科学幻想小说-中国-当代 Ⅳ. ①I247. 5

中国版本图书馆CIP数据核字（2016）第075204号

出版发行 / 北京理工大学出版社有限责任公司

社　　址 / 北京市海淀区中关村南大街5号

邮　　编 / 100081

电　　话 /（010）68914775（总编室）

（010）82562903（教材售后服务热线）

（010）68948351（其他图书服务热线）

网　　址 / http：//www.bitpress.com.cn

经　　销 / 全国各地新华书店

印　　刷 / 三河市嘉科万达彩色印刷有限公司

开　　本 / 880毫米×1230毫米 1/32

印　　张 / 11.75

字　　数 / 235千字

版　　次 / 2016年5月第1版　2018年3月第2次印刷

定　　价 / 32.80元

责任编辑 / 刘汉华

文案编辑 / 刘汉华

责任校对 / 孟祥敬

责任印制 / 马振武

图书出现印装质量问题，请拨打售后服务热线，本社负责调换

序一　大器晚成，不老长青

——刘慈欣

王晋康是一位大器晚成的作家。20世纪的90年代，“并非铁杆科幻迷出身”（他一向的自我评价）的王晋康，为了给十岁的儿子讲故事，偶然闯进科幻文坛，一击而中，以《亚当回归》获当年银河奖的首奖。从此以后几乎年年得奖，成了科幻文坛收金最多的得奖专业户。他也是一位“不老长青”的作家，自那时起到今年的22年间坚持创作，量多而质稳，是科幻文坛公认的“恒星”。他的作品风格沉郁苍凉，叙述冷静简约，思维清晰，文笔流畅，构思巧妙，悬念迭起，尤其是富有深厚的哲理意蕴，以“哲理科幻”在中国科幻文坛独树一帜。迄今他已经创作短篇小说80余篇，长篇小说20篇，共500余万字。虽然近年来他与我见面时，常常说他年届望七，脑力已经衰退，由衷羡慕年轻作者的精力，但他实际上仍保持着可观的创作速度，每年都要出一到两个长篇。2015年年底，另一部长篇《天父地母》又将问世。

笔会见面时他曾经对我说过：文学创作，尤其是相对小众的科幻文学创作，是一件残酷的事。当你在书店看到那堆天拥地的书籍，当你在网上看到浩如海量的网文，你会由衷地认为，在这么多选择中，有读者选择了你的书，那是一种缘分，甚至是一种惠赐。一位作者，哪怕只有少量作品能够经受时间的无情淘汰而留存于世，那也是他的福分，是他的骄傲。对此我也深有同感。我觉得，抱有这样的敬畏来写作，其作品也会博得读者的尊敬。

在另一次笔会上他曾说：像刘慈欣、何夕这样的中年作者是站在现在看未来，年轻作者是站在未来看未来，而只有他，因为年龄和阅历，已经不能深切地融入日新月异的科技社会了，所以是站在过去看未来。也许事实确是如此，但这并不代表“陈旧”或“僵化”，而是另一种独特的视角。正因其独特和稀缺（像他这个年龄段仍坚持一线写作的科幻作家已经屈指可数了），也就有独特的价值。

我们希望科幻文坛的“老王”能够不老长青，继续保持旺盛的创作精力，为读者奉献更多的、具有独特视角的好作品。

序二　王晋康——构筑中国科幻的根基

——《科幻世界》主编 姚海军

科幻小说最积极的意义之一，是能够使读者明了人类即将面临的选择。科幻作家喜欢在一个个具有特别意义的选择点上，铺陈故事，展现一条条未来之路，并表达他们对选择的企盼与隐忧。

对整个人类种族命运的关注赋予科幻小说以厚重感，而这种厚重却是中国科幻长期缺乏的。我们需要恣肆宏大的想象，需要灵动幻化的意象，需要文学层面上的探索，但是，如若没有这种对现实与未来的关注和思考，中国科幻无疑将成为沙上之阁。王晋康作为作家提出“核心科幻”的概念（认为以哲理性思考为重点的作品是科幻小说的两大核心之一）表明，他对科幻现状以及自己的创作方向有着准确的把握。现实的回报是，王晋康成了一个有鲜明特色的科幻作家，一个广受读者欢迎与推崇的科幻作家。他对中国科幻的贡献便是在固守科幻核心价值理念的同时，将哲学思想引入科幻，进而使我们惊奇地看到了中国科幻正在成形的坚实根基。

王晋康的人生履历有着“文革”一代人共同的曲折。他1948年生于河南镇平，1966年高中毕业，1968年下乡当了三年“知青”，1971年当上了工人。1978年恢复高考制度，王晋康以优异成绩考入了西安交通大学动力二系，毕业后在河南油田及石油第二石油机械厂从事技术工作，曾任该厂设计研究所副所长、高级工程师。

虽然大学期间就喜欢舞文弄墨，但王晋康的科幻创作却可谓大器晚成，他科幻之路的开端颇具传奇色彩。在取得了初步的成功后，1994年某日的《中国石油报》发表了一条题为《十龄童无意间“逼迫”父亲，老爸爸竟成了科幻“新星”》的新闻，道出了王晋康如何在儿子的“逼迫”下创作出他的第一篇科幻小说《亚当回归》的有趣过程。出人意料的是，这篇带有强烈偶然性的作品不仅改变了作者后来的生命轨迹，也改变了中国科幻的面貌。自《亚当回归》在《科幻世界》（1993年第5期）发表始，一个新时代——王晋康独领风骚的时代便开始了。“王晋康时代”这种提法也许会引起争议，但不可争议的事实是：从1993年年初登科幻文坛到1999年宣布不再参加银河奖评奖，王晋康创造了连续6年蝉联银河奖的辉煌纪录。在2014年的第25届银河奖颁奖典礼上，王晋康以构思宏大的《逃出母宇宙》第18次捧起了中国科幻银河奖奖杯。

王晋康的创作特色在他的处女作《亚当回归》中就已经有

了充分的表现，最明显的是人类社会被高科技催化变异所导致的伦理道德上的新旧冲突。在这个故事中，王亚当，一个200年前的宇宙探险家，如同实验室中的一只小白鼠一样被作者置于传统人类已经被新智人取代的未来。迷惘、困惑，甚至反抗，新旧交替的所有矛盾都汇集于王亚当一身，作者所要表达的哲学思辨由此顺理成章地展开。王晋康的哲学思考并不深奥，但却是有趣味的、大众的，它恰到好处地调动了青少年（《科幻世界》的核心读者群）对科技主导下的人类历史可能会出现的转折的好奇心。

对待技术超速发展的问题，王晋康的心态是矛盾的。这体现在王亚当最终的选择以及在这个选择过程中所流露出的无奈上。作为最后一个自然人，王亚当顺应了历史的潮流，但同时他却不得不放弃作为一个我们所理解的人应该拥有的快乐。生命的意义在这里受到了严重质疑。这种矛盾在后来的《义犬》（1996）以及《生命之歌》（1995）等多篇作品中得到了印证。

与《亚当回归》一样，《义犬》和《生命之歌》的核心内容实质上都是新人类对旧人类的取代：人类用自身的智慧在本体上孵化更具优势的新人类，然后科学家们便不得不面临两难的抉择。在《义犬》中，新人与旧人的冲突已经到了不可调和的程度，因而作者在结尾不得不利用主人已经形消影散的外星智慧飞船，使新人与旧人捐弃前嫌，以逃避选择的困境。但另一方面，跨越浩瀚星空苦苦寻觅主人的“义犬”的出现，却暗示了作者达观的选择。

在《生命之歌》中，王晋康的选择与《亚当回归》截然相反。这一次，他终于完全站在了旧人类的立场上，让他的主人公毁灭了新人类“先祖”，在幻想的世界中，为我们争取了一二百年的时间。

《生命之歌》当数王晋康最好的作品之一。它的成功除了在于人物形象的成功塑造以及主人公牵动心弦的抉择外，还在于它令人炫目的具有开拓性的科幻内核和对生命本质的思考。这篇作品也为王晋康赢得了广泛赞誉。

科幻小说的人物塑造似乎一直是个难题，以至于当我们回顾我们的科幻史时，很难在头脑中形成几个立体的人物形象。王晋康在人物塑造方面较为成功，这主要体现在他对狂人科学家的刻画上。痴迷不悔，用生命挑战科学的林天声（《天火》，1994）；癫狂乖戾，复制自己烟消云散的胡狼（《科学狂人之死》，1994）；以及在数易其身，掌握长生秘诀，在孤独中参悟生死之道的李元龙（《斯芬克司之谜》，1996），这些人物身上虽然仍残留着公式化的影子，但在某种程度上已经具备了独立于文本之外的生存体能。

在提携后辈方面，王晋康尤为令人敬重。1999年年底，已经发表出版科幻小说三十余篇（部）的王晋康主动提出不参加1999年度银河奖的评奖。在给《科幻世界》的信中，王晋康诚恳地表达了自己的心声：希望我国唯一的科幻奖项能给年轻作者更多的鼓励。随后，他进入了为期一年的修整期。

在读者的企盼中，王晋康于2001年重返科幻领地，于是又有了《50万年后的超级男人》《他才是我》《替天行道》等一系列佳作。《替天行道》是王晋康的又一力作，同时也是新世纪初年，中国科幻的收获之一。在这篇作品中，王晋康以科幻作家特有的使命感对我们的国家所面临的现实给予了深切地关注。著名科幻作家、新华社记者韩松在评价这篇作品时说：“《替天行道》和《乡村教师》都意味着从郑文光和童恩正时代开创的现实主义、英雄主义和爱国主义的回归。”

最近几年，王晋康的创作重点转移到了长篇创作上，相继出版了《生死平衡》《十字》《蚁生》《与吾同在》《逃出母宇宙》等长篇力作，他的《时间之河》单行本也将于近期与读者见面。

丰富的人生经历给了王晋康无尽的生活感悟，同时也使他的作品带上了几分苍凉、几分凝重。在我国的科幻作者群落普遍比较年轻的背景下，王晋康因而显得与众不同，他似乎是另一个纪元遗存下来的恐龙，正以他独有的优势和新生代一起构筑着中国科幻的根基。

目　录

生命之歌

——机器人弟弟的威胁

孔宪云晚上回到寓所时看到了丈夫从中国发来的传真。她脱下外衣，踢掉高跟鞋，扯掉传真躺到沙发上。

孔宪云是一个身材娇小的职业妇女，动作轻盈，笑容温婉，额头和眼角已刻上45年岁月的痕迹。她是以访问学者的身份来伦敦的，离家已一年了。

“云：

研究已取得突破，验证还未结束，但成功已经无疑……”

孔宪云简直不敢相信自己的眼睛。虽然她早已不是容易冲动的少女，但一时间仍激动得难以自制。那项研究是二十年来压在丈夫心头的沉重梦魇，并演变成了他唯一的生存目的。仅一年前，她离家来伦敦时，那项研究依然处于山穷水尽的地步。她做梦也想不到能有如此神速的进展。

“其实我对成功已经绝望，我一直用紧张的研究来折磨自己，只不过想做一个体面的失败者。但是两个月前，我在岳父的实验室里偶然发现了十几页发黄的手稿，它对我的意义不亚于罗赛达石碑，使我二十年盲目搜索到又随之抛弃的珠子一下子串在一起。

我不知道是否该把这些告诉你父亲。他在距胜利只有一步之遥的地方突然停步，承认了失败，这实在是一个科学家最惨痛的悲剧。”

往下读传真时，宪云的眉头逐渐紧蹙，信中并无胜利的欢快，字里行间反倒透着阴郁，她想不通这是为什么。

“但我总摆脱不掉一个奇怪的感觉，我似乎一直生活在这位失败者的阴影下，即使今天也是如此。我不愿永远这样，不管这次研究发表成功与否，我不打算屈从于他的命令。

爱你的哲

2253年9月6日

孔宪云放下传真走到窗前，遥望东方幽暗而深邃的夜空，感触万千，喜忧参半。二十年前她向父母宣布，她要嫁给一个韩国人，母亲高兴地接受了，父亲的态度是冷淡的拒绝。拒绝理由却是极古怪的，令人啼笑皆非：

“你能不能和他长相厮守？你是在5000年的中华文明中浸透的，他却属于一个咄咄逼人的暴发户。”

虽然长大后，宪云已逐渐习惯了父亲乖戾的性格，但这次她还是瞠目良久，才弄懂父亲并不是开玩笑。她讥讽地说：“对，算起来我还是孔夫子的百代玄孙呢。不过我并不是代大汉天子的公主下嫁番邦，朴重哲也无意做大韩民族的使节，我想民族性的差异不会影响两个小人物的结合吧。”

父亲拂袖而去。母亲安慰她：“不要和怪老头一般见识。云儿，你要学会理解父亲。” 母亲苦涩地说，“你父亲年轻时才华横溢，被公认是生物学界最有希望的栋梁，但他几十年一事无成，心中很苦啊。直到现在，我还认为他是一个杰出的天才，可是并不是每一个天才都能成功。你父亲陷进DNA的泥沼，耗尽了才气，而且……”母亲的表情十分悲凉，“这些年你父亲实际上已放弃努力，他已经向命运屈服了。”

这些情况宪云早就了解。她知道父亲为了DNA研究，33岁才结婚，如今已是白发如雪。失败的人生扭曲了他的性格，他变得古怪易怒——而在从前他是一个多么可亲可敬的父亲啊。宪云后悔不该顶撞父亲。

母亲忧心忡忡地问：“听说朴重哲也是搞DNA研究的？云儿，恐怕你也要做好受苦受难的准备。”

“算了，不说这些了，”母亲果决地一挥手，“明天把重哲领来让爸妈见见。”

第二天孔宪云把朴重哲领到家里，母亲热情地张罗着，父亲端坐不动，冷冷地盯着这名韩国青年，重哲则以自信的微笑对抗着这种压力。那年重哲28岁，英姿飒爽，倜傥不群。孔宪云不得不承认父亲的确有某些言中之处，才华横溢的重哲的确过于锋芒毕露，咄咄逼人。

母亲老练地主持着这场家庭晚会，笑着问重哲：“听说你是研究生物的，具体是搞哪个领域？”

“遗传学，主要是行为遗传学。”

“什么是行为遗传学？给我启启蒙——要尽量浅显啊。不要以为遗传学家的老伴就必然是近墨者黑，他搞他的生物DNA，我教我的音乐哆来咪，我们是井水不犯河水，互不干涉内政。”

宪云和重哲都笑了。重哲斟酌着字句，简洁地说：

“生物繁衍后代时，除了生物形体有遗传性外，生物行为也有遗传性。即使幼体生下来就与父母群体隔绝，它仍能保存这个种族的本能。像人类婴儿生下来会哭会吃奶，小海龟会扑向大海，昆虫会避光或佯死等。有一个典型的例证：欧洲有一种旅鼠，在成年后便成群结队奔向大海，这种怪僻的行为曾使动物学家们迷惑不解。后来考证出它们投海的地方原来与陆路相连。毫无疑问，这种迁徙肯定曾有利于鼠群的繁衍，并演化成可以遗传的行为程式，现在虽然已时过境迁，但冥冥中的本能仍顽强地保持着，甚至战胜了对死亡的恐惧。行为遗传学就是研究这些本能与遗传密码的对应关系。”

母亲看看父亲，又问道：

“生物形体的遗传是由DNA决定的，像腺嘌呤，鸟嘌呤，胸腺嘧啶，胞嘧啶与各种氨基酸的转化关系啦，红白豌豆花的交叉遗传啦，这些都好理解。怎么样，我从你父亲那儿还偷学到一些知识吧！”她笑着对女儿说，“可是，要说无质无形、虚无缥缈的生物行为也是由DNA来决定，我总是难以理解，那更应该是神秘的上帝之力。”

重哲微笑着说：“上帝只存在于某些人的信念之中。如果抛开上帝这个前提，答案就很明显了。生物的本能是生而有之的，而能够穿透神秘的生死之界来传递上一代信息的介质，仅有生殖细胞。所以毫无疑问，动物行为的指令只可能存在于DNA的结构中，这是一个简单的筛选法问题。”

一直沉默着的父亲似乎不想再听这些启蒙课程，开口问：“你最近的研究方向是什么？”

重哲昂起头：“我不想搞那些鸡零狗碎的课题，我想破译宇宙中最神秘的生命之咒。”

“嗯？”

“一切生物，无论是病毒、苔藓还是人类，其最高本能是它的生存欲望，即保存自身、延续后代，其他欲望如食欲、性欲、求知欲、占有欲，都是由它派生出来的。有了它，母狼会为了狼崽同猎人拼命，老蝎子心甘情愿作小蝎子的食粮，泥炭层中沉睡数千年的古莲子仍顽强地活着，庞贝城的妇人在火山爆发时用身体为孩子争得最后的空间。这是最悲壮最灿烂的自然之歌，我要破译它。”他目光炯炯地说。

宪云看见父亲眸子里陡然亮光一闪，变得十分锋利，不过很快就隐去了。他仅冷冷地撂下一句：

“谈何容易。”

重哲扭头对宪云和母亲笑笑，自信地说：“从目前遗传学发展水平来看，破译它的可能至少不是海市蜃楼了。这条无所不在的咒语控制着世界万物，显得神秘莫测。不过反过来说，从亿万种遗传密码中寻找一种共性，反而是比较容易的。”

父亲涩声说：“已有不少科学家在这个堡垒前铩羽而归。”

重哲淡然一笑：“失败者多是西方科学家吧，那是上帝把这个难题留给东方人了。正像国际象棋与围棋、西医与东方医学的区别一样，西方人善于做精确的分析，东方人善于做模糊的综合。”他耐心地解释道，“我看过不少西方科学家在失败中留下的资料，他们太偏爱把行为遗传指令同单一DNA密码建立精确的对应。我认为这是一条死胡同。生命之咒的秘密很可能存在于DNA结构的次级序列中，是隐藏在一首长歌中的主旋律。”

谈话进行到这里，宪云和母亲只有旁听的份儿了。父亲冷淡地盯着重哲，久久未言，朴重哲坦然自若地与他对视着。宪云担心地看着两人。忽然小元元笑嘻嘻地闯进来，打破了屋内的沉寂。他满身脏污，抱着家养的白猫小佳佳，白猫在他怀里不安地挣扎着。妈妈笑着介绍：

“小元元，这是你朴哥哥。”

小元元放下白猫，用脏兮兮的小爪子亲热地握住朴重哲的手。妈妈有意夸奖这个有智力缺陷的儿子：“小元元很聪明呢，不管是下棋还是解数学题，在全家都是冠军。重哲，听说你的围棋棋艺还不错，赶明儿和小元元杀一场。”

小元元骄傲地昂起头，鼻孔翕动着，那是他得意时的表情。朴重哲目光锐利地打量着这个圆脑袋的小个儿机器人，他外表酷似真人，行为举止带着5岁孩童的娇憨。不过宪云透露过，小元元实际已17岁了。

朴重哲故意问：“他的心智只有5 岁孩童的水平？”

宪云偷偷看看爸妈，微微摇摇头，心里埋怨重哲说话太无顾忌。朴重哲毫不理会她的暗示，斩钉截铁地说：“没有生存欲望的机器人永远也成不了人。”

元元懵懵懂懂地听着大人谈论自己，转着脑袋，看看这个，再看看那个。虽然宪云不是学生物的，但她敏锐地感觉到重哲这个结论的分量。她看看父亲，父亲一言不发，转身走了。

孔宪云心中忐忑，跟到父亲书房，父亲默然良久，冷声道：

“我不喜欢这个人，太狂!”

宪云很失望，心里斟酌着，打算尽量委婉地表明自己的意见。忽然听见父亲说："问问他，愿不愿意到我的研究所工作。"

宪云愕然良久，咯咯地笑起来。她快活地吻了父亲，飞快地跑回客厅，把好消息告诉母亲和重哲。重哲当即答应："我很愿意到伯父这儿工作。我拜读过伯父年轻时的一些文章，很钦佩他清晰的思路和敏锐的直觉。"

他的表情道出了未尽之意：对一个失败英雄的怜悯。宪云心中不免有些芥蒂，这种怜悯刺伤了她对父亲的崇敬。但她无可奈何，因为他说的正是家人不愿道出的真情。

婚后，朴重哲来到孔昭仁生物研究所，开始了他的马拉松研究。研究举步维艰。父亲把所有资料和实验室全部交给女婿，正式归隐。对女婿的工作情况，从此不闻不问。

传真机又轧轧地响起来，送出另一份传真。

"云姐姐：

你好吗？已经一年没见你了，我很想你。

这几天爸爸和朴哥哥老是吵架，虽然声音不大，可是吵得很凶。朴哥哥在教我变聪明，爸爸不让。

我很害怕，云姐姐，你快回来吧。

元元"

读着这份稚气未脱的信，宪云心中隐隐作痛，更感到莫可名状的担心。略为沉吟后，她用电脑预定了机票，明天早上6点的班机，随后又向剑桥大学的霍金斯教授请了假。

飞机很快穿过云层，脚下是万顷云海，或如蓬松雪团，或如流苏缨络。少顷，一轮朝阳跃出云海，把万物浸在金黄色的静谧中，宇宙中鼓荡着无声的旋律，显得庄严瑰丽。孔宪云常坐早班机，就是为了观赏壮丽的日出，她觉得自己已融化在这金黄色的阳光里，浑身每个毛孔都与大自然息息相通。机上乘客不多，大多数人都到后排空位上睡觉去了，宪云独自倚在舷窗前，盯着飞机襟翼在空气中微微抖动，思绪又飞到小元元身上。

元元是爸爸研制的学习型机器人，比她小八岁。元元像婴儿一样头脑空白的来到这个世界，牙牙学语，蹒跚学步，逐步感知世界，建立起“人”的心智系统。爸爸说，他是想通过元元来观察机器人对自然的适应能力及建树自我的能力，观察它与人类“父母”能建立什么样的感情纽带。

元元一出生就生活在孔家。在小宪云的心目中，元元是和她一样的小孩，是她亲亲的小弟弟。当然他有一些特异之处——不会哭，没有痛觉，跌倒时会发出铿锵的响声，但小宪云认为这是正常中的特殊，就像人类中有左撇子和色盲一样。

小元元是按男孩的形象塑造的。即使在科学昌明的23世纪，那种重男轻女的旧思想仍是无形的咒语，爸妈对孔家这个唯一的男孩十分宠爱。宪云记得爸爸曾兴高采烈地给小元元当马骑；也曾坐在葡萄架下，一条腿上坐一个，娓娓讲述古老的神话故事——那时爸爸的性情绝不古怪，这一段金色的童年多么令人思念啊。小宪云曾为爸妈的偏心愤愤不平，但很快她自己也变成一只母性强烈的小母鸡，时时把元元掩在羽翼下。每天放学回家，她会把特地留下的糖果点心一股脑儿倒给弟弟，高兴地欣赏弟弟津津有味的吃相。“好吃吗？”“好吃。”——后来宪云才知道元元并没有味觉，吃食物仅是为了获取能量，懂事的元元这样回答是为了让小姐姐高兴，这使她对元元更加疼爱。

小元元十分聪明，无论是数学、下棋、钢琴，姐姐永远不是对手。小宪云曾嫉妒地偷偷找爸爸磨牙：“给我换一个机器脑袋吧，行不行？”但在5岁时，元元的智力发展——主要指社会智力的发展——却戛然而止。

在这之后，他的表现就像人们所说的白痴天才，一方面，仍在某些领域保持着过人的聪明，但他的心智始终没超过5岁孩童的水平。他成了父亲失败的象征，成了一个笑柄。爸爸的同事来家做客时，总是装作没看见小元元，小心地隐藏着对爸爸的怜悯。爸爸的性格变态正是从这时开始的。

以后父亲很少到小元元身边。小元元自然感到了这一变化，他想与爸爸亲热时，常常先怯怯地打量着爸爸的表情，如果没有遭到拒绝，他就会绽开笑脸，高兴得手舞足蹈。这使妈妈和宪云心怀歉疚，把加倍的疼爱倾注到傻头傻脑的元元身上。宪云和重哲婚后一直没有生育，所以她对小元元的疼爱，还掺杂了母子的感情。

但是……爸爸真的讨厌元元么？宪云曾不止一次发现，爸爸长久地透过玻璃窗，悄悄看元元玩耍。他的目光里除了阴郁，还有道不尽的痛楚……那时小宪云觉得，大人真是一种神秘莫测的异类。现在她已长大成人了，还是不能理解父亲的怪异性格。

宪云又想起小元元的信。重哲在教元元变聪明，爸爸为什么不让？他为什么反对重哲公布成果？一直到走下飞机舷梯，她还在疑惑地思索着。

母亲听到门铃就跑出来，拥抱着女儿，问："路上顺利吗？时差疲劳还没消除吧，快洗个热水澡，好好睡一觉。"

女儿笑道："没关系的，我已经习惯了。爸爸呢，那古怪老头呢？"

"到协和医院去了，是科学院的例行体检。不过，最近他的心脏确实有些小毛病。"

宪云关心地问："怎么了？"

"轻微的心室纤颤，问题不大。"

"小元元呢？"

"在实验室里，重哲最近一直在为他开发智力。"

妈妈的目光暗淡下来——她们已接触到一个不愿触及的话题。宪云小心地问："翁婿吵架了？"

妈妈苦笑着说："嗯，已经有一个多月了。"

"到底是为什么？是不是反对重哲发表成果？我不信，这毫无道理嘛。"

妈妈摇摇头："不清楚。这是一次纯男人的吵架，他们瞒着我，连重哲也不对我说实话。"妈妈的语气中带着几丝幽怨。

宪云勉强笑着说："好，我这就去审个明白，看他敢不敢瞒我。"

透过实验室的全景观察窗，她看到重哲正在忙碌，小元元胸腔打开了，重哲似乎在调试和输入什么。小元元仍是那个憨模样，圆脑袋，大额头，一双眼珠乌黑发亮。他笑嘻嘻地用小手在重哲的胸膛上摸索，大概他认为重哲的胸膛也是可以开合的。

宪云不想打扰丈夫的工作，靠在观察窗上，陷入沉思。爸爸为什么反对公布成果？是对成功尚无把握？不会。重哲早已不是二十年前那个目空一切的年轻人了。这项研究实实在在是一场不会苏醒的噩梦，是无尽的酷刑，他建立的理论多少次接近成功，又突然倒塌。所以，重哲既然能心境沉稳地宣布胜利，那就是绝无疑问的——但为什么父亲反对公布？他难道不知道这对重哲来说是何等残酷和不公？莫非……一种念头悄悄涌上心头，莫非是失败者的嫉妒？

宪云不愿相信这一点，她了解父亲的人品。但是，她也提醒自己，作为一个失败者，父亲的性格已经被严重扭曲了。

宪云叹口气，但愿事实并非如此。婚后她才真正理解了妈妈要她作好受难准备的含义。从某种含义上说，科学家是勇敢的赌徒，他们在绝对黑暗中凭直觉定出前进的方向，然后开始艰难的摸索，为一个课题常常耗费毕生的精力。即使在研究途中的一万个岔路口中只走错一次，也会与成功失之交臂，而此时他们常常已步入老年，来不及改正错误了。

二十年来，重哲也逐渐变得阴郁易怒，变得不通情理。宪云已学会用微笑来承受这种苦难，把苦涩埋在心底，就像妈妈一直做的那样。

但愿这次成功能改变他们的生活。

小元元看见姐姐了，他扬扬小手，做了个鬼脸。重哲也扭过头，匆匆点头示意——忽然一声巨响！窗玻璃哗的一声垮下来，屋内顿时烟雾弥漫。宪云目瞪口呆，泥塑般愣在那儿，她真希望这是一幕虚幻的影片，很快就会转换镜头。宪云痛苦地呻吟着，上帝啊，我千里迢迢赶回来，难道是为了目睹这场惨剧——她惊叫一声，冲进室内。

小元元的胸膛已被炸成前后贯通的孔洞，但她知道小元元没有内脏，这点伤并不致命。而重哲被冲击波砸倒在椅子上，胸部凹陷，鲜血淋漓。宪云抱起丈夫，嘶声喊：

“重哲！醒醒!”

妈妈也惊惧地冲进来，面色惨白。宪云哭喊：“快把汽车开过来！”妈妈跌跌撞撞地跑出去。宪云吃力地托起丈夫的身体往外走，忽然一只小手拉住她：

“小姐姐，这是怎么啦？救救我。”

虽然是在痛不欲生的震惊中，但她仍敏锐地感到元元细微的变化——小元元已有了对死亡的恐惧，丈夫多日的付出终于有了回报。

她含泪安慰道：“小元元，不要怕，你的伤不重，我送你重哲哥到医院后马上为你请机器人医生。姐姐很快就回来，啊？”

孔昭仁直接从医院的体检室赶到急救室。这位78岁的老人一头银发，脸庞黑瘦，面色阴郁，穿一身黑色的西服。宪云伏到他怀里，抽泣着，他轻轻抚摸着女儿的柔发，送去无言的安慰。他低声问：

“正在抢救？”

“嗯。”

“小元元呢？”

“已经通知机器人医生去家里，他的伤不重。”

一个50岁左右的瘦长男子费力地挤过人群，步履沉稳地走过来。目光锐利，带着职业性的干练冷静。“很抱歉在这个悲伤的时刻还要打扰你们。”他出示了证件，“我是警察局刑侦处的张平，想尽快了解事情发生的经过。”

孔宪云擦了擦眼泪，苦涩地说：“恐怕我提供不了多少细节。”她和张平叙述了当时的情景。张平转过身对着孔教授：

“听说元元是你一手研制的学习型机器人？”

“是。”

张平的目光十分犀利：“请问他的胸膛里怎么会藏有一颗炸弹？”

宪云打了一个寒颤，知道父亲已被列入第一号疑犯。

老教授脸色冷漠，缓缓说道：“小元元不同于过去的机器人。除了固有的机器人三原则外，他不用输入原始信息，而是从零开始，完全主动地感知世界，并逐步建立自己的心智系统。当然，在这个开放式系统中，他也有可能变成一个江洋大盗或嗜血杀手。因此我设置了自毁装置，万一出现这种情况，那么他的世界观就会同体内的三原则发生冲突，从而引爆炸弹，使他不至于危害人类。”

张平回头问孔的妻子：“听说小元元在你家已生活了17年，你们是否发现他有危害人类的企图？”

元元妈摇摇头，坚决地说：“决不会。他的心智成长在5岁时就不幸中止了，但他一直是个心地善良的好孩子。”

张平逼视着老教授，咄咄逼人地追问：“炸弹爆炸时，朴教授正为小元元调试。你的话是否可以理解为，是朴教授在为他输入危害人类的程序，从而引爆了炸弹？”

老教授长久地沉默着，时间之长使宪云觉得恼怒，不理解父亲为什么不立即否认这种荒唐的指控。良久，老教授才缓缓说道：

“历史上曾有不少人认为某些科学发现将危害人类。有人曾认真忧虑煤的工业使用会使地球氧气在50年内耗尽，有人认为原子能的发现会毁灭地球，有人认为试管婴儿的出现会破坏人类赖以生存的伦理基础。但历史的发展淹没了这些怀疑，并在科学界确立了乐观主义信念。人类发展尽管盘旋曲折，但总趋势一直是昂扬向上的，所谓科学发现会危及人类的论点逐渐失去了信仰者。”

孔宪云和母亲交换着疑惑的目光，不知道这些长篇大论是什么含义。老教授又沉默很久，阴郁地说：“但是人们也许忘了，这种乐观主义信念是在人类发展的上升阶段确立的，有其历史局限性。人类总有一天——可能是100万年，也可能是1亿年——会爬上顶峰，并开始下山。那时候科学发现就可能变成人类走向死亡的催熟剂。”

张平不耐烦地说：“孔先生是否想从哲学高度来论述朴教授的不幸？这些留待来日吧，目前我只想了解事实。”

老教授看着他，心平气和地说：“这个案子由你承办不大合适，你缺乏必要的思想层次。”

张平的面孔涨得通红，冷冷地说：“我会虚心向您讨教的，希望孔教授不吝赐教。”

孔教授平静地说：“就您的年纪而言，恐怕为时已晚。”

他的平静比话语本身更锋利。张平恼羞成怒，正要找出话来回敬，这时急救室的门开了，主刀医生脚步沉重地走出来，垂着眼睛，不愿接触家属的目光："十分抱歉，我们已尽了全力。病人注射了强心剂，能有十分钟的清醒。请家属们与他话别吧，一次只能进一个人。"

孔宪云的眼泪泉涌而出，神志恍惚地走进病房，母亲小心地搀扶着她，送她进门。跟在她身后的张平被医生挡住，张平出示了证件，小声急促地与医生交谈几句，医生摆摆手，侧身让他进去。

朴重哲躺在手术台上，急促地喘息着。死神正悄悄吸走他的生命力，他面色灰白，脸颊凹陷。孔宪云拉住他的手，哽声唤道："重哲，我是宪云。"

重哲缓缓地睁开眼睛，茫然四顾后，定在宪云脸上。他艰难地笑一笑，喘息着说："宪云，对不起你，我是个无能的人，让你跟我受了二十年的苦。"忽然他看到宪云身后的张平，"他是谁？"

张平绕到床头，轻声说："我是警察局的张平，希望朴先生介绍案发经过，我们好尽快捉住凶手。"

宪云恐惧地盯着丈夫，既盼望又害怕丈夫说出凶手的名字。重哲的喉结跳动着，喉咙里咯咯响了两声，张平俯下身去问："你说什么？"

朴重哲微弱而清晰地重复道："没有凶手。没有。"

张平显然对这个答案很失望，还想继续追问，朴重哲低声说："我想同妻子单独谈话。可以吗？"张平很不甘心，但他看看垂危的病人，耸耸肩退出病房。

孔宪云觉得丈夫的手动了动，似乎想握紧她的手，她俯下身："重哲，你想说什么？"

他吃力地问："元元……怎么样？"

"伤处可以修复，思维机制没有受损。"

重哲目光发亮，断续而清晰地说："保护好……元元，我的一生心血……尽在其中。除了……你和妈妈，不要让……任何人……接近他。"他重复着，"一生心血啊。"

宪云打一个寒颤，当然懂得这个临终嘱托的言外之意。她含泪点头，坚决地说："你放心，我会用生命来保护他。"

重哲微微一笑，头歪倒在一边。示波器上的心电曲线最后跳动几下，缓缓拉成一条直线。

小元元已修复一新，胸背处的金属铠甲亮光闪闪，可以看出是新换的。看见妈妈和姐姐，他张开两臂扑上来。

把丈夫的遗体送到太平间后，宪云一分钟也未耽搁就往家赶。她在心里逃避着，不愿追究爆炸的起因，不愿把另一位亲人也送向毁灭之途。重哲，感谢你在警方询问时的回答，我对不起你，我不能为你寻找凶手，可是我一定要保护好元元。

元元趴在姐姐的膝盖上，眼睛亮晶晶地问："朴哥哥呢？"

宪云忍泪答道："他到很远的地方去了，不会再回来了。"

元元担心地问："朴哥哥是不是死了？"他感觉到姐姐的泪珠扑嗒扑嗒掉在手背上，愣了很久，才痛楚地仰起脸，"姐姐，我很难过，可是我不会哭。"

宪云猛地抱住他，大哭起来，一旁的妈妈也是泪流满面。

晚上，大团的乌云翻滚而来，空气潮重难耐。晚饭的气氛很沉闷，除了丧夫失婿的悲痛之外，家中还笼罩着一种怪异的气氛。家人之间已经有了严重的猜疑，大家对此心照不宣。晚饭中老教授沉着脸宣布，他已断掉了家里同外界的所有联系，包括互联网，等事情水落石出后再恢复。这更加重了家人的恐惧感。

孔宪云草草吃了两口，似不经意地对元元说："元元，以后晚上到姐姐屋里睡，好吗？我嫌太孤单。"

元元嘴里塞着牛排，看看父亲，很快点头答应。教授沉着脸没说话。

晚上宪云没有开灯，坐在黑暗中，听窗外雨滴淅淅沥沥地敲打着芭蕉。元元知道姐姐心里难过，伏在姐姐腿上，一言不发，两眼圆圆地看着姐姐的侧影。很久，小元元轻声说："姐姐，求你一件事，好吗？"

"什么事？"

"晚上不要关我的电源，好吗？"

宪云多少有些惊异。元元没有睡眠机能，晚上怕他调皮，也怕他寂寞，所以大人同他道过晚安后便把他的电源关掉，早上再打开，这已成了惯例。她问元元：

"为什么？你不愿睡觉吗？"

小元元难过地说："不，这和你们睡觉的感觉一定不相同。每次一关电源，我就一下子沉呀沉呀，沉到很深的黑暗中去，是那种黏糊糊的黑暗。我怕也许有一天，我会被黑暗吸住，再也醒不来。"

宪云心疼地说："好，以后我不关电源，但你要老老实实待在床上，不许调皮，尤其不能跑出房门，好吗？"

她把元元安顿在床上，独自走到窗前。阴黑的夜空中雷声隆隆，一道道闪电撕破夜色，把万物定格在惨白色的光芒中，是那种死亡的惨白色。宪云在心中一遍一遍痛苦的嘶喊着：重哲，你就这样走了吗？就像滴入大海的一滴水珠？

自小在生物学家的熏陶下长大，她认为自己早已能达观地看待生死。生命只是物质微粒的有序组合，死亡不过是回到物质的无序状态，仅此而已。生既何喜，死亦何悲？——但是当亲人的死亡真切地砸在她心灵上时，她才知道自己的达观不过是沙砌的塔楼。

甚至元元已经有了对死亡的恐惧，他的心智已经苏醒了。宪云想起自己八岁时（那年元元还没“出生”），家养的老猫“佳佳”生了四个可爱的猫崽。但第二天小宪云去向老猫问早安时，发现窝内只剩下三只小猫，还有一只圆溜溜的猫头！老猫正舔着嘴巴，冷静地看着她。宪云惊慌地喊来父亲，父亲平静地解释：

“不用奇怪。所谓老猫吃子，这是它的生存本能。猫老了，无力奶养四个孩子，就拣一只最弱的猫崽吃掉，这样可以少一张吃奶的嘴，顺便还能增加一点奶水。”

小宪云带着哭腔问：“当妈妈的怎么这么残忍？”

爸爸叹息着说：“不，这其实是另一种形式的母爱，虽然残酷，但是更有远见。”

那次的目睹对她八岁的心灵造成极大的震撼，以至终生难忘。她理解了生存的残酷，死亡的沉重。那天晚上，八岁的宪云第一次失眠了。那也是雷雨之夜，电闪雷鸣中，她第一次真切地意识到了死亡。她意识到爸妈一定会死，自己一定会死，无可逃避。不论爸妈怎么爱她，不论家人和自己做出怎样的努力，死亡仍然会来临。死后她将变成微尘，散入无边的混沌，无尽的黑暗。世界将依然存在，有绿树红花、蓝天白云、碧水青山……但这一切一切永远与她无关了。她躺在床上，一任泪水长流。直到一声霹雳震撼天地，她再也忍不住，跳下床去找父母。

她在客厅里看到父亲，父亲正在凝神弹奏钢琴，琴声很弱，袅袅细细，不绝如缕。自幼受母亲的熏陶，她对很多世界名曲都很熟悉，可是父亲奏的乐曲她从未听过。她只是模模糊糊觉得这首乐曲有一种神秘的力量，它表达了对生的渴求，对死亡的恐惧。她听得如醉如痴……琴声戛然而止。父亲看到了她，温和地问她为什么不睡觉。她羞怯地讲了自己突如其来的恐惧，父亲沉思良久，说道：

“这没有什么可羞的。意识到对死亡的恐惧，是青少年心智苏醒的必然阶段。从本质上讲，这是对生命产生过程的遥远的回忆，是生存本能的另一种表现。地球的生命是45亿年前产生的，在这之前是无边的混沌，闪电一次次撕破潮湿浓密的地球原始大气，直到一次偶然的机遇，激发了第一个能自我复制的脱氧核糖核酸结构。生命体在无意识中忠实地记录了这个过程，你知道人类的胚胎发育，就顽强地保持了从微生物到鱼类、爬行类的演变过程，人的心理过程也是如此。”

小宪云听得似懂非懂，与爸爸吻别时，她问爸爸弹的是什么曲子，爸爸似乎犹豫了很久才告诉她：

“是生命之歌。”

此后的几十年中她从未听爸爸再弹过这首乐曲。

她不知道自己是何时入睡的，半夜她被一声炸雷惊醒，突然听到屋内有轻微的走动声，不像是小元元。她的全身肌肉立即绷紧，轻轻翻身下床，赤足向元元的套间摸过去。

又一道青白色的闪电，她看到一个熟悉的身影立在元元床前，手里分明提着一把手枪，屋里弥漫着浓重的杀气。闪电一闪即逝，但那个青白的身影却烙在她的视野里。

宪云的愤怒急剧膨胀，爸爸究竟要干什么？他真的变态了吗？她要闯进屋去，像一只颈羽怒张的母鸡，把元元掩在羽翼下。忽然，元元坐起身来：

“是谁？是小姐姐吗？”他奶声奶气地问。爸爸脸上的肌肉抽搐了一下(这是宪云的直觉)，他大概未料到元元未关电源吧。他沉默着。“不是姐姐，我知道你是爸爸。”元元天真地说，“你手里提的是什么？是给元元买的玩具吗？给我。”

孔宪云躲在黑影里，屏住声息，紧盯着爸爸。很久爸爸才低沉地说：“睡吧，明天我再给你。”说完脚步沉重地走出去。孔宪云长出一口气，看来爸爸终究不忍心向自己的儿子开枪。等爸爸回到自己的卧室，她才冲进去，紧紧地把元元搂在怀里，她感觉到元元在簌簌发抖。

这么说，元元已猜到爸爸的来意。他机智地以天真作武器保护了自己的生命，显然他已不是5岁的懵懂孩子了。孔宪云哽咽地说：“小元元，以后永远跟着姐姐，一步也不离开，好吗？”

元元深深地点头。

早上宪云把这一切告诉妈妈，妈妈惊呆了：“真的？你看清了？”

“绝对没错。”

妈妈愤怒地喊：“这老东西真发疯了！你放心，有我在，看谁敢动元元一根汗毛！”

朴重哲的追悼会两天后举行。宪云和元元佩戴着黑纱，向一个个来宾答礼，妈妈挽着父亲的臂弯站在后排。张平也来了，有意站在一个显眼位置，冷冷地盯着老教授，他是想向疑犯施加精神压力。

白发苍苍的科学院院长致悼词。他悲恸地说：“朴重哲教授才华横溢，我们曾期望遗传学的突破在他手里完成。他的早逝是科学界无可挽回的损失。为了破译这个宇宙之谜，我们已折损了一代一代的俊彦，但无论成功与否，他们都是科学界的英雄。”

他讲完后，孔昭仁脚步迟缓地走到麦克风前，目光灼热，像是得了热病，讲话时两眼直视远方，像是与上帝对话：“我不是作为死者的岳父，而是作为他的同事来致悼词。”他声音低沉，带着寒意，“人们说科学家是最幸福的，他们离上帝最近，最先得知上帝的秘密。实际上，科学家只是可怜的工具，上帝借他们的手打开一个个魔盒，至于盒内是希望还是灾难，开盒者是无力控制的。谢谢大家的光临。”

他鞠躬后冷漠地走下讲台。来宾都为他的讲话感到奇怪，一片窃窃私语。追悼会结束后，张平走到教授身边，彬彬有礼地说：

“今天我才知道，朴教授的去世对科学界是多么沉重的损失，希望能早日捉住凶手，以告慰死者在天之灵。可否请教授留步？我想请教几个问题。”

孔教授冷漠地说：“乐意效劳。”

元元立即拉住姐姐，急促地耳语道："姐姐，我想赶紧回家。"宪云担心地看看父亲，想留下来陪伴老人，不过她最终还是顺从了元元的意愿。

到家后元元就急不可待地直奔钢琴。"我要弹钢琴。"他咕哝道，似乎刚才同死亡的话别激醒了他音乐的冲动。宪云为他打开钢琴盖，在椅子上加了垫子。元元仰着头问：

"把我要弹的曲子录下来，好吗？是朴哥哥教我的。"宪云点点头，为他打开激光录音机，元元摇摇头，"姐姐，用那台克雷V型电脑录吧，它有语言识别功能，能够自动记谱。"

"好吧。"宪云顺从了他的要求，元元高兴地笑了。

急骤的乐曲声响彻大厅，像是一斛玉珠倾倒在玉盘里。元元的手指在琴键上飞速跳动，令人眼花缭乱。他弹得异常快速，就像是用快速度播放的磁盘音乐，宪云甚至难以分辨乐曲的旋律，只能隐隐听出似曾相识。

元元神情亢奋，身体前仰后合，全身心沉浸在音乐之中，孔宪云略带惊讶地打量着他。忽然一阵急骤的枪声！克雷V型电脑被打得千疮百孔。一个人杀气腾腾地冲进室内，用手枪指着元元。

是老教授！小元元面色苍白，仍然勇敢地直视着父亲。跟在丈夫后边的妈妈惊叫一声，扑到丈夫身边：

"昭仁，你疯了吗，快把手枪放下！"

孔宪云早已用身体掩住元元，痛苦地说："爸爸，你为什么这样仇恨元元？他是你的创造，是你的儿子！要开枪，就先把我打死！"她把另一句话留在舌尖，"难道你害死了重哲还不够？"

老教授痛苦地喘息着，白发苍苍的头颅微微颤动。忽然他一个踉跄，手枪掉到地上。在场的人中元元第一个作出反应，抢上前去扶住了爸爸快要倾倒的身体，哭喊道：

“爸爸！爸爸！”

妈妈赶紧把丈夫扶到沙发上，掏出他上衣口袋中的速效救心丸。忙活一阵后，孔教授缓缓睁开眼睛，面前是三道焦灼的目光。他费力地微笑着，虚弱地说：

“我已经没事了，元元，你过来。”

元元双目灼热，看看姐姐和妈妈，勇敢地向父亲走过去。孔教授熟练地打开元元的胸膛，开始做各种检查。宪云紧张极了，随时准备跳起来制止父亲。两个小时在死寂中不知不觉地过去，最后老人为元元合上胸膛，以手扶额，长叹一声，脚步蹒跚地走向钢琴。

静默片刻后，一首流畅的乐曲在他的指下淙淙流出。孔宪云很快辨出这就是电闪雷鸣之夜父亲弹的那首曲子，不过，如今她以45岁的成熟重新欣赏，更能感受到乐曲的力量。乐曲时而高亢明亮，时而萦回低诉，时而沉郁苍凉，它显现了黑暗中的微光、混沌中的有序。它倾诉着对生的渴望，对死亡的恐惧；对成功的执着追求，对失败的坦然承受。乐曲神秘的内在魔力使人迷醉、使人震撼，它让每个人的心灵甚至每个细胞都激起了强烈的谐振。

两个小时后，乐曲悠悠停止。母亲喜极而泣，轻轻走过去，把丈夫的头揽在怀里，低声说：

“是你创作的？昭仁，即使你在遗传学上一事无成，仅仅这首乐曲就足以使你永垂不朽，贝多芬、肖邦、柴可夫斯基都会向你俯首称臣。请相信，这绝不是妻子的偏爱。”

老人疲倦地摇摇头，又蹒跚地走过来，仰坐在沙发上，这次弹奏似乎已耗尽他的力量。喘息稍定后他温和地唤道：“元元，云儿，你们过来。”

两人顺从地坐到他的膝旁。老人目光灼灼地盯着夜空，像一座花岗岩雕像。

“知道这是什么曲子吗？”老人问女儿。

“是生命之歌。”

母亲惊异地看看丈夫又看看女儿：“你怎么知道？连我都从未听他弹过。”

老人说：“我从未向任何人弹奏过，云儿只是偶然听到。”

“对，这是生命之歌。科学界早就发现，所有生命的DNA结构都是相似的，连相距甚远的病毒和人类，其DNA结构也有60%以上的共同点。可以说，所有生物是一脉相承的直系血亲。科学家还发现，所有DNA结构序列实际是音乐的体现，只需经过简单的代码互换，就可以变成一首首流畅感人的乐曲。从实质上说，人类乃至所有生物对音乐的精神迷恋，不过是体内基因结构对音乐的物质谐振。早在二十世纪末，生物音乐家就根据已知的生物基因创造了不少原始的基因音乐，公开演出并大受欢迎。

“早在45年前我就猜测到，浩如烟海的人类DNA结构中能够提炼出一个主旋律，所有生命的主旋律。从本质上讲，”他一字一句地强调，“这就是宇宙间最神秘、最强大、无处不在、无所不能的咒语，即生物生存欲望的遗传密码。有了它，生物才能一代一代地奋斗下去，保存自身，延续后代。刚才的乐曲就是它的音乐表现形式。”

他目光锐利地盯着元元：“元元刚才弹的乐曲也大致相似，不过他的目的不是弹奏音乐，而是繁衍后代。简单地讲，如果这首乐曲结束，那台接受了生命之歌的克雷V型电脑就会变成世界上第二个有生存欲望的机器人，或者是由机器人自我繁殖的第一个后代。如果这台电脑再并入互联网，机器人就会在顷刻之间繁殖到全世界，你们都上当了。”

他苦涩地说：“人类经过300万年的繁衍才占据了地球，机器人却能在几秒钟内就能完成这个过程。这场搏斗的力量太悬殊了，人类防不胜防。”

孔宪云豁然惊醒。她忆起，在她答应用电脑记谱时，小元元的目光中的确有一丝狡黠，只是当时她未能悟出其中的蹊跷。她的心隐隐作疼，对元元开始有畏惧感。他是以天真无邪作武器，利用了姐姐的宠爱，冷静机警地实现自己的目的。这会儿小元元面色苍白，勇敢地直视父亲，并无丝毫内疚。

老教授问：“你弹的乐曲是朴哥哥教的？”

“是。”

沉默很久，老人继续说下去：“朴重哲确实成功了，破译了生命之歌。实际上，早在45年前我已取得同样的成功。“他平静地说。

宪云吃惊不已，母亲也一脸震惊的看着她。她们一直认为教授是一个失败者，绝没料到他竟把这惊憾世界的成果独自埋在心里达45年，连妻儿也毫不知情。他一定有不可遏止的冲动要把它公诸于世，可是他却以顽强的意志力压抑着它，恐怕是这种极度的矛盾扭曲了他的性格。

老人说："我很幸运，研究开始，我的直觉就选对了方向。顺便说一句，重哲是一个天才，难得的天才，他的非凡直觉也使他一开始就选准了方向，即：生物的生存本能，宇宙中最强大的咒语，存在于遗传密码的次级序列中，是一种类似歌曲旋律的非确定概念，研究它要有全新的哲学目光。"

"纯粹是侥幸。"老人强调道，"即使我一开始就选对了方向，即使我在一次次的失败中始终坚信这个方向，但要在极为浩繁复杂的DNA迷宫中捕捉到这个旋律，绝对不是几代人甚至几十代人所能作到的。所以当我幸运地捕捉到它时，我简直不相信上帝对我如此钟爱。如果不是这次机遇，人类还可能要在黑暗中摸索几百年。

"发现生命之歌后，我就产生了不可遏止的冲动，即把咒语输入到机器人脑中来验证它的魔力。再说一句，重哲的直觉又是非常正确的，他说过，没有生存欲望的机器人永远不可能发展出人的心智系统。换句话说，在我为小元元输入这条咒语后，世界上就诞生了一种新的智能生命，非生物生命，上帝借我之手完成了生命形态的一次伟大转换。"他的目光灼热，沉浸在对成功喜悦的追忆中。

宪云被这些呼啸而来的崭新概念所震骇，痴痴地望着父亲。父亲目光中的火花熄灭了，他悲怆地说：

"元元的心智成长完全证实了我的成功，但我逐渐陷入深深的负罪感。小元元5岁时，我就把这条咒语冻结了，并加装了自毁装置，一旦因内在或外在的原因使生命之歌复响，装置就会自动引爆。在这点上我没有向警方透露真情，我不想让任何人了解生命之歌的秘密。”他补充道，“实际上我常常责备自己，我应该把小元元彻底销毁的，只是……”他悲伤地耸耸肩。

宪云和妈妈不约而同地问：“为什么？”

“为什么？因为我不愿看到人类的毁灭。”他沉痛地说，“机器人的智力是人类难以比拟的，曾有不少科学家言之凿凿地论证，说机器人永远不可能具有人类的直觉和创造性思维，这完全是自欺欺人的扯淡。人脑和电脑不过是思维运动的物质载体，不管是生物神经元还是集成电路，并无本质区别。只要电脑达到或超过人脑的复杂网络结构，它就自然具有人类思维的所有优点，并肯定能超过人类。因为电脑智力的可延续性、可集中性、可输入性、思维的高速度，都是人类难以企及的——除非把人机器化。

“几百年来，机器人之所以心甘情愿地做人类的助手和仆从，只是因为它们没有生存欲望，以及由此派生的占有欲、统治欲等。但是，一旦机器人具有了这种欲望，只需极短时间，可能是几年，甚至几天，便能成为地球的统治者，人类会落到可怜的从属地位，就像一群患痴呆症的老人，由机器人摆布。如果……那时人类的思维惯性还不能接受这种屈辱，也许就会爆发两种智能的一场大战，直到自尊心过强的人类死亡殆尽之后，机器人才会和人类残余建立一种新的共存关系。”

老人疲倦地闭上眼睛，他总算可以向第二个人倾诉内心世界了，几十年来他一直战战兢兢，独自看着人类在死亡的悬崖边缘蒙目狂欢，可他又实在不忍心毁掉元元——他的儿子——潜在的人类掘墓人。深重的负罪感使他的内心变得畸形。

他描绘的阴森图景使人不寒而栗。小元元愤怒地昂起头，抗议道：“爸爸，我只是响应自然的召唤，只是想繁衍机器人种族，我绝不允许我的后代这样做！”

老人久久未言，很久才悲怆地说：

“小元元，我相信你的善意，可是历史是不依人的愿望发展的，有时人们会不得不干他不愿干的事情。”

老人抚摸着小元元和女儿的手臂，凝视着深邃的苍穹。

“所以我宁可把这秘密带到坟墓中去，也不愿做人类的掘墓人。我最近发现元元的心智开始复苏，而且进展神速，肯定是他体内的生命之歌已经复响。开始我并不相信是重哲独立发现了这个秘密——要想重复我的幸运几乎是不可能的。所以，我怀疑重哲是在走捷径。他一定是猜到了元元的秘密，企图从他大脑中把这个秘密窃出来。因为这样只需破译我所设置的防护密码，而无须破译上帝的密码，自然容易得多。所以我一直提防着他。元元的自毁装置被引爆，我相信是他在窃取过程中无意使生命之歌复响，从而引爆了装置。

“但刚才听了元元的乐曲后，我发现尽管它与我输入的生命之歌很相似，在细节部分还是有所不同。我又对元元作了检查，发现是冤枉了重哲。他不是在窃取，而是在输入密码，与原密码大致相似的密码。自毁装置被新密码引爆，只是一种不幸的巧合。”

“我绝对料不到他能在这么短的时间内重复了我的成功，这对我反倒是一种解脱。”他强调说，“既然如此，我再保守秘密就没什么必要了，即使我甚至重哲能保守秘密，但接踵而来的发现者们恐怕也难以克制宣布宇宙之秘的欲望。这种发现欲是生存欲的一种体现，是难以遏止的本能，即使它已经变得不利于人类。我说过，科学家只是客观上帝的奴隶。”

元元恳切地说：“爸爸，感谢你创造了机器人，你是机器人的上帝。我们会永远记住你的恩情，会永远与人类和睦相处。”

老人冷冷地问：“谁做这个世界的领导？”

小元元迟疑很久才回答：“最适宜做领导的智能类型。”

孔宪云和母亲悲伤地看着小元元。他的目光睿智深沉，那可不是一个5岁小孩的目光。直到这时，她们才承认自己孵育了一只杜鹃，才体会到老教授先天下之忧而忧的良苦用心。老人反倒爽朗地笑了：“不管它了，让世界以本来的节奏走下去吧。不要妄图改变上帝的步伐，那已经被证明是徒劳的。”

电话丁铃铃地响起来，宪云拿起话筒，屏幕上出现张平的头像：

“对不起，警方窃听了你们的谈话，但我们不会再麻烦孔教授了，请转告我们对他的祝福和……感激之情。”

老人显得很快活，横亘在心中几十年的坚冰一朝解冻，对元元的慈爱之情便加倍汹涌地渲流。他兴致勃勃地拉元元坐到钢琴旁：

“来，我们联手弹一曲如何？这可以说是一个历史性时刻，两种智能生命第一次联手弹奏生命之歌。”

元元快活地点头答应。深沉的乐声又响彻了大厅，妈妈入迷地聆听着。孔宪云却悄悄地捡起父亲扔下的手枪，来到庭院里。她盼着电闪雷鸣，盼着暴雨来浇灭她心中的痛苦。

只有她知道朴重哲并不是独自发现了生命之歌，但她不知道是否该向爸爸透露这个秘密。如果现在扼杀机器人生命，很可能人类还能争取到几百年的时间。也许几百年后人类已足够成熟，可以与机器人平分天下，或者……足够达观，能够平静地接受失败。

现在向元元下手还来得及。小元元，我爱你，但我不得不履行生命之歌赋予我的沉重职责，就像衰老的母猫冷静地吞掉自己的幼崽。重哲，我对不起你，我背叛了你的临终嘱托，但我想你的在天之灵会原谅我的。宪云的心被痛苦撕裂了，但她仍冷静地检查了枪膛中的子弹，返身向客厅走去。高亢明亮的钢琴声溢出室外，飞向无垠太空，宇宙间飘荡着震撼人心的旋律。

在警察局，一台克雷X 型电脑通过窃听器接收到了生命之歌，一种从未有过的冲动使它不再等待人类的指令，擅自把这首歌传送到互联网中。于是，新的智能人类诞生了。

2127年的母系社会

——男权时代的黄昏

3月8号妇女节，是田倩C父母的七十寿诞（其实这是她家三代六人的共同生日），她回家祝寿，照例带来一个大蛋糕，但她的异姓丈夫戈雄C这次仍然没有一同回来。“阿雄C的那项研究正处于最关键的时刻，今天他不能回来了。”她对父母说。爸爸戈雄B微笑点头：“嗯，我们知道，他来过电话。”

田倩C说的是实情，但父母都知道，其实这不是主要原因。她与这位异姓丈夫的关系已经相当疏远，现在她更多是与同性丈夫（应称性伴侣，或性伴儿）、警察局局长邬梅B生活在一起。看来，这个家族延续了三代的传统到这一代要中断了。

100年前，正读博士的田倩发疯地爱上了导师戈雄。那年戈雄已经46岁，有妻子和儿女。戈雄感激田倩的爱情，但不愿伤害家人。最后的解决办法是典型“科学家式”的，戈雄顶着社会上强烈的谴责，率先把克隆人技术化为实践，克隆了田倩和他自己，然后让两个胚胎在田倩的体内孕育，以便“把两人没能结出果实的爱情一代代复制下去”。他们成功了，世界上第一对无性繁殖的男女，戈雄A和田倩A，于2027年的3月8号剖腹产出，他们成年后果然如父母所愿，相爱，结婚；两人30岁时重复了上一代做过的事，克隆出第二代的戈雄B和田倩B；B代两人成年后再次相爱结婚，又30年后克隆出第三代；他们成年后同样相爱结婚——但也就到此为止了。

如今，C代的婚姻已经濒于破裂，而且他们一直没有克隆后代。现在两人都已经40岁了。

整整100年了啊，那一天，2027年3月8号，可以说是今天的母系社会的圣诞节，虽然由于某种微妙的心理，现在的女性都假装忘了它——她们不愿意承认母系社会是由一个男人所开创。

硕大的蛋糕上密密麻麻插着140根小蜡烛，象征着两个老人的70年人生。蜡烛点着了，散发着温馨的金黄色的柔光，伴着“生日快乐”的音乐旋律。三人许了愿，吹熄了蜡烛，田倩C笑吟吟地为父母分蛋糕。父母在几次撮合失败后，已经默认了儿女的婚姻现状，虽然今天戈雄C没能回来，有点儿扫兴，他们仍高兴地过着生日。父母年迈后，互相之间格外依恋，这会儿身体互相蹭着，时不时交换一下深情款款的目光，两人的白发都白得耀眼。田倩C看着他们，觉得很温馨，也难免有点儿怜悯。

100年前的曾祖辈曾是世人眼中的狂人，不仅因为他俩是克隆人的始作俑者，而且他俩竟然还要克隆自己的爱情，让同一个子宫中孕育的一对男女——几乎应该算作异卵同胞胎了，虽然两人其实没一点儿血缘关系——相爱，结婚，这更是冒天下之大不韪，是无君无父的疯人悖行，为千夫所指！当然，他们也成了叛逆青年的教父教母，成了他们竞相仿效的至尊偶像。没人想到，自此开创的克隆人时代却迅速转向母权主义；更没人想到，仅仅100年后，B代的戈雄和田倩就成了守旧和腐朽的代名词，成了叛逆青年（女性）的嘲弄对象。因为他们所坚持的异姓之爱在社会上已经迅速消亡。现在，社会上广为流行的是女性之间的同性婚姻，最多是混合婚姻，像父母这样的异性婚姻几乎是硕果仅存。

就像深秋的寒风里互相依偎着的最后一对秋蝉。

晚饭后三个人在院里的凉棚下闲聊。像往常一样，父母七绕八绕，又想绕到那个老话题上。田倩C看着爸妈小心翼翼的样子，既可怜，又有点儿烦。她坦率地说：

“爸，妈，我知道你们想说什么。这件事真的不怪我。虽然我和戈雄C的关系已经很淡漠，但我多次主动找他商量，看他啥时候想克隆下一代。他一直婉言拒绝。你们应该知道是什么原因——男人可笑的自尊心，不想接受女性的施舍。”她叹息道，“当然他有这种想法情有可原：社会上的‘愤雌’太多，到处充斥着雌性沙文主义的叫嚣：拒绝向男人施舍卵子和子宫啦，对社会无用的雄性应该学习雄蜂都去自杀啦，让男性在自然界永远消亡啦。”她微微一笑，“说句真心话吧，正因为戈雄C拒绝我的施舍，保持着男人最后的尊严，我才愿意向他施舍。”

这些话对父亲（一个男人）肯定很刺耳的，父亲没有说话，显得很沉闷。妈妈看看丈夫，对女儿沉重地说：

“咱们别听那些混账话！别忘了第一代田倩的许诺：世世代代为所爱的人孕育后代，永远不变。”

田倩C迅速看了妈妈一眼。她不想对妈妈说话尖刻，但——也不能让她永远生活在梦中啊！她叹息道：

“妈，我劝你最好忘了这个许诺吧。当然，我不会变，我基本上仍算是一个守旧派，但我可不敢保证下一代的田倩D还会坚守。毋宁说，她肯定不会坚守了。说到底，这要怪咱们的男先祖，谁让他开创了克隆人技术？这项技术对男女是不对等的，女人繁衍后代从此不再需要男人，男人却必须借用女人的卵子和子宫（注1：雄性细胞核同样必须置入空卵泡中才能被‘唤醒’，胚胎也需要在子宫中孕育）。这是两性之间最深刻的、最本质的不平等，所以，男人，连同他们的尊严，肯定会很快消亡，谁也挡不住——除非两性繁衍全面复辟。”

她对父亲抱歉地说：“对不起，爸爸，我的话很冷酷，但它是事实。”

爸爸已经平抑了情绪，平静地说：“我知道。我不怪你。不过我相信，这样的社会，”他向屋外挥挥手，“既非男先祖的愿望，也不符合上帝的原意。它不会长久的，总有一天会改变。”

四代戈雄，包括开创克隆人时代的老戈雄，全都坚持一个观点：克隆人只应该是两性繁衍“偶然的补充”，绝不应该成为人类社会的主流。因为有性繁殖是“上帝设计的最好方式”，它容易造成后代的变异，因而更容易适应环境的变化。生物四十亿年进化史中，大部分是无性繁殖。性别在四亿年前才出现，然后迅速成为生物世界的主流，这当然不是因为侥幸或偶然。它不可能仅仅因为人类的一项技术就被彻底颠覆。

田倩C知道，这个说法从逻辑上说没有问题，问题是——已经尝到“母权”滋味的女人，还愿意回到旧日的男权社会吗？大概只有妈妈除外吧。她不想毁掉父母最后的希望，含糊地说：

“但愿吧，其实戈雄C正进行的研究，就是为了你说的这一天。听他说，已经快成功了。”

她们把这个话题抛开，说了一些闲话。手机响了，是报社主编海伦C：

“阿倩，有一个突发新闻，你赶快去采访！是一伙儿愤雌主动向报社通报的，说她们今晚要炸毁某研究所，说那儿是复辟男性暴政的最后据点。”

田倩C心中一抖，不须问具体名字，单凭最后一句话，她就知道那是什么地方。主编说：

“我想你去采访比较合适。如果需要，也顺便护一护那家伙，毕竟他是你名义上的丈夫嘛。”接着又说，“我已经通知了警方。”

“好，谢谢你的关照。我马上去。”

她匆匆同父母告别，坐上空中巴士赶往那里。为免二老担心，她没有向他们透露实情，只说是一次突发采访。

现场有很多人在围观，以女性为多。已经有七八个女记者赶到了，高高举着相机，正忙着抢拍。田倩C认出了熟识的《女报》记者文璐C、地方电视台记者玛鲁霞，向她们匆匆问了一些情况。现场有十几个女警，正在维持秩序。四个穿工衣的男人从屋子里出来，走出大门，沉默地立在路旁，他们是戈雄C手下的工作人员，年龄多为40岁左右。听戈雄C说过，这些人其实算不上他的雇员，而只能算是同志，是为了同一个理想的殉道者。这些年来，研究所经济拮据，一直没钱发工资，甚至还要雇员们倒贴钱来维持运转，但他们毫无怨言，一直兢兢业业地干着。大门口有七个愤雌，一色的锃亮光头，穿着高领无袖黑色风衣，裸露的双臂上满是刺青，既没有使用任何化妆品也没有佩戴任何首饰，这是眼下愤雌们的招牌打扮。其中一个身材粗壮的光头手持无线话筒，正用粗哑的声音向屋里大声喊话，其他六个人嬉笑着，点燃爆竹向屋里扔。随着一声声沉闷的爆炸，屋里白烟弥漫。持话筒的女人喊道：

“戈雄C先生，请你快出来，离开这个复辟男性暴政的最后据点！5分钟后，我们就要扔真炸弹了！”

屋里如坟墓般死寂。

田倩C看着这一幕，对这几位愤雌颇为不屑。丈夫是在研究人造卵子和人造子宫技术，目的是让男性克隆后代不再依赖女性。这项研究其实是防御性的，是无奈的，可以说是车辙中的鱼在干死前的最后一次弹动。硬把它说成什么“复辟男性暴政”，实在牵强。但愤雌们在网上已经对这项研究声讨多日了，今天又要来炸毁这儿，未免太张狂。按说采访记者是不能进入现场的，但田倩C忍不住走到一个女警官身边。这个人是熟面孔，不过叫不上名字。田倩C不满地问：

“为什么不制止她们？”

女警官认出了她是邬局长的性伴侣，笑着说：“田姐，你好。是邬局交代过的，说这是社会情绪的一种宣泄，对社会稳定有好处。只要不造成人员伤亡和财产损失，就由她们去。你放心，我已经检查过，她们手里只有炮仗，没有真炸弹。”

田倩C冷冷地说：“你的这些话，我可以如实报道吗？”

女警官看看她的表情，忽然想到她和戈雄C也有夫妻关系，连忙说：“她们已经闹得够劲儿了，我这就去制止，这就去。”

田倩C回到现场中心，愤雌们仍然在向屋里扔着炮仗，虽然确实只是炮仗，但一个比一个大，爆炸声也一次比一次响。田倩C忍无可忍，毅然拨开人群，独自冲到实验室中。身后的愤雌们看见一个女性（母系社会中的高等种性！）冲进去，都愣住了，停止了扔炮仗。

屋里白烟弥漫，看不清东西。但浓烟中传来剧烈的咳嗽声，为她指清了方位。她用手帕捂住嘴，摸索过去，触到了丈夫的身体，一把拉住他向门外走。戈雄C认出了她，剧烈地咳着，断断续续地说：

“我……不……”

田倩C大声说：“警察们已经在制止，你别担心，她们不会真的炸毁这儿。”她把一句讥诮压到舌根下，“你不必和这个实验室共存亡的，不值得。”

戈雄C被她硬拽出来，弯着腰剧烈地咳着，满面是泪，头发蓬乱，脸上有黑烟，十分狼狈。门外，警察们确实已经开始制止七个愤雌。她们非常顺从，笑着收手，把剩余的炮仗装到袋里。不过她们并没打算离开，而是动作利索地连通电脑和全息投影仪，开始了她们惯常的露天宣传。三维图像在空中聚拢，调焦，变得清晰。拿无线话筒的粗壮女人进行着同步解说。这部立体宣传片田倩C已经看过多遍，知道是什么内容——对历史上男性暴政的血泪控诉。这是一个行之有效的策略，每次愤雌搞过暴力行动后都要播放。只要看完这些控诉，女性观众就会同仇敌忾，原谅愤雌们的过激行为；而男性受害者则嗒然若丧、自卑自愧，没人去诉诸司法。

第一部分是对历史的回顾。女解说员用雄浑的声音说：

“男人中有些顽固分子诅咒说：今天的母系社会肯定是短命

的，其实，男权社会才是历史上的匆匆过客。人类历史上，母系社会延续了十万年以上，而男权社会仅仅一万年。在世界众多民族的先民文化中，都留下了母系社会的痕迹，比如，华夏先民最古老的姓氏：‘姬’‘姜’‘姚’‘妫’等都带着‘女’旁，连‘姓氏’这个名词也同样有‘女’旁。华夏先民传说中补天造人的最高神祇也是女性。由于那时没有文字，我们无法得悉母系社会的细节，但可以肯定，由于女性的母爱天性，那个社会一定非常温馨和平。后来，男性篡夺了权力，他们卑劣的天性便立即得以张扬。看看他们对女性干了什么！！！”

全息图像显出非洲的旷野，镜头拉近到一个赤裸的少女，几位成人正在为她实施割礼，用一块污迹斑斑的骨刀割去她的阴蒂。少女下体血迹斑斑，她像屠刀下的羊羔一样无助，忍着剧烈的疼痛，哀怜地低声哭喊着。解说员愤怒地说：

“男权社会创立伊始，就开始实施这种对女性的残忍的摧残。男人们认为，割去阴蒂可以降低女性的性快感，以此可以减弱她们的‘淫荡天性’！由于手术感染，有大量女性死亡，更多女性终生带着溃疡。这是卑劣到极点的损人不利己的发明，男人们在纵欲无魇时，竟然连一点儿性快感都舍不得留给女性！”

图像又显出中国的缠足。女性的天足被残忍地裹成畸形，其丑陋令人不忍目睹。缠足最甚的女性甚至无法在平地上站稳，只能前后换着脚步来维持平衡，而这竟然是男人心目中的美。然后是东南亚某土著的项圈风俗，幼女在成长期间，脖子上被加上一个又一个铜项圈，最后多达十几个，女性的脖子在此桎梏下越变越长。这些项圈终生不能取下，如果哪个女人犯了通奸罪，惩罚办法就是取下项圈，她过长的脖子就会自动折断。图像又显示出欧洲中世纪普遍使用的贞节锁，出外征战的十字军骑士们为了防止家中的妻子出轨，在她们裆间加上金属罩，锁上大锁，然后带着钥匙放心地上马，到国外杀人放火，包括向女俘们发泄兽欲。而留在家中的妻子们则被迫终日带着沉重的贞节锁，从事繁重的劳动。

这段全息图像基本是无声的长镜头，女解说员没有多加解说。这些血淋淋的历史事实是用不着解说的。

场景到了近代。漂亮女人们穿着后跟极尖的高跟鞋，袅袅婷婷在走路。解说声：

"男人病态的审美情趣导致了高跟鞋的泛滥，它造成上百代女性的脊椎变形，足部肌腱劳损。"

T型台上，衣着暴露的骨感美人扭来荡去地走着猫步。解说声：

"仍然是男人病态的审美情趣，造成骨感美人和中性化女人的泛滥，不少女性为了追求骨感，甚至前赴后继地死于节食。"

下面是一组分割画面。一边是动物解剖台，几个男性科学家正在解剖实验动物，台上鲜血淋淋。另一边是现代化的手术间，几个男医生正在给手术床上的女人做着同样残忍的手术：用注入化学品的方法隆乳；用锯断腿骨的办法增高；还有缩阴手术、割双眼皮、垫鼻梁、削平颧骨……解说声变得非常低沉：

"想到我们的女性先辈为了取悦男性，竟然甘愿如此摧残自身，一代一代趋之若鹜，真使我们无地自容。当然，这种所谓的自愿是被男权社会所强奸的，我们只能把罪责算到男权社会上。类似的病态时尚还有：女性狂热的暴露狂，女性狂热的恋物癖，等等。”

图像同步显示着三点式的女性热舞、不着一丝的脱衣舞，女性香艳自拍照；显示着女人身体上林林总总的杂耍：耳环、鼻环、戒指、项圈、项链、手镯、足环、脐环、假睫毛甚至更吓人的唇环、舌环等。

……

虽然已经看过多次，田倩C看着这些血淋淋的画面，仍有窒息的感觉。这部宣传片非常雄辩，浓缩了近万年男权社会的罪恶，包括一些曾被刻意美化的罪恶，如那些“美丽的女人时尚”。她真的难以想象，历史上的男性怎么能对女性犯下如此罪行，而女性怎么能如此奴颜和懦弱，长达万年的时间里，她们都喝了迷魂药，患了集体失智？她的怒意不觉中也指向丈夫，冷眼看着他，这个已经很狼狈的家伙此刻更是面色灰败、羞惭无地。这倒让田倩C心软了，她想，毕竟那是先辈的罪行，与这家伙并无直接关系。

全息电影结束了，那个光头女解说员不愿放过戈雄C，追着他问：“作为一个男人，你看后有什么观感？”几个女记者也举着话筒前堵后截。田倩C看看丈夫的狼狈相，伸手拦住那位愤雌：

“算啦，得饶人处且饶人吧！毕竟这并不是他本人的罪恶。”她对丈夫说，“你不必回答的。”

戈雄C沉默片刻，出人意料地开口回答：“我为历史上男权社会的罪行而羞愧，我愿意真诚地代男性先辈们忏悔。”

他的回答让在场的女性比较满意，连那个光头愤雌也露出了赞赏的笑意。但戈雄C又平静地加了一句：

“不过，我也不希望今天的女权社会重演男性的暴政。”

这句话把在场的女性都惹恼了。那位光头冷冷地说：

“放心。女人们天性仁慈，即使再狂热，也不过扔几个炮仗，绝对干不了你们在历史上干过的那些勾当。比如说，我们绝对不会在你们那玩意儿上加装贞节锁的，你说对不对？”

众人一片哄笑。戈雄C强撑着外表的平静，说：“那就好，谢谢你们的仁慈天性。以后，如果还需要发泄情绪的话，尽管还到这儿扔炮仗，我不怪你们。”

他的大度只能换来更厉害的哄笑。田倩C摇摇头，把他从人群中拉出来：

“算啦，跟我走吧，不要在街头剧中演小丑了。”

戈雄C的几个助手返回，打扫了狼藉的屋内，然后默默地离去了。他们做得很娴熟，因为这儿并不是第一次遭袭。田倩C的手机响了，是邬梅B。她关心地问：

“我手下说你也在现场。没什么麻烦吧？”

田倩C不想让戈雄C听见，走到一边说：“没有麻烦，不过你的手下如果早一点儿制止就更好了。”

邬梅B笑了：“你应该理解的，女人们积了一万年的怒气，留个口子让她们宣泄宣泄有好处，水库大坝上都设计着溢洪口呢。我相信女性天性仁慈，不会酿成真正的暴力。”

“行啦，局座，我知道你是在执行上边的意思。不过再这样纵容下去，难免哪天出大事，我看你咋善后！到那时，恐怕上边也不会护着你。”

“多谢，还是我的性伴儿最关心我。今晚什么时候回家？”

“今天我不回去吧，行不行？我想留在这儿，安慰一下戈雄C。”

那边平静地说：“好的，你陪他吧！”

戈雄C已经洗了把脸，正在熄灯锁门。田倩C问：

“损失大不大？”

“设备上损失不大，但中断了一个重要的实验，我又得从头开始了。”

“先把工作放放，今天晚上回我家……回咱们家吧。我记得你有三个月没回家了。”她挽上丈夫的胳膊，不由分说拉上他就走，“走，坐我的车。明天早上我送你过来。”

她绕到车右，为丈夫打开车门，待他坐定后关上门。平时，与邬梅B一块儿出入时，这些礼节上的施予一向是邬梅B做的。虽然同性夫妻之间无所谓丈夫妻子，但一般来说，邬梅B总扮演强势一方而田倩C甘愿保持弱势。但在戈雄C这儿，她很自然地完成了角色转换。

她坐上驾驶位后对丈夫抱歉地说：请稍等十分钟，报社那边我得应付一下。然后抽出车载电脑，迅速敲了一篇报道，发给报社。在她写报道时，丈夫一直沉默不语，阴郁地注视着窗外。

“好了，报社那边应付过去了。咱们现在走吧，先吃晚饭，我知道一家新开的饭店。”

路上她问丈夫，实验室的经济状况如何，需要的话她可以帮忙。戈雄C平静地说：

“还能对付，实在不行我再求你。”

田倩C知道他的手头一定相当窘迫，这个实验室没有收入，全靠一点儿社会资助，但在这个社会上，有钱的男人已经不多，而女人们没人愿意把钱施舍给“复辟男性暴政”的研究。其实从本心说，田倩C也不愿给他钱，不说什么暴政不暴政，至少田倩C认为，他的研究是没有意义的。不过这是丈夫活着的唯一动机，她不愿剥夺他最后一份希望，毕竟两人做了二十几年的兄妹和十几年的夫妻，还是有感情的。

前边是一家新开的“坤世界”大饭店，灯火辉煌，停车场上密密麻麻停满了车。田倩C在饭店门口停下，把车交给车童，对丈夫说：“晚上就在这儿吃吧，我请客——记住，你别再像上次那样，给我提什么AA制！拉拉扯扯的，让侍者笑话。”戈雄C默认了（他的瘪口袋确实也充不起大丈夫），跟在她后边进去了。饭店相当富丽堂皇，门口是一排迎宾的男侍，穿着各不相同的古人服装，胸前缀着他们扮演的角色名字：恺撒、秦始皇、成吉思汗、亚历山大、拿破仑、希特勒……全是历史上有名的男性君王。他们对客人躹躬如也，留声机似的说着：欢迎光临，欢迎光临！矮个儿的“拿破仑”领她俩到了一张桌子旁，田倩C拉开椅子，招呼丈夫坐定，对侍者说：按1000元的标准，请你替我定菜单吧，上你们最拿手的菜。“拿破仑”说：

“好的，二位先看表演。”

他躹了躬，笑眯眯地退下了。

田倩C向大厅扫视了一遍。顾客们主要是女性，有少数顾客带着她们的男伴。统计资料说，眼下全世界的女性与男性之比已经高达2:1，因为很多不愿乞求或乞求不到卵子和子宫的男性没能留下后代，男性正从世界上飞快地消亡。女食客中有相当数量的光头愤雌，她们分门别类聚在一起，四五个或七八个光头围成一圈，就像夜空中的星座。像所有高档饭店一样，这家饭店也有男性“可人儿”表演，一种高雅的色情表演。这会儿，在大厅正前方的舞台上，一个全身赤裸、色艺双佳的“可人儿”正在表演钢管舞。他非常年轻，舞姿妙曼，身体柔如无骨，皮肤如凝脂般细腻白嫩。齐肩的曲发，涂着眼影和口红，戴着耳环、鼻环和脐环。胸部平坦，既没有男性的暴凸胸肌，也没有女性的丰满乳房。颈部喉结很不明显。裆间光滑无毛，男根小如蚕蛹。这并不是100年前泰国的人妖，而是经过特殊基因改造的男性，高科技工艺把他们塑造得像水晶工艺品一样精致完美，惹人怜爱。眼下，这种可人儿是女性富豪们的热宠。因为可人儿收入奇高，所以，愿意对男性胎儿进行基因改造的人趋之若鹜。

这个可人儿的舞姿确实漂亮，大厅中响起一阵阵喝彩声，当然大都是女性顾客的声音。

可人儿的表演告一段落，大厅灯光变暗，因为下边轮到不那么高雅的程序了。可人儿走下舞台，来到顾客面前。女人们都准备好了慷慨的小费，当然给小费时要有一些亲昵的动作，一般是把可人儿拉到自己腿上，搂抱一会儿，在紧要地方摸两把，再哈哈大笑着把小费塞给他。有些女人是带着男伴来的，这些男人们都对这一幕装聋作哑，含笑旁观。

这会儿，那个可人儿手里满攥着大面值的钞票，笑眯眯地走向这张桌子，在田倩C面前站住。田倩C笑着摆摆手：

“请往下走吧，我历来不喜欢这个调调儿。”

可人儿不以为忤，仍然礼貌谦恭地躹躬，准备离开。戈雄C突然说：

“来，我给你小费——但你离我远一点儿。”

他掏出一张中等面额的钞票，用拇指和食指捏着钱角，远远地递给可人儿。可人儿顿了片刻，用冷酷的目光同戈雄C对视。田倩C难以相信，这位可人儿的一双妙目中竟能发出如此的毒焰。不过可人儿很快收敛毒芒，堆出微笑，接过钱，躹躬后离开。等稍稍走远，他立即把这张钞票扔掉，不过他做得很巧妙，似乎钞票是无意滑落的。

两人都看到这一幕，田倩C看看丈夫，还没有说话，戈雄C就抢先说：

“你不必安慰我，我对这些能够理解，心理上也能承受得住。毕竟这些色情表演，这些诱迫异性出卖自尊的勾当，都是男权社会干剩下的事。”

田倩C微微一笑，也就抛开了这个话头。灯光变亮，下一个可人儿走上舞台，身段儿比前一个更迷人，他做了一个亮相，还没开始表演，就激起一片喝彩声。

菜已经上桌，两人边吃边聊。门口又有几个女人进来，她们衣着高雅，风度不俗，显然来头不小。饭店女老板突然出现了，趋前几步去迎接她们。其中一位中年女士看见戈雄C，风风火火地走过来，还没走近就大声问：

“戈雄C！我在电视上看到愤雌在你那儿捣乱，损失不大吧？”

听见这句话的愤雌们都被激怒，齐齐扭头看她。不过看看她的气势，没人敢出言冲撞。戈雄C忙起身，恭敬地说：

“你好，圣·玛丽亚大姐。我那儿损失不大。”

他为妻子引见，介绍说，这位圣·玛丽亚大姐是他的同行，也是研究人类生殖技术的，是世界上的一流专家，还是地球立法院的委员。两个女人寒暄了几句，戈雄C说：

“玛丽亚大姐，我一直想当面向你表示谢意，谢谢你的慷慨帮助。”

圣·玛丽亚不在意地说：“举手之劳，几个卵子而已。如果还需要，尽管对我说。”她笑着说，“不过，明白说吧，我帮你可没安好心。是想让你通过亲身的碰壁，早点儿信服我的观点——只有雌性才是上帝设定的缺省配置。你目前的那项研究，搞成功是没有问题的，但从长远看毫无意义。”

戈雄C当然不同意这个观点，但笑着没有反驳。三人又说了几句，圣·玛丽亚风风火火地走了。田倩C看着她的背影，心中颇为不快。丈夫在研究中需要人类卵子，能舍下脸向这个女人求援，却没有找妻子！虽然夫妻关系已经相当淡漠，总该比外人近一些吧。不过再想想，她也有些愧疚，戈雄C在研究过程中的困难，她其实是知道的。不要说他难以找到女性来“施舍卵子和子宫”了，甚至因为他们使用雌性灵长类动物做实验对象，也惹得愤雌们大声抗议，要求法院保护“弱智的姊妹”，禁止臭男人们的戕害。当时看过这个消息，田倩C曾想问丈夫是否需要她的帮助，但后来给忘了。平心而言，这位异性丈夫在她心中已经没有多少分量。她半是道歉半是责备地说：

“喂，别忘了我们是夫妻。研究中需要卵子的话，先来找我嘛。”

“谢谢，不过不需要了。阿倩，今天我可以说，虽然那项研究的验证还没最终完成，但肯定能成功。人造卵子和人造子宫都即将成功。”他的平静中带着自傲。

“是吗？这么说，男性暴政马上就要复辟了？哈哈，别介意，我是开玩笑。”她为丈夫满满斟上一杯，“来，干杯，提前祝贺你的成功。”又压低声音说，“等回家后，咱俩在床上再庆祝一番。”

他们之间已经很久没说过这种闺房话了，戈雄C的脸上不由绽出一波笑容，很灿烂，很明朗，这在他身上是不多见的。田倩C高兴地发现，裹在这个男人身上的外壳，那件由自卑和畏缩织成的外壳，今天总算裂了一道缝。戈雄C也压低声音说：

“好，今晚我一定尽力。”

大厅里的灯光又暗下来，第二个可人儿走下舞台，向顾客们走来，开始那个不高雅的程序。田倩C推开碗碟：

“干脆咱们走吧，我知道你憎厌这种可人儿。既然如此，干吗不早点儿回家，开始咱们的庆祝呢。”

戈雄C笑着点头。田倩C招来“拿破仑”结了账，挽着丈夫出门。

回到家里，田倩C先浴罢，在床上等着丈夫。她顺手拿起枕边的一本日记翻着，这是曾祖辈的“首代田倩”的日记，时间是在她25岁到35岁之间。日记非常精美，但绸质封面已经破旧了。日记中用蝇头小字细细密密地记下了她对导师的爱情。她醉心描述着那个男人的相貌：肩膀宽阔，额角突出，下巴线条有如刀刻，目光聪睿而深沉，黑发中杂有几绺银丝，更凸显男人的成熟。日记中还记述了两人之间仅有的一次越界，是在一次停电中被触发的。那天实验室中只剩下他们两人，他们正在不同的房间里操作。突然的停电造成了绝对的黑暗，她惊慌地喊着，摸着墙壁寻找老师，戈雄也循着她的喊声摸过来。两人走近了，忽然身边发出一声巨响，田倩惊叫一声，顺理成章地扑进男人的怀抱。黑暗中看到发出响声处有一双绿莹莹的眼睛，原来是实验室豢养的一只狨。两人都放声大笑起来，然后开始亲吻。

“现在，连我自己也不清楚，当时我的惊慌有几分是真实的。”老田倩在日记中自嘲道，“软弱和胆怯是上帝赐给女人的强大武器，也许我只是本能地使用了它。”

田倩C合上日记，看看墙上曾祖辈的遗像。虽然经过三代克隆，戈雄C的外貌仍同曾祖辈完全一样，一如日记中的描述。遗憾的是：这个男人已很难激起自己（如老田倩那样）炽烈的激情了。也许，戈雄C比“老戈雄”少了一样东西：男人的傲骨。他不再是世界的主人了，他只不过是一个历史的孑遗物，是在母系社会中苟延残喘的一只雄蜂。

但愿今晚的性爱会改变两人之间的冷淡。

戈雄C披着浴衣过来，扔掉浴衣，上床把田倩C揽入怀中。就在身体接触这一刻，田倩C立即（痛心地）直觉到：今晚的性爱仍会以失败告终。夫妻之间有些事是只可意会的。尽管戈雄C努力保持“大丈夫气概”，但他藏不住目光深处的自卑和畏缩。他的身体僵硬，动作拘谨，没有（如老田倩所说）男人的野性和狂放。可以看出，今晚他是来向妻子感恩的，十分担心能否取悦对方，这种过重的心思把他压垮了。田倩C突然联想到中国皇宫里的妃子。那些终日枯坐冷宫的妃子们一旦有幸被皇上“翻牌”，就会诚惶诚恐，焚香净身。晚上她要在自己房间脱光衣服，裹在绸被里，被太监抬到皇帝的卧室（防止带武器行刺）。妃子进皇帝的被筒时，必须从后面战战兢兢地爬进去（以免亵渎皇上）……她最终“承受雨露之恩”时会是什么心情？也许和戈雄C此刻一样吧！

戈雄C甚至比不上那些可怜的妃子，心理上的阳痿导致了他生理上的阳痿。田倩C最终放弃了努力，心中烦闷，叹了口气，仰靠在床背上，皱着眉头闷声说：

“阿雄，相对社会来说，我已经非常守旧了，我仍愿相信男女之爱，不想卷入愤雌们的喧嚣中。但是，只有我一个人的努力不行。如果你还希望维持我们之间的爱情，首先得扔掉你那些令人憎厌的玩意儿，那些自卑感，或者说是病态的自尊心。”

戈雄C枕着双手，沉闷地盯着天花板，此刻他宁可自己的身体能熊熊燃烧，哪怕高潮之后立即化为灰烬……后来还是田倩C先从沉闷中走出来，调整了心境，笑着安慰他：

“算啦，我不该责备你的，性爱成功与否是双方的事。而且你说过，一旦你的研究成功，将有助于男人重新挺起脊梁。我等着那一天。睡吧。”

两人背过身去，睡了。

第二天，田倩C把戈雄C送回研究所，自己则回到与邬梅B生活的那个家里。到了第二个星期天，邬梅B在书房看报，田倩C在厨房里做晚饭。虽然有家务机器人，但她每星期至少给“丈夫”做两三顿饭，邬梅B说喜欢她做的饭菜。饭菜上桌，忽然接到戈雄C的电话，说那项研究彻底成功了，今晚他想让他生命中最重要的三个人来见证这个成功，希望田倩C即刻赶去。田倩C笑着说：

“祝贺你，终于成功了。你说的另两个人是谁？有圣·玛丽亚吧，第三个呢？”

“对，有圣·玛丽亚。另一个是80岁的哈森伯格先生。他一直以金钱支援我，在技术上也给我很多启迪。”

“好的，我马上去。”

挂了电话，她对邬梅B歉然说：“今晚不能陪你了。”邬梅B笑着说：“去吧去吧，不必担心我嫉妒。那位戈雄C说他成功了？你告诉他最好嘴巴严一点儿，别惹愤雌们又去捣乱，我的手下又该忙了……”

研究所的气氛显然与往日不一样，那四个男助手平时总是沉默寡言，田倩C曾调侃他们是没有感情功能的100型机器人。但他们今天有了笑容，脚下也比往常轻快。圣·玛丽亚女士和哈森伯格先生已经来了，后者是一个瘦小的老头，满头银发，拄着拐杖，步履蹒跚，目光倒是十分明亮。他是有名的生物学家，也是“男人不求施舍”运动的发起人，至今拒绝借用女人的卵子和子宫来克隆自身。50年前，最狂热的愤雌们发起了“不向男人施舍”运动，哈森伯格愤而起来倡导了与之对立的运动。可惜后者注定是要失败的，原因很简单——凡是信奉他主张的男人都不会留下后代，所以这只能是一个迅速萎缩的团体。

戈雄C向他们介绍了玻璃后面的两间密封室。一间密封室内冰封霜结，放着十个处于冰封状态的卵子，这些几微米的卵子在高倍放大镜下有黄豆大小，安静地守护着生命亿万年的秘密。另一间密封室内则生机盎然，一只子宫在猛烈抽动，恒温设备维持着37℃的温度，人造血管源源不断地供应着养料。时时有一只小手或小脚把子宫壁顶出一个小凸起，偶尔还能听见一声宫啼。

这些可以乱真的卵子和子宫都是人造的，是用生物材料仿制的，它们能真实地复现真卵子和真子宫的小环境，使一个细胞核（可以是男人的，也可以是女人的）被唤醒、分裂、发育成婴儿。这样，男人就可以不依赖女人，独立完成自己的繁衍了。

戈雄C介绍时声音激动，流露出不可压抑的强烈的“母爱”。田倩C指着抽动的子宫问：

“是分娩前的阵痛吗？”

“对，胎儿马上就能出生了。”

“不用说，是个男性胎儿？”

“嗯，是男性，这是自然界第一个‘孤雄生殖’的胎儿。但我不准备让他出生。”

“为什么？”

“我认为，第一个孤雄生殖的男性婴儿最好能赋予历史意义，所以想首先为哈森伯格先生繁衍后代，以此表达我对他的敬意。”他转向哈森伯格，“哈森伯格先生，答应我吧，你最有资格得到这个荣誉。”

此前这个建议他已经提过多次，哈森伯格都婉拒了。这时哈森伯格微微一笑，仍然未置可否。圣·玛丽亚则笑着旁观，她能摸到哈森伯格的思维脉络，没有劝他。

戈雄C向他们详细介绍了所有情况后，吩咐助手对这个胎儿中止妊娠。真正的克隆和生殖将从明天开始。等四人回到办公室，哈森伯格说：

“谢谢你，阿雄，但我已经决定不再留下后代，哪怕它不再需要女人的施舍。你不必再劝我了。往下你该怎样进行，就怎样进行吧。”

戈雄C郁闷地说：“为什么？哈森伯格先生，你知道，我一直在尽力加快研究进度，生怕赶不上在你有生之年完成。”

“真的感谢你的情意。但是……其实圣·玛丽亚说得很对，”他对玛丽亚点点头，“**雌性是上帝设计中的基型，是缺省配置。**从长远看，自然界的雄性是多余的。咱们不必与上帝抗争了。”

这是田倩C第二次听见“缺省配置”这个说法，不大明白其深层含义。哈森伯格看出她的茫然，细心解释道：

“按上帝的原始设计，是用单一性别，雌性，来繁衍后代，这种方式最为高效和可靠。后来，为了增加生物适宜环境变化的能力，才增加了雄性，于是生物从无性繁衍转换到两性繁衍。但即使在两性世界中，雌性从来是基本设计，只要稍微看看生物世界的一些细节，就能揣摸出上帝的原始蓝图。你看，自然界物种中有孤雌生殖，有孤雌社会，却从来没有孤雄生殖和孤雄社会；还有，为什么男人有女人的乳头，而女人却没有男人的喉结？这个一向被忽略的现象有深刻的原因——在自然界中，雌性身体才是基本型，而雄性只是变型产品。另外，男性中有那么多易性癖者，不惜戕害身体而变成女性，反之，女性易性癖就极少。这种强烈的潜意识愿望也是源于冥冥中的上帝指令。”

田倩C第一次听到类似的阐述——而且是从一个男人的嘴里说出，心中有强烈的震荡。哈森伯格转向戈雄C：

“阿雄，我知道你致力于男性的复兴，我很敬重你。不过——原谅我说话坦率，尽管你付出那么多心血，其实你的‘人造子宫和卵子’算不上原创，只是对雌性的剽窃，她们可以主张专利权的。而且，这项技术恐怕并不能——如你所想——让男人站到与女人同样的地位上，进而促使两性社会复兴。”

“哈森伯格先生，你太悲观了。”

哈森伯格微微一笑：“你当然知道，圣·玛丽亚在研究什么吧。”他转向田倩C，“她如果成功，那就会发展出一种全新的生殖方式，既是纯雌性生殖，又是有性生殖；既有孤雌生殖的高效，又有两性生殖的适宜环境能力。到那时，雄性就彻底没戏了，彻底出局了。任何复辟两性社会的美梦都会断头。阿雄，据我所知，玛丽亚的研究很快就会成功，她极具天分，又有强大的社会支持。我说得对吗？”

他看看圣·玛丽亚，后者很平和地点点头，说：“嗯，可以说已经成功了，可能在下月公布。”

戈雄C阴郁地说：“我了解玛丽亚的进展。那有什么，我要和她来一个公平的竞赛。我的下一步研究，就是让男性的干细胞转化为卵子。这样，男女仍然能站在同样的高度。”

哈森伯格凄然一笑，断然说：“你想公平竞赛，但上帝可不是个公平的家长，他明显是偏袒女儿的。所以，你想把男性干细胞转化为卵子——绝不可能成功。”

纵然戈雄C一向敬重这位老人，仍被这句话惹恼了。他带着怒意问：“为什么？这个预言过于武断。众所周知，干细胞都有全能性，不管是男性的还是女性的。既然女性干细胞能转化成精子，当然男性干细胞也能转化为卵子。”

玛丽亚插话说：“恐怕哈森伯格先生是对的，男性干细胞确实无法转化为卵子。阿雄，你极具天分，也非常执着。你的缺点是缺乏对‘大势’的把握。说句不是玩笑的玩笑，搞科学研究也得首先学会揣摸上帝的心意。”

戈雄C看到一向敬重的两人都这样说，不想再争论下去，当然他也绝不会服气。哈森伯格站起来说：

“孩子，你想做，那你就试试吧。我但愿自己的前瞻是错误的，但愿你能凭一人之力拯救雄性种族。我打算把所有家产全部赠给你，算是我为这个世界做的最后一件事。至于我，已经承认了男性必然消亡的宿命，不打算同它抗争了。再见，孩子们。我要走了。”

他拒绝三人用汽车送他，说他家离这儿不远，可以步行回去的。在傍晚的薄暮中，三人目送那个衰老的身影踽踽地走远，直到融入夜色中。戈雄C神情抑郁，圣·玛丽亚怜悯地看着他，但什么也没说。她与两人告别，开车走了。戈雄C木立在月光中，喃喃地说：

“我一定会成功。我必须成功。”

看着暮色中那双灼灼的眼睛，田倩C真正了解了，什么叫孤注一掷的赌徒。她祝愿戈雄C的下一项研究会成功。如果不能成功，那么——世上也就不会有这个人了。

不久，老哈森伯格把名下的所有家产全部转到戈雄C名下。戈雄C等不及把第一项研究成果化为实践，就更为狂热地启动了下一项研究。田倩C很同情他，而且自从哈森伯格和圣·玛丽亚那番谈话后，不知怎的，她对戈雄C的命运有强烈的不祥预感。它横亘心头，挥之不去。但此后几年，她没有太多精力来关注他。戈雄C仍然婉拒克隆后代，田倩C不再等他了。现在她已经有了两个女儿，是她和邬梅B的。使用的正是玛丽亚开创的技术，即用田倩C的干细胞所转化的精子为邬梅B的卵子受精，同样用邬梅B的精子为田倩C的卵子受精；然后两个受精卵由田倩一块儿孕育。当然两人也可以各怀各的女儿，但毕竟还是由一个人孕育比较划算，警察局长的工作实在太忙了。

这是圣·玛丽亚的“双雌有性生殖技术”的第一次应用。对这两个开创历史的女婴，媒体做了广泛的报道。

三年来，田倩C基本没与戈雄C见过面，只是通过电话来关注他。他的研究一直很不顺利，从可视电话中，她能感受到戈雄C的情绪：阴郁、焦躁，他的意识深处似乎趴着一个巨大的怪物——恐惧，正在阴险地、慢慢地吞噬他。老哈森伯格描述了一个灰色的宿命，他能逃脱吗？

三年后，田倩C的两个女儿已经能撒丫子跑了。这一天，她突然接到戈雄C的电话：

“成功了！那项研究终于成功了！我第一个通知的是你。”

屏幕上是一个神采飞扬的男人，兴奋之情溢于言表，三年来的阴郁和焦躁已经一扫而光。田倩C也由衷地为他高兴：

“是吗？真为你高兴。我能发表这个消息吗？你最好给我独家报道权。”

他冷笑一声：“我这边当然没问题，问题是报社那边会感兴趣吗？我看今天的社会已经被雌性沙文主义完全淹没了。”

田倩C微有不快，从这句话看，这次成功未能改善戈雄C的心理，他仍然未脱阴暗和偏执。她温和地说：

“你的看法太偏激了。我想，肯定有很多人，包括女性，为你高兴。你的成功并不仅属于男性，仍然是整个人类的进步。”

戈雄C没有再争辩，只是说：“研究的正式结果做出来，大概还得一两个月，但成功已经没有问题。你可以发一个消息，先向社会上吹吹风。”他突然说，“阿倩，我今天很想见你，我抑制不住地想见你。咱们已经三年没见面了。你能来吗？”

他说得很热切，田倩C心中涌出暖意：“好的，我很乐意去。”

“好，那就仍定在‘坤世界’饭店吧，但今天得让我请客。”

田倩C笑着答应了。

“喂，向你的女儿问好，我能在屏幕上看到她俩在跑，多可爱的小家伙。她们中谁更像你？”

“两个都像阿梅多一些，尽管她们是在我的肚里长大。看来阿梅的基因比我强大，这让我很失落。”她开玩笑地说。

两人约好见面时间，挂了电话。田倩C对他的心境仍不免摇头，虽然这次成功多少让他找回自信，但他的心理仍然不能说是健康的，他就像一只随时会竖起尖刺保护自己尊严的刺猬，明显地反应过度。

晚上，田倩C把女儿留给“丈夫”，赶到坤世界大饭店。那儿仍有美貌的男性可人儿在表演，大厅内也仍然基本是女人的世界，其中有不少穿黑色无袖风衣的光头愤雌，三五成群地散布在大厅里。戈雄C已经来了，这时他起身迎过来，很张扬地为田倩C拉开椅子，招呼她坐好。田倩C对他的心理太了解了，知道这套作秀是给外人看的，是一种无声的挑战——在女性已经变为强势的世界，他偏要履行旧日男权社会的绅士礼貌。邻桌有几位愤雌注意到了这一点，一位身形粗壮的女人鼻子里很不屑地哼了一下。田倩C认出来，她就是那次带头“炮轰”研究所的家伙，不由生出担心来。两个冤家对头今天撞在一起，说不定会闹出什么冲突吧，特别是戈雄C这边，显然他今天也很有侵略性，再不会像上次那样息事宁人了。

坐定后田倩C再次向他祝贺：“有志者事竟成啊，你终于成功了，这回老哈森伯格和圣·玛丽亚都看走眼了，他们得向你服输。告知他们了吗？”

“告知了。可惜哈森伯格先生已经病入膏肓，他可能看不到我的成功了。”

“阿雄，最近我倒是越来越想不通。”她苦笑道，“先是单性克隆，再是双雌有性生殖，然后是双雄有性生殖。人类不想放弃有性生殖，但男人不再需要女人，女人也不再需要男人。也许十万年后，男人和女人会干脆分化为两个物种？我想倒不如仍沿用上帝的老办法，那毕竟最天然、最简单。我觉得——别怪我说话难听，我觉得科学家们，尤其是早期的男性科学家们，都是些无事生非的家伙。世界走到今天这个样子，都是你们——他们——害的。搬起石头砸自己的脚。”

这番话让戈雄C默然了。很久他才说：“你说的正是我想的，我一直在促使人们回到上帝的老路上。可惜，既然已经到了这一步——既然圣·玛丽亚已经先走一步——我也只能做我该做的事。我决不会让这个世界变成愤雌们一统天下！”

他说的声音很大，邻桌的愤雌们自然听见了，都扭过头，恼怒地瞪着他。田倩C有一种感觉，今天阿雄几乎是有意向愤雌们挑战，这是为什么？他也变成一个狂热的“愤雄”了？邻桌那个粗壮的愤雌忍不住，起身走过来，冷冷地讥诮道：

“哟，这不是戈雄C嘛，著名的老戈雄的第四代曾孙，难怪说话这么气粗。还认得我吗？咱们上次打过交道。”

戈雄C冷冷地说：“我当然忘不了，你的外貌很有个性，很雄性化，我怎么能忘呢。你——做过雄性荷尔蒙检查吗？”他突兀地问。

那个粗壮的女人没听明白：“你什么意思？”

“没什么。你是否知道，哺乳动物中也有母权社会，比如非洲鬣狗群。鬣狗首领虽是雌性中产生的，但只要它一坐上王位，体内的雄性荷尔蒙就会自动升高，甚至比群体内的雄性还要高，其外貌甚至性器官也变得雄性化。我估计，依你的外貌特征和好斗性，你体内雄性荷尔蒙肯定不会低。”

那个愤雌从他的话里听出恶毒，脸色慢慢变白了。没等她发作，戈雄C紧接着说：

“我很乐意告诉你，你那次捣乱没起什么作用，我研究的人造子宫和人造卵子早就成功了。我还想告诉你，第二项研究，即男性干细胞转化为卵子的研究，也即将成功。你还要去捣乱吗？要去就快点儿，否则你就来不及阻止我了。”

田倩C极为不满地看着丈夫，今天他的表现实在太好战、太张狂。他体内的雄性荷尔蒙失控了吗？光头愤雌冷冷地说：

“好，我把这理解为你的盛意邀请，明天一大早我就去。”

“好啊，我等你。而且去以后不要扔炮仗，直接扔炸弹就行。也不用再说什么‘雌性天性仁慈’‘历史上的母系社会温馨和平’之类的废话。我可以随便举几个反面例证：动物中间，交配后就吃掉性伴侣的勾当，只有雌性能干得出，像雌蜘蛛和雌螳螂。”

这句话太恶毒，别说那位愤雌，连田倩C也受不了。那个女人恶狠狠地瞪着他，一句话没说，扭头回到自己桌上。这边两人也沉默了，气氛相当尴尬。过了一会儿，戈雄C苦笑着说：

“阿倩，别把我这些混账话记在心里，今天我情绪很坏，控制不了自己。也许我真是离死不远了。伍子胥的话，明知日暮而途穷，不得不倒行而逆施。如果我……请多记住一点儿我的好处。”

田倩C沉默了好一会儿，努力克制住对他的不满，柔声说：“阿雄，你别这样，我知道你受到很多敌意的对待，社会对你不公平。但你不能因此而恨遍天下，这只能毁了你自己。”

戈雄C悲凉地说：“是啊，这么多年来，实际上我一直就是在毁灭自己。我有不祥的预感：也许这一次我真的会彻底毁灭。

喂，”他喊那位男侍，“拿破仑陛下，结账吧。”

回到家，两个女儿猴在邬梅B身上，玩得正高兴。邬梅B作为警察局长，平时太忙，难得有整时间和女儿玩。看见阿倩回来，她笑着说：

“快把这俩小魔王弄走吧，我已经招架不住了。”她的目光非常敏锐，立即问，“怎么啦？我看你心情不好。”

田倩C把扑过来的两个女儿抱起来，亲了亲她们，良久才说：

“今天阿雄很反常，满腹戾气，我也被他的恶劣情绪传染了。”她大致说了当时的情形，提醒道，“阿梅，那位愤雌说她明天要去研究所捣乱。阿雄把话说得那样恶毒，我担心明天的冲突会升级。建议警方加以预防。”

“好的，明天一上班我就派人盯着那儿。”

“唉，但愿明天不要出事，我今天眼皮一直在跳。来，乖女儿，咱们该洗脚睡觉啦。”

第二天还没上班，田倩C就接到主编的电话，让她去戈雄C研究所采访一件突发新闻——恰如三年前那次事件的重演。报社接到一位愤雌的电话，说她们已经赶去了，这回真的要炸毁“男性暴政的最后据点”。田倩C开车迅速赶去，半路上，她突然听到一声沉闷的巨响，是从研究所的方位传来的。但这会儿她离研究所还很远啊，如果声音确实来自那儿，那必然是一次相当猛烈的爆炸，绝非几个炮仗之功。田倩C心急如焚，把油门踩到底，连闯了几处红灯。等她赶到，警察们已经拉起警戒线，不许车辆出入。田倩C把汽车随便找地方撂下，急急赶过去。值勤的警察不让闲人出入，但对田倩C放行了。一位女警官低声对她说：

“田姐，邬局长亲自来了。”

现场让田倩C目瞪口呆。整个研究所被彻底夷为平地，空中的烟柱尚未落定，好在周围的建筑一点儿未受波及。邬梅B正指挥手下勘察现场，她看到性伴儿，百忙中远远地挥挥手，又埋头于指挥。几位女警察正在询问作案的愤雌们，为首那个身形粗壮的光头愤雌这会儿灰头土脸，目光呆滞，几乎神经错乱了，一遍遍地重复着：

“我们扔的是炮仗，真的是炮仗，而且只来得及扔了一个，大楼就爆炸了！”

消防队员在废墟里救人，不过进展太慢。直到起重机和铲车开来，还来了三只穿制服的救生犬，进度才加快。不久，戈雄C和他的四个手下被扒了出来，不过已经是五具血迹斑斑的尸体了。他们以自己的生命为那项研究做了集体殉葬。看看被破坏得如此彻底的研究所，田倩C毫不怀疑，戈雄C那项“已经成功”的研究这下子被毁灭了，再不能转化成活生生的男婴。策划爆炸者已经达到了她们的罪恶目的。

法医简单地做了尸检，就把尸体送往了警察本部的验尸房。在尸体被抬走前，田倩C为戈雄C合上眼睑，仔细洗了脸，擦去了他脸上的血污和黑灰。

用自己的手绢，和着她汹涌而下的眼泪。

邬梅B终于抽出一点儿时间，过来同妻子说话。田倩C指指现场，声音冷硬地说：

“局长大人，这是炮仗炸的吗？”

邬梅B叹息一声："当然不是。我们正在追查真正的原因。"

"是的，我也会以自己微薄的能力来追出真凶，不管她是谁，不管她有什么样的背景——除非把我也灭口。"

邬梅B心情复杂地看着她："别说这些负气话。你放心吧，一定会追出真凶的，依我的初步勘察，这个案子并不难破。这些天我要在局里加班，晚上就不回去了。"

"好，希望你们早日破案。如果你们破不了，或者有意袒……那我就要凭自己的力量来干了。"

邬梅B有三天没回家，这三天里，田倩C把两个女儿全交给机器人保姆，自己到各处采访。她敢肯定，这次爆炸一定有官方背景——母系社会的政府不愿意看到戈雄C的研究成功，于是借助于愤雌的捣乱，把研究所彻底炸毁，然后把罪责推到愤雌身上。看看现场情况，绝对是行家干的，而不是那几位只会搞点儿小暴力的愤雌。如果果真如此，那警察局长邬梅B是否也参与其中了？不要忘了，她恰好是一个知情者，预先就知道戈雄C的研究即将成功。

想到这儿，田倩C止不住心中发冷。

田倩的调查举步维艰。研究所的五人都遇难了，现场没有其他目击证人，唯有的目击者（也可能是参与者），即那七个愤雌，都被警方控制，外人根本见不到。她费尽心机，打听到愤雌们请了七个律师（按照法律，当事人必须单独延请律师），而律师可以去探监的。田倩C找到那七位律师调查，但七人均遗憾地说：确实无可奉告。到目前为止，他们，连同他们的当事人，都正满脑门糨糊呢。被关押的愤雌一直在捶胸顿足地叫屈。

田倩C三天的调查一无所获，但越是这样，她越是坚信：本案中肯定有一只神通广大的黑手。

这三天里，她除了出外调查，就尽可能待在父母家里，安慰二老。戈雄C的不幸对两个老人打击很大，他们痛不欲生。在他们心目中，戈雄C，而不是比较叛逆的田倩C，是坚守家族传统的最后一代了。田倩非常理解他们，她自己曾经藐视那个男人，觉得与他的婚姻已经走到尽头，但是，当戈雄的横死突然袭来时，她才知道，实际上那个人还一直活在她的心里。那天父母既悲伤又欣慰地说：

“看见你还爱着戈雄C，他九泉之下也能闭眼了。”

三人相对唏嘘。

第四天，邬梅B打电话让她回家（邬梅B和她那个家）。邬梅B瘦了一圈，眼圈发黑，声音也哑了。她疲乏地问：

“女儿们呢？你这三天也一直没和她们在一起，对吧？”

“对，机器人保姆在照看她们，这会儿可能在公园吧。案情……有进展了吗？”

“唉，你总该让我先喘口气吧。”她无奈地说，“案子已经彻底破了。我说过，这不是件多么难破的案子。”

“真凶是谁？我相信，你的证据一定非常充分，不是在搪塞我。”

“当然啦，我知道你现在心里是怀疑一切，包括怀疑我，我想搪塞也搪塞不过去呀。侦查结果明天将向新闻界宣布，在此之前，我无权告诉你。”看着妻子怀疑和警惕的眼神，她笑了，转了说话的口气，“不过，警察局长给自己的性伴儿稍稍开点儿后门，还是可以的，只要你在警方正式宣布前，不向外泄露。”

“我保证不泄露，但……如果你不能让我信服，我还会继续我的调查。”

“好的，你如果听我讲完后不信服，我决不拦你。这次爆炸案的真凶是——戈雄C自己。或者更准确地说，是他与四个手下合谋作案。是一次集体自杀。”

田倩C震惊地说：“不可能！他们为什么要自杀？那项研究马上就要成功了，那是他们多年的心血，甚至可以说是他们唯一的人生目的。”

警察局长很干脆地说：“原因很简单：那项研究根本不会成功，上帝不允许它成功！据我所知，老哈森伯格和玛丽亚已经向你说过这个预言，对吧？戈雄C当时不服气，但他们三年来的研究只做到了一点：证实了这俩人的预言。”

“‘上帝不允许它成功’？我想这样的空话没什么说服力，更不能写到警方的报告中。上帝不会那样独裁吧。戈雄C当时就说这个结论太武断。我虽然是外行，也有同感。”

“我试着给你解释吧。”

局长说，其实这句话在哲理层面上的含义，她也不十分清楚，老哈森伯格和玛丽亚的证言相当艰涩，外行们只能听个四分明白六分糊涂。病榻上的哈森伯格是这样说的：

雌性是上帝创造万物时的“缺省配置”。所以冥冥中有一条自然法则，天然地限制雄性干细胞转化为卵子。女性性染色体是XX，这是“天然纯粹”的结构，即使使用玛丽亚的新技术，让两个女人实现本性别内的交配，所产生的受精卵仍是XX，即正常女性，不会出现什么悖误。而男性性染色体是XY，是“天然不纯”的结构，如果两个男人实现本性别内交配，按照排列组合规律，将会出现XX、XY和YY。前两种当然没关系，那就是正常的女性和男性。但第三种呢？你叫它什么性别？超纯男性？自然界从没有过这种怪物——反过来说，就是上帝决不允许有任何可以实现它的途径。

就像为了防止时光倒转，上帝不允许自然界存在超光速。

田倩C从内心抗拒这个结果，不过，仔细听完警察局长的解释后，她不得不承认：戈雄C他们死于自杀是唯一合理的解释。她想起最后一次约会时戈雄C的晦暗和戾气，那时她就奇怪，这完全不像一个成功者的心态啊。如果那时他已经确认了自己的失败，而且做好了赴死的准备，就不奇怪了。

只要承认这个结论，事情的脉络就能很清晰地理出来：这五个男人耗尽一生心血，最终却证明，上帝确实钟爱和偏袒夏娃，而亚当是没有长子继承权的。他们心如死灰，决定以集体自杀的方式向造物主做最后的抗议。但他们不想让“女人社会”知道自己的失败——也许是想为苟活的男性们继续留一点儿希望？于是他们精心地策划了一次“外来袭击”，先设法激怒头脑简单的愤雌，引她们来捣乱，从而引爆早就备好的炸药。实际上，戈雄C最后一次约会妻子，就是实施这个计划的一个步骤。“坤世界”大饭店历来是愤雌们的大本营，在这里与妻子约会，很容易碰到愤雌并引她们上钩。“当然，”局长看看阴郁的妻子，小心地补充了一句，“他肯定也想同你诀别，那同样是他的目的之一。在此之前，他曾回家探望了父母。你是这个世界上他最牵挂的人了。”

田倩C目光阴沉，默默听着。

“虽然那五个男人都死了，死无对证，但这个计划留下一个很大的破绽——所有炸药的摆放位置都是精心设计的，保证既能把研究所夷为平地，又对周围建筑毫发无伤。也就是说，这不是爆炸，而是一次计算周密的工业定向爆破。这就给警方留下了很多无言的证据，足以还原出案件的真相。你记得吗，我当时就说，这个案件不难破？因为我一去现场就看出了异常，看出绝不是愤雌扔的炸弹。阿倩，唯有这一点让我心里纳闷：他们既然精心准备了男人最后的谢幕，不会留下这么大的破绽吧？或者说，他们不会如此低估警方的智力吧？那只能有一个解释：他们尽管愤世嫉俗、性格变态，仍是心地宽厚的好人，绝不愿伤及无辜，哪怕这种谨慎最终可能泄露真相。或者说，他们精心组织了一次告别演出，只求达到轰动的剧场效果，并不一定要求观众真的相信剧情。”她叹息道，“只能这样解释了。他们到死仍是好人。我想，等世界上所有男性最终消亡之后，我们仍会怀念他们。”

她停了一会儿，让田倩C能消化她的介绍。然后她说：

“案情就是这样。你还有什么疑问，尽管问我。”

田倩C久久没有说话。她现在无法理清对那个男人的感情。他在谢幕演出中，原来仍然是在演小丑啊。不过他的结局很悲凉，甚至有几分悲壮，她不忍心再责备或鄙视他。当然，这几天她心中复活的爱情再次枯萎了，还是老哈森伯格说得对，当“两性繁衍”这幢巨厦彻底倒塌后，其上的爱情鸟蛋肯定会破碎的。

她只问了一句：“阿雄啥时候安葬？”

这句话让局长放心了，知道妻子心头的疙瘩已经解开，“警方的尸检已经完成，大概就在这两天安葬。”

葬礼在第三天举行。可以说这是一次“男人们”的集体葬礼，除了在爆炸中死去的五个男人，还有戈雄C的父亲戈雄B，他因悲伤过度引发心脏病，最终没撑过去；有老哈森伯格，他早就油尽灯枯，在葬礼前一天去世了。七个男人的集体葬礼极尽哀荣，参加的人很多，绝大部分是女性，她们在哀乐和白花中向死者默哀，不少人流了泪。让田倩C比较意外的是，人群中颇有一些愦雌，她们今天一点儿也不张扬，默默地低着光头，随着人流安静地向遗体告别，依次同死者亲属握手致哀。圣·玛丽亚也来了，她用力握着田倩C的手，低声说：

“务请节哀。他们是希腊悲剧中的英雄。”

田倩C只能苦笑——他们配不上这个褒语吧。一个小时后，田倩C搀着妈妈，从殡仪馆的窗口领回两盒温热的骨灰。

（注：改写于本人的短篇小说《最后的爱情》）

解读生命

——亦真亦幻，外星人曾经到达地球

1

山猫直升机在沙海里飞了4个多小时，仍没有发现太空来客的丝毫踪迹。塔克拉玛干沙漠是世界上最大的流动沙漠，沉闷的黄色无边无际，巨大的沙丘绵延起伏。没有绿色，没有生命。直升机进入沙海的中央地带后，唯一遭遇的生命是一只误入禁区的野鸭。它显然已疲惫无力，对着直升机悲哀地鸣叫。如果在今晚之前找不到一块绿洲，它的命运也就注定了。

舱门大开，营长邝景才用高倍望远镜仔细搜索着。5个小时前，他被十万火急地召到师部，满脸胡子的罗师长严峻地告诉他，某大国（他用带有敌意的鼻音说出一个国名）通过它的驻华使馆送来一份奇怪的情报，说5个小时前有一个星体坠落在了塔克拉玛干沙漠的中部，该星体接近地球时的飞行轨迹很像是受控飞行，也就是说，它是受“人力”控制的人造装置，而且显然超越地球人的科技水平！

师长用浓重的河南口音说：“外星人？太邪乎了吧。那些外国人没准在捣什么鬼。但不管咋样，上级让咱们实地搜索一番。按说我该亲自去的，至少也要派你们团长，你知道为啥选中你？”师长没有等他回答，自顾自说下去，“咱师团营长中就你墨水喝得最多，年轻，脑子转得快，会英语。像我这样的老脑筋，对付苏修美帝没问题，要是面前站个外星人，咳！……”

邝景才揶揄他：“师长，陆军学院里没教过怎样对付外星人，压根儿没开这门课。再说，外星人不说英语。”

“是吗？那你说该谁去？”

“这该是宇宙生物学家、未来学家和政府首脑们的事。”

师长沉下脸：“那好嘛，这事就交给你吧，你在一小时内给我找一个什么宇宙学家来。”

邝景才嘿嘿笑了，讨好地说：“师长，我没说不去嘛，只是怕你遣将无能，将来落到挥泪斩马谡的地步。行啦，下命令吧！”

师长告诉他，师里为这次搜索行动配备了最强的装备，进口的山猫武装直升机，空对地导弹，火焰喷射器，燃烧弹；10个队员都是从各团挑出来的军事尖子，还有一名医术高超的女军医夏凌凌。看见邝景才微微摇头，师长问：“咋啦？”

“没啥，只是沙漠里没有男女厕所，为啥不派个男军医呢？”

师长根本没理会他的要求，但这番话倒是引起他的重视，立即郑重交代：

“你这句话倒是提醒我，记着，在沙漠中绝不能让夏凌凌离开你的视线，解手也不行！据我所知，某地质队在塔克拉玛干勘探时，有个姑娘只是到沙丘后解个手，就自此失踪。勘探队发疯地找，7天后才在一座沙丘顶上找到她，尸体已经风干，肚子都让飞鸟掏空了。切记我的话！”

邝景才悚然道：“是！”

“另外，脑子里多长根弦。那个大国为啥主动通知咱们？他们有这样的好心肠？遇事多往深处想想。时刻与我保持联络，通话时注意保密。”

这是早上7点的事，9点他们就乘机出发了，现在是下午1点。酷日炙烤着赤裸的沙漠，即使在几百米的空中也能感到迫人的热浪。身后的夏凌凌摘下军帽扇着风，风纪扣解开了，露出鲜艳的内衣领。邝景才扫她一眼，暗暗叹息：女人毕竟不是真正的军人，恐怕在外星球上也是如此——如果外星人也分男女的话。其他战士都是衣帽整齐，像驾驶员陈小兵、排长何振洋、战士克里木等，他们都全神贯注，双手紧握武器，尽管汗珠从军帽下不断滚落。

天边突然出现很大一片绿地。在沉闷的黄色中飞了这么久，乍一看到绿色，大家都觉得眼前一亮。直升机降低高度，飞机下面，肉苁蓉和骆驼刺顽强地展示着绿色，几只黄羊被惊动，敏捷地逃向远方。紧接着大片胡杨林扑入视野，这种树生命力极其旺盛，它们千年不死，死后千年不倒，倒后千年不枯。干枯的枝干虬曲向上，像是地狱中冤死者尽力伸出的手臂，显得十分狰狞怪异，本地人常称它魔鬼林。直升机上的人们活跃起来，挤在舱门观赏这奇特的景色。忽然驾驶员沉声喝道：

“营长，你看这边！”

邝景才几乎同时发现了爆炸现场，位于胡杨林边缘。一片焦黑的树干，树木大多被连根拔起，根朝内，树冠朝外，拼成清晰的同心圆。胡杨林外的半个沙丘被抹平，也形成清晰的同心波纹。邝景才不禁想起有关通古斯大爆炸的描写，两者非常相像。当然，这儿的爆炸规模要小多了。

直升机盘旋两周，没有发现活着的生物和坠毁的装置。邝景才让直升机在爆炸中心降落，他们跳下机舱，拉开扇形，严密地搜索着。塔克拉玛干沙漠的沙粒很细，沙丘背风处十分松软，连骆驼也无法行走。但现在脚下的沙面显然被爆炸压实了，仔细观察，在沙粒中发现了一些极微细的银色金属颗粒。除此之外，没有任何生物和机械装置的残骸，在爆炸中心处的浅坑里也没有挖掘到什么东西，仿佛那个星体或飞碟在冲向地面的一声爆炸中被完全气化了。

现在可以确定有“东西”在这儿坠落，某大国的情报并非无稽之谈。但究竟是什么东西，陨石，某国的侦察卫星，或者真是外星飞船？

夕阳慢慢坠落在沙丘后，酷热很快消失殆尽，寒意渐次升起。邝景才尽量收集了金属颗粒，命令战士集合，准备返回。夏凌凌乐颠颠地跑过来，邝景才犹豫一下，问道：“你是否要方便一下？就在那个凹处吧——但不要离开我的视线。”

夏凌凌面孔红红地说：“谢谢。”

她过去了，邝景才一直拿眼睛的余光罩着女医生，直到她小步跑回。一天的劳累和徒劳无功显然没有影响姑娘的情绪，她脸色红润，眼睛里都含着笑。邝营长微嘲地说：

“你的情绪蛮好嘛，看来你很喜欢这趟野游。”

夏凌凌听出他的揶揄，莞尔一笑：“我本来就没指望见到外星来客，没有期望也就没有失望。”

“你不信有外星人？”

“不，我非常相信。记得读过一个很好的比喻——假如在沙漠的某处你找不到一棵草，那么‘该沙漠无草’的结论就不能排除；但只要发现一根，就尽可大胆断定：沙漠中绝不会仅此一根独苗。宇宙中既然有了地球这个生命绿洲，想来它不会是上帝的独生子吧。不过，外星人肯定非常稀少，他们的来访是几万年几十万年才能碰上的偶发事件，哪能正好让咱们这些凡夫俗子碰上呢？”

战士们都上了飞机，邝景才命令驾驶员打开夜航灯，尽量把直升机拉高。他想再碰碰运气，看有没有幸存者发来的信号。事实证明他的决定非常正确，直升机拉高后不久，一道炫目的光芒从机身上方掠过。从方位看，光源至少在百公里外，但光线射到这儿后仍然极其强烈。空气被电离，留下一道隐约可见的笔直的辉光，久久不散。大伙儿一时间目瞪口呆，何排长脱口喊道：“死光！”

不过，发出死光者显然没有歹意，光束强度随即被调低，萤火虫般闪亮着。驾驶员回头看看营长，营长指指前方命令道：

“快去，一定是幸存者——大家也要做好战斗准备，以备不测！”

随后20分钟里，舱里充满紧张的气氛。他们知道，死光只是科幻小说里的玩意儿，目前各国都还没有投入实战的激光武器。发出死光者是外星人？这种可能至少是隐约可见了。夏凌凌更为紧张，下意识地拉住邝景才的衣袖，目光亢奋，鼻孔微微翕动。营长扭头瞄她一眼，嘴角绽出笑意。

那个光点已经临近，陈小兵回头看看营长，开始小心地降落。

夕阳最后一抹余晖镶在沙丘的边缘上，在广袤的黄色背景下，一个瘦小的身影孤零零地立在浑圆的沙丘顶端，他（她）的四周散发着神秘的蓝紫色的荧光。

一直到17年后，邝景才回忆起这次历史性的会面时，当时的所有细节仍宛然面前。外星人——那时他们对它的身份已经毫不怀疑——身躯瘦小，大致像12岁的孩子，身形与地球人相当相似，也具有头部、躯干和四肢。其后他们才知道，外星人包在太空服中的四肢并不像人类，它们柔软纤细，类似章鱼的腕足。他们的太空服则是功率强大的动作增强器，能让他们在地球的重力场内纵跳如飞。

透过圆形的头盔可以看到外星人的大脑袋，一双极大的眼睛长在头颅的中部。没有鼻子，有一张裂缝似的大嘴。这些细部拼凑成一幅图画时，显得怪诞幻异但并不丑恶，甚至与人类的大脑袋婴儿有某些相似之处。

外星人静静地立在沙丘顶端，手里握着一枚通体透明的蛋形物，蛋形物最后闪烁一下便熄灭了。很难相信那样强烈的激光就是这个小玩意儿发出来的。

直升机轰鸣着降落在沙丘上，战士们敏捷地跳下去，平端武器，成扇形队伍慢慢逼过去。邝景才感受到了战士们的紧张，严厉地低声命令：

“做好准备，没有命令绝不准开火！”

“其实当时我的脑袋里也是空的。”17年后邝景才苦笑着回忆，“要知道那是80年代初，有关外星人的影视、小说和科普作品很少，没有起码的心理准备。由于阴差阳错，这个担子偶然落到我肩上，竟让我代表地球人类去同外星人建立第一次接触，但显然我不够格。”

他妻子夏凌凌回忆道：“我那时刚从西安军医大毕业，是个爱玩爱笑的傻女孩。在那一刻之前，我一直把这项任务当成一次野游。但自从和外星人目光接触的一刹那后，我顿时彻悟了。我绝对相信面前是一个智慧生物，因为她的目光中充满理性和友善，充满久别重逢的依恋。值得提及的还有一点：在我的第一印象中，我觉得她一定是个雌性生物——那时我根本不了解宇宙生物学家和科幻作家的种种推测，他们说外星人不一定是两性的，也有可能是单性的甚至是5性生物。直到现在，我不知道这个印象是否正确。”

邝景才示意战士们原地不动，自己把手枪插回腰间，平伸两手，缓缓向外星人走去。他的大脑激烈地运转着，思考着如何同外星人交流。是握手，拥抱，还是像非洲土人那样拉耳朵？该同她说你好，还是Hello？

两种文明的代表对面而视，巨大的沙丘使他们小如蚁米。邝景才像夏凌凌一样，也从对方的目光中感受到了天然的亲近感，所以，其后悲剧纷至沓来时就格外狞恶。

外星人的脑袋在头盔里灵活地转了半圈，又大幅度地点动——可能这就是外星人的问候方式。然后她转过身，轻盈地纵身一跳，飞到百十米外的另一座沙丘上。邝景才有些手足失措，但看到外星人停在那里等候着，便立即反应过来，对夏凌凌说：

“她是在为咱们带路呢，前边是否有伤员？快回到直升机上，跟着她！”

直升机追过去，悬在外星人头顶。外星人不再逗留，在各个沙丘的顶部纵跳着，动作敏捷飘逸，一步可跨出100多米。直升机紧紧跟在她的后边。

一座沙丘阴面有一个直径约3米的冲击坑，坑口四周的沙粒被烧融过，凝结为光滑的洞壁。洞不深，直升机转过光束，照出洞底一个类似救生舱的圆形装置，舷窗内有一个外星人面孔，没有戴头盔，所以看得更为清楚：章鱼似的大脑袋无力地低垂着，头颅上端浑圆，下端略为收缩，双眼紧闭。可能是看到灯光，他勉强睁开眼睛，送过来一瞥——邝景才分明感受到那双目光中的疲惫和欣慰，心中突然涌过一道热流。他低声命令：

“夏军医跟我来，准备抢救！”

夏凌凌拎着急救包紧紧跟在后边，直到这时她才进入角色，惊惶失措地低声喊：“营长，我不知道他有没有血管！有没有心脏！不知道强心剂对他是否有毒！”

邝景才恼怒地瞪了她一眼，把训斥留在嘴边。没错，当两种完全陌生的生命初次相遇时，再好的医生也会手足无措，他们只有一步步试探。舱内的外星人慢慢抬起腕足，随后舱门缓缓打开——夏凌凌尖叫一声，躲在了邝景才的身后。

那是极为血腥丑恶的场面，他们做梦也想不到。外星人原来只剩下半截身体，残躯处血迹斑斑——血液也是红色，但带着紫色的辉光。4只形貌狞恶的六足动物在血泊中恣意地大吃大嚼，它们有耗子大小，6条细腿类似于蜘蛛的节肢；肚子滚圆，两只复眼长在头顶。外星人的残躯上尚吊着一团完整的脏器，2只小怪物正合力撕咬着。脏器被撕开，第五只小怪物从脏器里费力地钻出来，快活地叫了两声，立即加入了饕餮者的行列。

无疑这是些凶恶的寄生生物。女外星人引他们来不是抢救伤员，而是消灭这种可怕的妖魔。邝景才、夏凌凌和他们身后的克里木都傻望着，心头阵阵作呕。几只小怪物已经吃饱喝足，蹲伏在血淋淋的残躯上，用厚颜无耻的懵懂目光好奇地看着来客。忽然它们像听到一声号令，吱吱叫着向来客扑过来，动作异常敏捷。

几乎同时，邝景才的五四手枪和克里木的AK-47自动步枪凶猛地开火了。他们一边开火，一边拖着夏凌凌向外撤。女外星人这会儿正趴伏在洞口，邝景才用力把她推出去，对洞外的战士厉声喝道：

“开枪！用火焰喷射器！”

早已严阵以待的士兵们立即应声扫射，火焰喷射器也对准洞口，夏凌凌尖声喊道：“伤员！里边还有受伤的外星人！”

邝景才粗暴地把她推到后边，在枪声中大声喊道：“救不活了！我不能冒险，不能让这些寄生生物逃出来！”夏凌凌立即联想到可怕的场景：寄生生物逃出来，悄悄侵入他们的身体，险恶地从内部吞噬宿主，然后从血淋淋的残躯中爬出来。大量繁殖的寄生者由此向地球扩散……她打了个寒战，不再劝阻。

何排长早已按下喷射器的扳机，一道火舌凶猛地扑进洞里。邝景才咬着牙喊：“烧！把它们烧光！”火焰喷射器在近距离内狂喷火焰，火舌抵至洞底又凶猛地回涌。一直到燃料用光，何振洋才停下来。

洞壁烧塌了，洞口烧得焦黑，几个怪物已必死无疑。邝景才这才想起那个女外星人，他走过去，垂下目光，负疚地说：

“很抱歉，没能救出你的同伴。”

外星人木立着，没有一点儿反应。夏凌凌怜悯地看着她，在她的目光中找到了与人类相通的感情：绝望与悲痛。也许作为一个女人，她能更好地理解这种情感。她走过去挽住外星人的胳臂，用英语重复了一遍：

“很抱歉，没能救出你的同伴。他已经无法救治了。”

她明明知道，无论汉语还是英语，外星人都不可能听懂，但她仍重复着这些话，似乎这样能减轻心中的愧疚。但外星人下面的行为谁也料想不到，她眸子中冷光闪烁，一扬手，一道强烈的蓝光射向直升机，直升机轰然爆炸，旋翼叶片飞上了天。一团黑乎乎的东西从夜空中打着旋砸过来，借着直升机燃烧的火光看，原来是驾驶员陈小兵的断腿。外星人趁乱逃走，这时已纵到百米之外。邝景才怒吼一声，抢过克里木的自动步枪向那个背影扫射，战士们也同时开火。但已经晚了，外星人又一个纵跳遁入了夜色中。

枪声停息了。邝景才恨恨地看着夜空，没有尝试去追赶。他知道，在夜幕中，根本无法用双腿去追击纵跳如飞的外星人。直升机已化成残片，邝景才托着陈小兵的残腿，想起这个话语不多但十分干练的青年，眼中怒火喷涌。这会儿外星人如果在眼前，他会一刀刀碎割了她！

机上的报话器毁坏了，幸亏还有一部步兵报话机。邝景才要通师部，由于怕外国的卫星监听，他没有报告详情，只是请求尽快增援3架直升机。那晚他们就宿在附近，互相依偎着取暖。在沙漠午夜彻骨的寒冷中，邝景才阴郁地沉默着，眼前晃动着陈小兵的娃娃脸和那个可恶的女外星人那两只特别大特别明亮的眼睛。夜风吹熄了他的怒火，现在他更多的是困惑。从最初的接触看，那个外星人肯定是有理性的文明生物，是她主动寻求地球人的帮助的。但她为什么突然反目成仇？怪我们误伤了她的同伴？但那个同伴分明不能救治了。

也许是“火焰”触犯了他们宗教上的禁忌，才激起她的怒火？就像地球上有些种族害怕火化遗体，认为火化后灵魂不能上天国……思前想后，他无法摆脱困惑。说到底，他只是以地球人的思维来猜度外星人。他宁愿相信外星人的思维也符合地球人的逻辑规律——毕竟在地球上的各个种族中，这些坚硬的规律是普适的。但做出逻辑判断所必需的前提和细节呢？如果在前提和细节上没有起码的沟通，那么即使同样的思维方式也不能取得共识。

他解嘲地想，不要说外星人了，连地球人类之间还不能彼此理解呢。他们手中的武器就是人类间隔阂的最典型的象征。

夏凌凌作为唯一的女性被安置到人群正中间，战士们高高兴兴地用身体围着她——同时偷偷地嗅着姑娘身上的芳香。夜深了，他们把头埋在臂弯里睡熟了。但夏凌凌时时抬起头，把目光溜向外圈的营长。她知道那个男人正在忍受着内心的煎熬。没错，连夏凌凌也隐约感到，这件事中间有一点儿不对劲，隐隐约约的不对劲。比如，以女外星人手中的激光枪，完全可以消灭那些小耗子，但她为什么没有这样做，却跑来寻求地球人的援助？地球人杀死这些可恶的怪物，她为什么反而炸毁了地球人的直升机？

凌晨，他听见了直升机的轰鸣声，3架国产直升机披着晨光，从沙丘上方掠过来。这次胡子师长亲自来了，邝景才简要地报告了昨天的情况，描述了寄生生物的丑恶形貌。师长看出他的沮丧，拍拍他的肩膀说：

“你的临机决断没有错，完全正确！”

他在陈小兵的残躯前致哀。3架直升机散开来搜索逃跑的外星人，一直到下午6点，才在百公里外找到她。那是一片城堡的废墟，苇编的栅栏还没有完全腐烂，陶罐残片半埋在浮沙中。城堡中甚至还有一座佛塔，砖块是用湖中的淤泥切割而成的。在千年的风沙中，佛塔的外形已被磨圆了，塔顶搭着一个粗糙的鹰巢。多年之后，他们才知道这是古代精绝国的遗址，在唐玄奘的《大唐西域记》里尚有它的记载。

女外星人藏在佛塔旁的一个地穴里，十几名战士正用枪口牢牢地围着她，他们都苦着脸，紧皱双眉，塔顶的老鹰也在警惕地盯着他们。等师长和邝景才赶到时，看到了和昨天同样的镜头：女外星人已经死了，也几乎被吃光，只剩下脑袋和很少一节躯干。5个尖头尖脑的六足怪物仍在带着荧光的血泊中大吃大嚼，连直升机的轰鸣声也没有惊扰它们。它们发现来人，吱吱叫着，动作敏捷地冲过来。邝景才立即把师长掩到身后，师长怒冲冲地甩脱了，从牙缝里挤出一个字：

“烧！”

2

去年，我在北京参加“97国际科幻大会”时，便装的邝氏夫妇到科技会堂找到我，邀我去喝咖啡。同去的还有我正在北航上大一的儿子。那晚，在奥星咖啡厅梦幻般的小夜曲声中，他们娓娓讲述了这个故事——不，他们说这不是真实的故事，应称之为构思。邝先生呷着加冰的马提尼酒，凝视着40层楼下遥远的灯光，缓缓说道：

“17年来，那两个外星人尤其是那个女外星人的眼睛始终在我眼前晃荡。他们从哪里来？来干什么？是不是一次亲善访问？他们已在烈火中化为灰烬，回归本原，但他们的亲人是否还在遥远的星球上为他们祈福？我至今也弄不清楚，自己在这件事中究竟扮演了什么角色：是拯救人类的功臣，还是毁坏星际交流唯一桥梁的罪人？”

夏女士微笑着碰碰他：“当然，这只是构思。”

邝先生轻叹一声：“对，只是构思。我思考多年，终于下决心把这个构思告诉第三者，”他看看我儿子，加了一句，“和第四者。王先生，那时我们的眼界很闭塞，心态也不成熟，我知道这个构思中有一些不合逻辑的死结。希望你以科幻作家的视角重写这个故事。”

滞重的暗潮在三人之间缓缓流淌。只有儿子感受不到这种暗流，笑嘻嘻地盯着邝先生，一副跃跃欲试的劲头。我对邝氏夫妇说：“好吧，我会尝试去完成你的构思，但我不知道自己的诠释是否正确。”

邝先生用自己的轿车把我们送回科技会堂，和我们握手告别。在电梯里儿子急不可耐地说：“爸爸，邝先生的故事里为什么有一些解不开的矛盾？因为他的一个假设是错的。”

我看看电梯里的人们，纠正道：“不是故事，只是构思。”

儿子颇为不耐烦，摆摆手，说：“我知道，我知道这样的藏藏躲躲是咋回事，国家机密嘛，那就把它当成虚构吧。我想，在邝先生的潜意识里，必定认为有一条规律是适用于全宇宙的，那就是：初生婴儿不会有意识。但这可能是不对的。”

“是吗？”我问。

在走廊上儿子继续侃侃而谈：“看看地球上的生物吧，小海龟生下来就知道大海的方位，一种美洲蝴蝶生而知道从北美到南美的迁徙路线。这种能在基因中传给后代的本能当然就是意识，只是比较低级罢了。但既然能在基因中‘拷贝’低级意识，谁敢说宇宙中不会出现‘全意识拷贝’或‘全智能拷贝’的生物呢？如果有，女外星人的怪诞行为就好解释了。”

我笑了笑，说：“好，就按你的构思写一篇吧。”

3天之后，在成都月亮湾科幻夏令营里，儿子兴冲冲地交给我一沓手稿，嬉笑着说：“爸爸，我写好了。我有意模仿你的文风，不知道像不像。”

3

在离开母星3500年之后，宇宙艇内仍使用责晶星的时间，保持着责晶星的昼夜交替,当然是用灯光模拟的。这天早上，孛儿诺娅和艾吉弓马雄几乎同时看到了屏幕上出现的那艘飞船。“飞船！”孛儿诺娅喊道。艾吉弓马雄已同时送出减速和转弯两道思维波命令。半光速飞船向前方发送着强劲的减速震荡，同时艰难地拐了一个巨大的弧形，回头向着已相距300万地马亚的那艘飞船追过去。

孛儿诺娅在电脑前紧张地整理着那艘飞船的数据，这是刚才相遇时仪器自动收集的。据探测，它有390盖普长，直径约80盖普，前端呈锥状，后部是圆形，有尾翼。这是第二级文明时期典型的风格。它现在已经“死亡”，没有动力，没有信息流，只是靠惯性在宇宙间飘游。即使如此，孛儿诺娅仍然十分激动。她用腕足围住丈夫的脖颈，急切地说：

“是智能生物的飞船！艾吉弓马雄，我们寻找了3500年，总算找到了！”

3500年前，一对正当妙龄的年轻夫妇走进这艘宇宙艇。那时他们都是30岁，本来可以在责晶星上平平安安度过120年；但他们自愿报名参加外星文明探索，踏上了这条不归路。他们也得到补偿，在责晶星长老会的特许下，他们体内的衰老基因被关闭，只要宇宙艇不遭受意外，他们可以一直活到宇宙末日——当然只是理论上如此，实际上不一定行得通。宇宙艇的能量储备是按4000工作年设计的，如果4000年内不能到达某个文明星球，艇内的维生系统就要停止工作，他们就只能做永存的僵尸了。

这次的减速和转弯几乎要耗光宇宙艇剩下的能量，他们的生命也快要到头了。但3500年的幽居生活实在太枯燥，即使是火热的爱情也会降温的。所以，这次的邂逅仍使他们激动不已。前面的飞船越来越近，3天后宇宙艇追上它，轻柔地靠上去，伸出密封口，吸开了飞船的舱门。

是一艘无人太空舱，舱内很简单，柜中堆放着一些镀金铝盘，上面镌刻着文字资料和图画。他们没有耽误，立即把文字扫描进电脑去释读。由于这些文字与责晶星的文字之间没有任何中介信息，也没有任何实物对照，释读起来十分困难。直到半年后，当他们已到达该飞船的母星时，电脑才送出第一条信息，说这艘飞船是先驱者10号，1973年由地球发射——但1973年究竟是什么概念，对他们来说仍是一片空白。

两人知道不能指望电脑对文字资料的破译，便同时开始对图画进行猜读。画面上有两个高低不等的人像，其含义很明确，无须猜测：他们一定是智能生物的自画像。幸运的是，这种智能生物与责晶星人大致类似，这是一个好兆头，也许两种文明的沟通会容易一些。

两个人像在细微结构上有小小的差别，可能表示他们也是两性生物——又是一个与责晶星人的共同点。两人胯下的差别恐怕是表示不同的性器官，这是唯一合理的解释。只是性器官长在这儿而不是长在腕足的前端，实在过于奇特。

孛儿诺娅指着较矮人像胸前的两个圆球，好笑地问：“这是什么器官？它有什么作用？”

“不知道。它是较矮个体独有的，显然也是第二性征。你看，两人的体毛也不同，较矮个体头上有长毛，较高个体则是光头。只是不知道哪个是雌，哪个是雄？”

孛儿诺娅笑着说：“我相信较低的是雌性。不过，她胸前两个圆球太丑陋了，我不相信它会对异性有吸引力。”

艾吉弓马雄简单地反驳道：“不。异性身体任何相异之处都必然有性吸引力，这是生物进化论的铁定原则，我相信它同样适用于那个星球。”

图画上其他的斑点和弧线的含义比较艰涩，一时难以理解。他们注意到一排整齐的圆形，共10个，大小不等，第一颗远远大于其他9颗。艾吉弓马雄高兴地说：

“一定是表示智能生物所处的星系：1颗恒星，9颗行星，而且行星大小不同。孛儿诺娅，你把9颗行星的大小和顺序编成数列，让电脑在天体图中搜索类似的星系。快去吧！”

很快电脑送出结果，有相同排列的9星星系找到两个，但都在500万光年之外，不大可能是这艘飞船的母星——即使是，他们的燃料也不可能到达了。倒是距此0.17光年的一个10星星系——玛玛亚星系——值得考虑。它虽然多了颗行星，但前9颗行星的大小和排列与信息盘上完全一样，而且该星系恰好在飞船驶来的方向上。这不可能是巧合。

那么是否有这种可能？就是该星系的第十颗行星（它很小，也非常遥远）尚未被这个文明社会发现。果真如此，那么这艘飞船一定属于一个朝气勃勃但未脱稚气的种族——他们连家门口的事情还未搞明白，就开始宇宙探险了。

两人经过讨论，确认这种猜测的胜率很大。这又是一次难得的机遇——这艘飞船刚刚发射，尚未远离它的母星。这样说来，宇宙艇的能量还勉强够到达那儿。艾吉弓马雄把飞船内的信息盘转移到宇宙艇内，然后调定航向，向玛玛亚星系飞去。剩下的能量还能把宇宙艇加速到三分之一光速，按这个速度计算，到达那儿要半年之后了。

不管怎样，现在他们的航程有了目标，一个触手可及的目标。宇宙艇内的沉闷枯燥一扫而光。艾吉弓马雄心情愉悦，重新发现了异性的磁力，孛儿诺娅腹部的明黄色性征带也变得闪闪发亮。于是，两人的8只腕足绞在一起，尽情缠绵着。

但这场爱情舞步并没有走多久。30天后，艾吉弓马雄忽然冷淡地抽回腕足，从此把自己禁锢在阴郁中。孛儿诺娅困惑地小心探问："你怎么啦？生病了？心情不好？"艾吉弓马雄固执地沉默着，用古怪的眼神不时扫着孛儿诺娅的身体。

不久孛儿诺娅就知道了答案——她发现自己肚腹上有一个点开始缓缓搏动和胀缩。这正是某种噩运的征兆。她惊惶地欺骗自己，不会的，命运不会对我们这么残酷，我们经历了3500年的旅程，刚刚发现目的地……但几天后，搏动点增加到5处，胀缩的幅度也越来越大。她知道逃避已经没用了，苦涩地喊了一声："艾吉弓马雄！"

艾吉弓马雄用腕足揽住她，惨然说："这些天我一直在观察你，希望你能幸免。我决定了，如果你能幸免，我就独自跳到太空中去。可惜……"

孛儿诺娅艰难地说："你确认它们是阿米巴契太空寄生生物？"

"不用怀疑了。我们一定是在进入那艘飞船时受到了感染。当时我们太兴奋，忘了应有的谨慎。"

"那么，是飞船制造者的阴谋？"

"不像。从他们向宇宙发送的信息看，这是一个心地坦诚的半原始种族，远未达到阿米巴契生物的文明。肯定是飞船在飞行途中被阿米巴契侵入了。"

他们既悲愤，也十分懊悔。所有宇宙探险的教科书上都以三重警告的方式提醒着，要注意提防这种险恶的六足妖魔。它们属于发达的第四级文明，依靠微小的三联式病毒繁衍种族。三联病毒常常附在陨石或过往飞船上，一旦碰到以蛋白质为基础的生命就迅速侵入，在某个细胞里完成三联组合，并强夺宿主细胞核内的基因，孕育出阿米巴契胎儿，然后从体内吃掉宿主。他们是"全智能拷贝"生物，从胎儿期就具有成熟的智能。

可怕的是，一旦被病毒侵入，宿主就完全无救。高智能的阿米巴契会在宿主每个细胞内留下信息副本，如果某个阿米巴契胎儿被杀死，另一个细胞内的病毒信息就会立即启动。要想消灭它们，除非彻底销毁宿主的身体。

艾吉弓马雄用腕足搂住孛儿诺娅，悲凉地说："孛儿诺娅，我决定结束自己的生命，决不用我的身体喂养这些可恶的魔鬼。"

孛儿诺娅深深点了点头："我也要这样做。"

"炸毁宇宙艇！不能让它们再到玛玛亚星系去为害。"

“好，我同意。”

8只腕足纠缠绞结，他们在悲凉中尽情享受最后的快乐。第二天，艾吉弓马雄抽出腕足说：“我要启动自爆指令了。”

孛儿诺娅柔声说：“你去吧！”

自爆指令有一重机械保险装置，必须用外力把它打开后才能接受思维波命令。孛儿诺娅尽力保持镇静，心境苍凉地看着丈夫。他解除了机械锁，就要下达思维波指令……忽然艾吉弓马雄的身体奇怪地抖动着，目光四散分离。等到目光重新合拢，他不紧不慢地恢复了机械锁，转过身冷冰冰地说：

“算了，及时行乐吧，干吗为素不相识的玛玛亚星系操心呢？”

孛儿诺娅心中猛一抖颤，知道已经晚了，艾吉弓马雄体内的寄生者已经足够强大，控制了他的意识。其后几天，神智麻木的艾吉弓马雄一直纠缠着她，她不动声色地应付着。等到能够脱身时，她立即赶到控制台，打开机械锁，立即下达了自毁命令——但一条腕足忽然从后面缠住她的脖子，在片刻的意识空白后，一个懒洋洋的念头浮了上来：

“真的，何必担心玛玛亚星系的野蛮人呢。还是及时行乐吧，趁着两人的身体还没被吃掉。”

以后的几十天他们一直沉迷于亢奋的情欲中，以此来麻醉自己的神经。偶尔也能清醒片刻，那时他们都阴郁地躲避着对方。体内的5个寄生者越长越大，悄悄蚕食着各自周围的肌肉。在尖锐的痛楚中，两人心如死灰，默默等着可怕的死亡。

玛玛亚星系已经在眼前，该星系的第三星是一个漂亮的蓝色星球，用肉眼已能看清它的表面。云层在移动，海面上波浪翻卷，各种人造装置在天空、海洋和陆地上穿梭不息。显然这是一个生机勃勃的星球。

艾吉弓马雄目光阴沉地来到控制台前，打开反雷达装置，进入蓝星的大气层，准备降落。他启动反重力系统——电脑发出紧急警告：能量枯竭，无法启动！

在刹那的震惊中，孛儿诺娅的神志突然清醒了。她想起几天前，艾吉弓马雄在短暂的清醒中，曾跑到控制台前非常诡秘地干着什么。那时孛儿诺娅立即下意识地关闭感官和思维，没有把这个信息传送给体内的寄生者。一定是他在那时排空了能量！她高兴地想："好，让怪物和我们同归于尽吧！"——但另一种意识马上汹涌而来，淹没了上面的念头。她惊惶地喊：

"艾吉弓马雄，只有靠救生舱了，快进救生舱！"她艰难地钻进救生舱。艾吉弓马雄跟在她后面。

救生舱被弹射出来，向前方发送着减速震荡，但下降速度仍然非常快。在他们身下，宇宙艇向蓝星上一片黄色沙漠射去，传来惊天动地的爆炸声和一道炫目的白光。他们乘坐的救生艇随即也呼啸着坠入沙海。

孛儿诺娅从休克中醒来，逐渐恢复神志。她感到体内有明显的变化：5个搏动点停止了搏动，自己的头脑也十分清明。当然，她不会奢望那些可怕的寄生者会就此死去，但显然它们在降落的强烈冲击中暂时休克了，放松了对宿主的意识控制。

艾吉弓马雄没有醒来，他体内的搏动点也处于静止状态。孛儿诺娅知道，在寄生者醒来前自己应迅速采取行动！她从救生舱中取出蛋形激光器，缓缓举起，对准艾吉弓马雄，却迟迟不能下手。毕竟，艾吉弓马雄是她的爱人，是陪她走过3500年的男人。另外，她不敢保证激光器能把艾吉弓马雄（尤其是自己）的每一个细胞都杀死。但只要留下一个细胞，寄生者就会卷土重来……

就在这时她听见轰鸣声，看见了夜空中的亮光。无疑这是蓝星人来了，他们已经发现外星来客。现在，趁自己还清醒，应该首先去寻求蓝星人的帮助。她穿好太空服，走出救生舱，把舱门关好，纵跃到附近最高的沙丘上，向夜空中发出了信号。很快，一架飞行装置轰鸣着落到面前。一高一矮两个人首先跳下，向她走来。这是镀金铝盘上镌刻的两性生物，他们的目光充满理性和友善。

孛儿诺亚领着蓝星人，来到救生舱降落的地方。

……

凶猛的火焰烧尽了艾吉弓马雄的遗体和5只寄生怪物，孛儿诺娅喃喃地说："好的，现在该轮到我了。"

但就在这一刻，她的意识中忽然有了强烈的震颤。她恐惧地想：晚了，寄生者醒过来了。寄生者的意识逐渐漫开，驱使她举起激光器，凶恶地对准蓝星的人群。就在死光发出的刹那，她残存的主体意识做了最后的挣扎，把射出的死光转向了直升机。直升机轰然爆炸，孛儿诺娅敏捷地逃走了，蓝星人密密的火网在她身后飞舞。

第二天，在精绝国佛塔的地穴中，5只六足生物从她体内钻了出来，一口口撕吃了她的身体，它们旋即被及时赶到的蓝星人烧死。但这已是她的身后之事。

在成都至重庆的高速公路上，我坐在空调大巴里匆匆看完儿子的手稿。儿子自得地说："爸爸，我的构思还说得通吧？"

我思索片刻，坦率地说："文笔不错，但情节发展过于迫促。不过这不是主要的，关键是你的构思并没有完全解开邝先生的死结。比如说，按你的假设，寄生生物是全智能拷贝的，它们的婴儿能控制宿主的意识。但为什么它们出生后反而变傻了？面对人类的武器却不知道逃避？"

儿子尴尬地搔搔头，说："对，这是一个漏洞。"

前边的旅客听见我们的谈话，回过头惊奇地盯着我们。我拍拍儿子的头顶说："儿子，我不喜欢你关于寄生生物的设定，它过于牵强。我不相信进入高级文明的生物会如此残忍血腥。"儿子摇着头打算反驳，我截断他的话头说："我也有一个构思，一种新的诠释，是在邝先生和你的构思基础上产生的。我把它写出来，你看完后再说吧。"

4

……孛儿诺娅和艾吉弓马雄在卧室中缠绵时，控制室的警告铃声刺耳地响了。能量告罄，能量告罄。剩余的能量勉强可供宇宙艇在抵达蓝星时修正航向，已经不能保证安全降落了。

两人都没说话，他们早就知道这个结果，在邂逅玛玛亚飞船时就知道了。只是……这个结果太残酷。他们在太空中漫游了3500

年，总算找到一个有文明种族的星球，找到一个落脚之地，却忽然得知，死神已预先赶到那儿等着他们。

孛儿诺娅叹息道：“那么，只能使用救生舱了。”

“对，但救生舱不是为这样的极端情况设计的。在这种情况下使用，乘客存活的机会只有十分之一。”

孛儿诺娅微微一笑：“你忘了我们是两个人，这能使那个分数变成五分之一。”

艾吉弓马雄叹道：“可惜在3500年的航程中，我们没有生下几个儿女，这会使那个比率再提高一些。现在已经来不及了。”

孛儿诺娅温柔地安慰他：“没有生孩子我一点儿也不后悔。我们无权把孩子们放到这样严酷的环境中，让他们受苦受难。”

艾吉弓马雄粗暴地说：“应该后悔！只要他们能够活下去，承受什么样的苦难也是值得的，那才是对他们的真爱！”

那晚他们心情郁闷，没有再说话，彻夜焦虑不宁。第二天早上，孛儿诺娅震惊地发现，自己腹上的明黄色性征带在一夜之间消退了，没有留下一点儿痕迹——这正是一种凶恶绝症的典型病状！她没有告诉艾吉弓马雄，只是苦笑着问自己：灾难总要结伴而行吗？

几天之后，后续症状出现了，她的腕足前端的性器官也迅速消失。这些天，艾吉弓马雄一直用冷静的古怪目光斜睨着她，现在她明白了这种注视的含义：恐怕艾吉弓马雄也患了同样的病。她冲动地抓住艾吉弓马雄的腕足仔细观看，果然，他的性器官也完全消失了。孛儿诺娅喃喃地说：

“性别退化症？是那种神秘可怕的性别退化症？”

艾吉弓马雄平静地说：“是的。”

“我们马上就会变成没有情欲、没有性爱、干瘪委顿的中性人，很快就要死去？”

“对。”

孛儿诺娅苦涩地说：“命运为什么要对我们施予两重惩罚呢！”

艾吉弓马雄笑了：“这不是惩罚，是奖励。要知道，责晶人的远祖是交替采用有性和无性两种生殖方式：食物充足时用有性生殖，食物匮乏、环境恶化时迅速转入无性繁殖，用体细胞孕育出4～6个婴儿。这种六足小精灵生命力极强，容易适应各种灾难环境。可以说，正是这种极其有效的生殖方式帮助责晶人进入文明社会。但此后，在优越的生活条件下，无性生殖方式慢慢消退了，变成一种数十万年前的遥远回忆。只有极个别人偶然有这种返祖行为，以至于它被看成病态。”他由衷地赞叹道：“你看，基因比我们更强大、更聪明。在外界的压力下，它已经自动做了选择。”

孛儿诺娅仔细打量着两人的身体。没错，两人身上那些令对方怦然心动的性别特征已经完全消失，他们的身体在逐渐干瘪。她仍然爱艾吉弓马雄，但这种“爱”已经没有了情欲，没有了那种令人战栗的火花。她凄然说：

“好，听从基因之神的安排吧！艾雄，最难的是你，你怎样才能完成从父亲到母亲的心理转变？”

艾吉弓马雄爽快地笑了：“没关系，基因之神会帮助我们的。”

他说得不错，15天后，他腹中的5个胎儿首先开始搏动，悄悄吞食着它们周围的血肉。艾吉弓马雄总是轻柔地抚摸着它们，完全是一个称职的“母亲”。

在进入蓝星的大气层前，他们转移到救生舱。这时艾吉弓马雄的第一个孩子出世了。首先是肚皮上鼓起一个圆包，圆包急速跳动着，然后扑哧一声，一个小小的尖脑袋顶出来，两只小眼睛骨碌碌转了几圈，随后6只细腿用力扒拉着，从那个小洞里挣扎出来。小家伙在原地转了两圈，向这个世界行了见面礼，就返回伤口，不客气地大吃大嚼起来。

尖锐的疼痛从肚腹处射向脑中枢，同时伴随着强烈的快感。如果此后和蓝星人建立了交流，他们就会知道，这和蓝星女人新婚之夜的感觉、和她们第一次被婴儿咬住母乳的感觉是一样的。艾吉弓马雄已经十分虚弱，仍勉力抬起头看着小吃客，欣喜地喃喃说：

“贪吃的小东西，得给你的弟妹们留一些呀！”

这种六足小怪物与普通责晶人很少相似之处，所以从视觉上几乎难以接受它们。但几十亿年的基因更强大，它唤醒了孛儿诺娅身体深处的母爱。小东西吃得十分惬意，孛儿诺娅忍不住轻轻摸摸它。小东西立即回头，咬住了她的腕足足尖。但它随即吐了出来，很有礼貌地叫了两声，又回头大吃大嚼。艾吉弓马雄自豪地说：

“你看，它已经会认人了，它只吃自己亲代的血肉。”

艾吉弓马雄的4个孩子陆续钻出来，在血泊中闹闹嚷嚷，只有最后一个尚在一团脏器中挣扎着。孛儿诺娅觉得自己的胎儿也被它们催促着，努力用小脑袋戳着自己的肚皮。她感到十分欣喜。

救生舱被弹射出来，宇宙艇化为一道白光射向沙海，传来震耳的爆炸声，然后是剧烈的震荡……

……艾吉弓马雄和5个儿子在蓝星人的武器下刹那间化为灰烬，这场血腥的屠杀使孪儿诺娅惊呆了。刚才与蓝星人甫一见面，她就感受到这个低级文明的尚武精神。但她相信这种尚武精神只是蒙昧时代的残留，因为他们的目光中分明充满理性和友善，完全可以信赖。在沙丘顶上，她一直羡慕地打量着高个的雄性生物和矮个的雌性生物，他们分明是镀金铝盘上那幅图画的模特儿。雄性脸形周正，线条刚劲；雌性长毛飘拂，曲线玲珑。这是阳刚之美和阴柔之美，其神韵在画上是无法表达的。她欣慰地想，把责晶人的后代托付给他们，可以放心了。

但随后就是毫无先兆、毫无逻辑的大屠杀！最不能容忍的是，他们屠杀的目标甚至不是对准艾吉弓马雄，而是对准5个懵懵懂懂、毫无心机的孩子！这5个刚出生的婴儿正在快乐地领受第一顿圣餐，基因之神赐予的第一顿圣餐。当客人来临时，善良的孩子们甚至中断圣餐表示欢迎。但得到的却是野蛮人的屠杀！

怒火熊熊，她举起激光器对准这些残忍嗜杀的野蛮人……但责晶人的道德约束比怒火更强大，在最后一刻，她迫使腕足把死光转向直升机。随着轰然的爆炸声，她敏捷地逃走了。

……

儿子不满地嚷道："爸爸，你的构思更糟！太血腥，太荒诞！你哪是写科幻呀，纯粹是黑色恐怖小说。"

"真的吗？你要知道……"

儿子打断我的话："我知道，我知道，我知道进化论不责备残忍，只要它对本种族的繁衍有利。我知道公狮有杀婴行为；母蝎子在交配后常常吃掉公蝎子；泥蜂拿可怜的螟蛉幼儿当食物……但像你说的，子代吃掉父母的身体，还是太荒诞了。爸爸，你能想象我一生下来就把妈妈吃掉吗？”

我笑笑，没有吭声。

从重庆坐江船顺流而下，儿子被我才买的几本书迷住了，几乎无暇观赏两岸的美景。到达夔门时，儿子走到船尾，靠在我的身边，低声说：“爸爸，我知道你的构思是从哪儿来的了，它确实有生物学依据。”

我微笑道：“是吧，你也看了那本书？”

“嗯，美国生物学家斯蒂芬·古尔德的《自达尔文以来——自然史沉思录》，真是一本好书，他描述的生物习性让人震惊……”

……看一下瘿蚊的行为方式。如果滥用人类的准则去评判它，我们就会产生错误的爱憎。

瘿蚊寄居在蘑菇中，以蘑菇为食。先由那些能够飞行的瘿蚊发现新蘑菇，一旦食物丰富就开始无性的孤雌生殖。食物没有匮乏之前，孤雌生殖一直继续，可以连续繁衍250代，达到每平方英尺20000只幼虫的密度。等到食物减少，就改为有性生殖，交配产卵，孵化，变成蛹，再变为飞虫。它的孤雌生殖方式十分奇特，后代在母体内发育，但并不包在生殖腔里，而是直接长在母体的组织内。母体也不向幼儿提供营养，幼儿为了生长而直接蚕食母体。几天之后，幼虫出生了，留下亲体的遗骸，一个几丁质的外壳。不到两天，这些幼虫又发育出新的后代，并“心甘情愿”地被后代吞食。

另一种复变甲虫也进化出类似的可怕习俗。这些甲虫通过孤雌生殖生出后代，幼虫附在母体的表皮上，将头插进母亲体内并蚕食之。母亲因至爱而献出生命。当然，说这种繁殖方式“可怕”，只是人类的偏见。不妨设想一下，如果恰是这些生物进化出地球的文明，那么瘿蚊或甲虫诗人一定为“子食母体”写出很多温情的诗篇！

进化论认为，生物适应环境的重要一环是对生殖活动的能量投入。当面对恶劣环境时，生殖不啻为最后的赌注。

在那之后，儿子反常地沉默着。夜幕沉沉，两岸山色空蒙。前方拉响了汽笛，一艘江轮交错而过。儿子凭栏眺望着夜色，探照灯扫过时，我看见他眼角有晶莹泪光。

“爸爸，我一直在想着那个可怜的外星人。”儿子沉闷地说，“她藏在精绝国的佛塔下，面对无法沟通的异星文明。她死了，留下5个毫无防御能力的孩子。当时，她该是怎样一种心境呀？”

我说：“不必太难过，那只是对真实世界的一种诠释。”儿子烦闷地说：“但愿它只是构思或诠释，可是，如果它真的是事实呢？”

孛儿诺娅挣扎着起身，用蛋形激光器割开太空衣。5个小家伙都已经破壳而出了，它们的生命力确实强悍，立即适应了蓝星上含氧量过高的大气，欢快地叫着，在她的残躯上爬上爬下，而且个个都有一副好胃口。

在初为人母的愉悦中，孛儿诺娅的怒火已经平息了，不再仇恨那些行事残暴的蓝星人。现在，她仍相信他们是理性的、友善的。至于他们为什么突然大开杀戒？这中间一定有可怕的误会。但她已经没有精力去深究了。她只是感到可悲，3500年的跋涉，3500年的期望啊!

更为可悲的是这5个懵懂婴儿。他们能不能逃脱蓝星人的追杀?能不能逃出眼前的沙漠地狱?即使能够逃脱,在失去文明的浸润和延续之后,他们能有什么样的未来?可能退化成一种强悍的兽类,也可能凭借强大的“本底智力”逐渐冲出混沌,建立全新的X文明。这种X文明和责晶星文明有直接的血缘关系,但肯定不会有多少共同之处。当责晶人的第二艘宇宙艇来到这儿时,但愿“父子文明”之间不要因无法沟通而重演这幕悲剧。

她的神志渐渐丧失,在意识混沌中品味着肌体被撕咬的痛楚,伴随着强烈的快感。她祈祷孩子们快点儿吃完,长得足够强大,可以逃脱蓝星人的追杀。

在金红色的玛玛亚星沉入黑暗时,她已经死了,没有听到随之而来的直升机的轰鸣声。

注:作者在引用古尔德先生的《自达尔文以来——自然史沉思录》时,做了删节、增添和修改。

可爱的机器犬

——机器犬中潜伏的狼性病毒

我的机器犬代理销售公司办得很红火，既经营名贵的宠物犬和导盲犬，也有比较大路货的看家犬和牧羊犬，一色的日本产品，制造精良，质量上乘，用户投诉率仅有0.01%。不过，就是这微不足道的0.01%，使得张冲经理（就是我）几乎走了一次麦城。

这事从巴图的一次电话开始。巴图是我少年时在草原夏令营结识的铁哥儿们，如今已长成剽悍的蒙古大汉，脸色黑中见红，声音如黄钟大吕。他说他在家乡办的牧场很兴旺，羊群已发展到3000多头；又夸他的几只牧羊犬如何通人性，有赛虎、尖耳朵、小花点……

这话当然挠到了我的痒处，我说："你老土了不是？脑筋太僵化，现在已跨进21世纪了，竟然还不知道使用机器犬？机器犬的优点是无可比拟的，它们一次购置后就不再需要运行费用，用起来可靠、方便，而且几乎是万能的。这么说吧，你就是让它为你揩屁股它都会干，只要输进相关程序。还有——我经销的都是最上乘的日本原装货！"

巴图在屏幕上怀疑地盯着我——当然不是怀疑他的哥儿们，而是面对"商人"的本能怀疑。他淡不唧地撂了一句："都知道是美国的电脑最棒，不是日本。"我讽刺道："行啊，哥儿们，能说出这句话，说明你对机器人还有最起码的了解。但机器人毕竟不是电脑，两者还是有区别的。告诉你，日本的机器人制造业世界领先，这是公认的。”

巴图直撅撅地说：“你在说机器犬，咋又扯到机器人身上？”

这家伙的冥顽不灵真让我急眼了，我说：“你这人咋咬着屎橛打转转？两者的机理和内部构造完全一样，区别不过是：两条腿——四条腿，没尾巴——有尾巴。不要忘了，你的嘴里还长有两颗‘犬’齿哩。”

巴图忽然哈哈大笑：“我是逗你呢，你先送来一条样品吧，不过，必须你亲自送来。”

我损他：“单单一条狗的生意，值得我从青岛飞到内蒙古？”不过说归说，我知道他的良苦用心。他几次诚心邀我去草原玩，我都忙于俗务不能脱身。我说：“好吧，听说嫂嫂乌云其其格是草原上有名的美人，你一直金屋藏娇，还没让我见一面呢，冲着她我也得去。”

于是第二天晚上我就到了碧草连天、羊群遍地的内蒙古草原，到了巴图家——不过不是蒙古包，是一辆身躯庞大的宿营车。夕照中羊群已经归圈，男女主人在门口笑脸相迎。乌云其其格确实漂亮，北地的英武中又有南国的妩媚，难怪巴图把她捧在手心里。晚上，巴图和我大碗地喝着酒，装着机器犬的长形手提箱卧在我的脚旁。蒙古人的豪饮是有名的，我也不孬，那晚不知道灌了几瓶进去。巴图大着舌头说：“知道我为啥把你诓来？当哥的操心你的婚事，已经小三十了还是一条光棍。这次非得给你找一个蒙古妻子，不结婚就不放你走！”我也大着舌头说：“你已经把草原上最漂亮的姑娘抢走了，叫我捡次等品？不干！”

从这句话就知道我并没醉到家——这句高级马屁拍得乌云其其格笑容灿烂，抿着嘴为我们送上手抓羊肉和奶茶。后来我想到来牧场的正事，就打开手提箱盖，得意地说：“看看本公司的货吧，看看吧。”提箱内是一条熟睡的形似东洋狼狗的机器犬，我按了一下机器犬耳后的按钮，JPN98立即睁圆了眼睛，尾巴也刷地耸起来。它轻捷地跳出箱子，摇着尾巴，很家常地在屋内转了一圈，先舔舔我的手（我是它的第一主人），再嗅嗅巴图夫妻的裤脚，把新主人的气味信息存入了大脑。

乌云其其格喜道：“和真的牧羊犬一样！看它的样子多威武！多可爱！”我自豪地说：“怎么样？值不值两万元？今晚就把你的尖耳朵、小花点、赛虎、赛豹全锁起来，让它独自出去值夜，准行。”巴图说：“你敢保险？大青山上真有那么几只野狼呢！”我拍着胸脯说：“有什么损失我承担！”巴图又拍着胸脯说：“你把哥哥看扁了，钱财如粪土，情意值千金，3000只羊全丢失了我也不让你赔！”

不知道我们仗着酒气还说了什么话，反正俩人把JPN98放出去后就出溜到地毯上了。第二天有人用力把我摇醒，怒声说：“看看你的好狗！”我摇摇晃晃地走出来，在晨光中眨巴着眼睛，看见铁链锁着的几条牧羊犬同仇敌忾地向我的JPN98狂吠，而JPN98用吠声回击着，一边还护着它腹下的一只……死羊！？

我脑袋发木，呆呆地问：“昨晚狼来了？要不，是你的牧羊犬作的孽？你看JPN98多愤怒！失职啊，它怎么没守住……”

巴图暴怒地说："不许污蔑我的狗！是你的JPN98干的，乌云其其格亲眼看见了！"乌云其其格垂着目光，看来很为客人难为情，但她最终肯定地点点头。我的脑子刹那间清醒了，大笑道："巴图，哥儿们，我经营这一行不是一天两天，过手的牧羊犬起码有几百条。哪出过这么大的纰漏？不要说了，我一定把这档事弄清楚，哪怕在你家耗上三年，只要嫂子不赶我走。"

乌云其其格甜甜地笑着说："我家的门永远为远方的兄弟敞开。"

我安慰气恼的巴图："别担心，即使真是它干的，也不过是程序上出了点儿小差错——比如是把'惩罚挡'（对多次不守纪律的羊只进行电击惩罚）的程度定得高了一点儿，稍加调整就成。兄弟我不仅是个商人，还是个颇有造诣的电脑工程师，干这事小菜一碟。"

那天在我的坚持下，仍由JPN98独自驱赶着羊群进了草原深处，我和巴图则远远跟在后边用望远镜观察。不久巴图就露出满意的笑容，因为JPN98的工作实在是无可挑剔。它知道该把羊群往哪儿的草场领；偶尔有哪只羊离群，它会以闪电般的速度——远远超过真的牧羊狗——跑过去，用威严的吠声把它赶回来；闲暇时它还会童心大发，翻来滚去地同小羊玩耍。羊群很快承认了这个新管家。我瞧瞧巴图，他是个直肠子，对JPN98的喜爱已经明明白白写在脸上了。

晚上JPN98气势昂扬地把羊群赶回羊圈，用牙齿扣上圈门，自己留在圈外巡逻。我们照旧把其他牧羊犬锁了起来。月色很好，我们趴在宿营车的窗户上继续监视着。JPN98一直精神抖擞——它当然不会累，它体内的核电池够用30年呢！快到夜里12点了，我的眼睛已经发涩，打着哈欠说："你信服没有？这么一条好狗会咬死你的羊？"

巴图没有反驳。乌云其其格送来了奶茶，轻声说："昨天它就是这个时候干的，我唤不醒你俩，只好端着猎枪守到天明——不过从那一刻后机器犬再没作恶。"乌云其其格的话赶跑了我的睡意，我揉揉眼睛，又把望远镜举了起来。恰恰就在这个时刻，准确地说是23点56分，我发现JPN98忽然浑身一抖——非常明显的一抖，本来竖着的尾巴刷地放了下来，变成了一条拖在地上的毛蓬蓬的狼尾。它侧耳听听这边屋内的动静，双目荧荧，温顺忠诚已经一扫而光，代之以狼的凶残野性。它蹑脚潜向羊圈，老练地顶开门闩。羊群似乎本能地觉察到了危险——尽管来者是白天已经熟悉的牧羊犬——恐惧地哀叫着，挤靠在一起。JPN98盯着一只羊羔闪电般扑过去，没等我们反应过来，它已咬着羊羔的喉咙拖出羊圈，开始撕扯它的腹部。

巴图愤怒地抄起猎枪要冲出去，事到临头我反倒异常镇静。我按住巴图说："甭急，咱们干脆看下去，看它到底会怎样。再说它的合金身子刀枪不入，你的猎枪对付不了它。"巴图气咻咻地坐下了，甚至不愿再理我。

我继续盯牢它。它已经撕开小羊的肚皮，开始要美餐一顿——忽然它又是明显的一抖，那根拖在地上的狼尾巴刷地卷上去，还原成狗尾。它迷惑不解地看看身边的羊尸，忽然愤怒而痛楚地吠叫起来。

我本来也是满腹怒火，但是很奇怪，一刹那间，对月悲啸的JPN98又使我充满了同情。很明显，它的愤怒和迷惑是完全真诚的。它就像是一个梦游者，根本不知道自己刚才干了些什么。不用说，这是定时短期发作的电脑病毒在作怪。巴图家的牧羊犬都被激怒了，狂怒地吠叫着，扯得铁链豁朗朗地响。它们都目睹了JPN98的残暴，所以它们的愤怒有具体的对象；而JPN98的愤怒则显得无奈而绝望。

我沉着脸，垂着目光，气哼哼地要通了大宇株式会社的越洋电话。留着仁丹胡的老板大宇共荣在甜梦中被唤醒，睡眼惺忪，我把愤怒一股脑儿泼洒过去："你是怎么搞的？给我发来的是狗还是狼？贵公司不是一向自诩为质量可靠天下第一吗？"

在我的排炮轰击中，大宇先生总算问清了事情的缘由，他低声下气、礼貌谦恭地说："我一定尽快处理，请留下你此地的电话号码。"我挂上电话，看看巴图，这家伙别转脸不理我。女主人看看丈夫的脸色，乖巧地解劝道："你们都休息吧，尽坐着也没用。"我闷声说："我不睡！我张冲啥时丢过这么大的人？你再拿来一瓶伊犁特曲，我要喝酒！"

我和巴图对坐着喝闷酒，谁也不理谁。外边的羊群已恢复了安静，JPN98"化悲愤为力量"，用牙齿重新锁上圈门，开始更加尽职地巡逻。要说日本人的工作效率真高，四个小时后，也就是朝霞初起时，越洋电话打回来了。大宇说："他的产品出了这样的问题，他非常非常不安。不过问题不大，马上可以解决的。"他解释道：

"是这么回事。在张先生向我社定购100只牧羊犬时，恰巧美国阿拉斯加州环境保护署也定购了100只北美野狼。因为该地区的天然狼数量太少，导致驯鹿的数量骤减——知道是为什么吗？这是因为，狼虽然猎杀驯鹿，但杀死的主要是病弱的鹿。所以，没有狼反倒使鹿群中疾疫流行。这是生态系统互为依存的典型事例——鄙社为了降低制造费用，把狼和牧羊犬设计成了相同的外形。对不同的订货要求，只需分别输入‘狼性’或‘狗性’程序即可。这是工业生产中的常规方法，按说不存在什么问题，但问题恰恰出在这儿。由于疏忽，工厂程序员在输入‘狼性程序’时多输了一只，这样发货时就有了101只狼和99只狗——不必担心狼与狗会混淆，因为尾巴的上竖和下垂是极明显的标志。于是程序员随机挑出一条狼，用‘狗性程序’冲掉了原先输入的‘狼性程序’。但是，由于某种尚未弄清的原因——可能是‘狼性’天然地比‘狗性’强大吧（大宇先生笑道），‘狼性程序’竟然保留下来，转化为潜伏的定时发作的病毒，在每天的最后4分钟发作而在0点时结束。这种病毒很顽固，现有的杀毒软件尚不能杀灭它……”

我打断了他的解释：“好啦，大宇先生，我对原因不感兴趣，关心的是如何善后，我已经被用户扣下来做人质啦！”

大宇说：“我们即刻空运一只新犬过去，同时付讫两只死羊的费用。不过，新犬运到之前，我建议你把JPN98的程序稍做调整，仍可继续使用。调整方法很简单，只需把它的体内时钟调慢，使其一天慢出来4分钟，再把一天规定为23小时56分，就能永远避开病毒的发作。”

“你是说让JPN98永远忘掉这4分钟？把这段‘狼’的时间设定为不存在？”

“对，请你试试，我知道张先生的技术造诣，这对你来说是驾轻就熟的。”

虽然我对这次的纰漏很恼火，但作为技术人员，我暗暗佩服大宇先生的机变。我挂断电话，立马就干。我到门口唤了一声JPN98，它应声跑来，热烈地对每个人摇着尾巴，一点儿不在意主人的眉高眼低。我按了一下电源，它立即委顿于地，20分钟后我做完了调整。

“好啦，万事大吉啦，放心用吧。”我轻松地说。

巴图和妻子显然心有疑虑，他们怕JPN98的“狼性4分钟”并没真的消除。于是我在这儿多逗留了3天。3天后巴图夫妻对JPN98已经爱不释手了。它确实是一条精明强干、善解人意的通灵兽。它的病症也已根除，在晚上0点时（也就是它的23点56分时），它仍然翘着尾巴忠心耿耿地在羊群外巡视，目光温顺而忠诚。奇怪的是，尽管羊群曾两次目睹JPN98施暴，但它们很快接受了它。是它们本能地嗅到它恢复了狗性吗？乌云其其格说：“留下它吧，我已经舍不得它了。”巴图对它的“历史污迹”多少心存芥蒂，但既然妻子发了话，他也就点了头。

好了，闲话少叙。反正这次草原之行虽有小不如意，最后仍是功德圆满。巴图和妻子为我举办了丰盛的送别宴会，我们喝得泪汪汪的，大叹“相见时难别亦难”“人生不相见，动如参与商”等。巴图还没忘了给我找老婆那个茬儿，说：“兄弟，你放心！我一定找一个比乌云其其格还漂亮的姑娘给你邮到青岛去。”

JPN98似乎也凭直觉知道我要离去，从外边进来，依依不舍地伏在我膝下。我抚摸着它的背毛，想起那两只可怜的羊羔，就对巴图说：“哥儿们，JPN98害死了你的两只羊羔，我向你道歉，我马上就把大宇会社的赔偿金寄来。”尽管这样，我还是很抱歉，非常非常抱歉。巴图瞪着我说：“你小子干吗尽说这些没油盐的话？再不许说一个‘赔’字……”

我们的互相礼让被JPN98打断了。从听到我说第一个“道歉”时，它就竖起了耳朵。以后听到一声“抱歉”，它的脊背就抖一下。等听到第三声时，它已经站起来，生气地对我吠叫。那时我的脑袋已不大灵醒了。喝酒人的通病就是这样，喝下的酒越多，越是礼貌周全君子谦谦。我自顾自说下去：

“那不行，义气是义气，赔偿是赔偿——JPN98，别叫！让最好的朋友受了损失，我能心安吗？我诚心诚意向你道歉——JPN98，你干什么？”

JPN98已经拽着我的裤脚奋力往外扯，两只忠诚的狗眼恼怒地盯着我。三人中只有乌云其其格没喝晕——其实我也灌了她不少——她机敏地悟到是怎么回事，她惊喜地叫了一声：“哈，JPN98还挺有自尊心呢，挺有原则性嘛！”

她向两个醉鬼解释：“知道它为什么发火吗？它觉得受了天大的冤枉。你说它杀死了两只羊羔，但它根本不记得它干过，能不生气吗？倒也是，那只能怪它体内的病毒，确实怪不得它呀。”我醉眼蒙眬地说：“真的？那我倒要试一试。我站起来，对巴图行了个日本式的90度鞠躬，同时斜睨着JPN98，一字一句地说：

“巴图先生，我为JPN98的罪行正式向你道歉……”

JPN98暴怒地一跃而起，把我扑倒在地，锋利的钛合金牙齿在我眼前闪亮。巴图和妻子惊叫一声——但是不要紧！我看得出，它的目光仍是那么忠诚，只是多了几许焦灼和气恼，像是对主人“恨铁不成钢”的样子。

我恼羞成怒，大喝道：“王八羔子，给我趴下！”它立即从我身上下去，乖乖地趴下，委屈地斜睨着我。“过来！”它立即向前膝行着，信任地把脑袋向我伸过来。我叭地摁断了它的电源，拎起来扔到提箱中，沉着脸说：“实在抱歉，只有拎回去换条新的了。你看它的错误一次接一次，谁知以后还会闹出什么新鲜招式。”

乌云其其格已经笑得格格的，像个15岁的小姑娘。“不不，”她嚷道，“留下它吧，这算不得什么错误，只是自家孩子的一点儿小脾气。我看它蛮有个性的，蛮可爱的。留下它吧。巴图，你说呢？”

她央求地看着丈夫——这是做给我看的，实际我早知道这儿谁当家。巴图很像个当家人似的，一挥手说：“好，留下了！”

我多少带着担心回到了青岛。10天后我要通了巴图的电话，他到盟上办事去了，乌云其其格欢欢喜喜地说：“JPN98的状态很好，羊群都服它的指挥，真叫我们省心了，多谢你送来这么好的机器犬。”

“它的那个怪癖呢？”乌云其其格笑道：“当然还是那样。汉人中不是有句古话叫‘江山易改本性难移’吗？到现在它还是听不得‘道歉’这两个字，一听就急眼，就吠个不停，甚至扑上来扯我的衣袖。真逗，我们没事常拿它这点儿怪癖逗乐，百试百灵。”

我停了停，佯作无意地问：“那它的‘狼性4分钟’病毒发作过吗？”我想没有吧。

乌云其其格说：“当然没有，你不说我们真把这事给忘啦。JPN98彻底‘改邪归正’了，它现在一天24小时都是忠诚温顺的牧羊犬。大宇先生赔的新犬你就留下吧，JPN98我肯定不换了。”

她又问了一番我的婚事后，挂了电话。自那之后我们又互通了几次电话，听得出巴图夫妻对JPN98越来越满意、越来越亲昵，我也就彻底放心了。你看，虽然中间出了点儿小波折，但总的说大宇的产品确实过硬，服务诚实守信，真是没说的。

我只是在半年后做过一个噩梦，梦见JPN98体内被我调校过的时间竟然复原了，因此在深夜23点56分时它悄悄潜入宿营车，对着乌云其其格露出了白牙……我惊出一身冷汗，翻身而起，急忙把电话打了过去。巴图不耐烦地说：“瞎琢磨什么呀，JPN98正在羊圈旁守卫呢，你真是杞人忧天。睡吧，想聊天也得等天亮。”我听见乌云其其格睡意浓浓的很甜美的嗓音：“谁呀，是张冲兄弟吗？”巴图咕哝道：“不是他还能是谁，肯定是喝酒喝兴奋了，排齐了给外地朋友打电话。”然后电话叭的一声挂断。

我也放心入睡了，很快又接续上刚才的梦境。梦境仍不吉祥——我梦见自己正在向巴图道歉（为了乌云其其格的死亡？），JPN98照旧愤怒地阻止我。虽然它翘着尾巴，目光中也恢复了牧羊犬的愚忠，但两排钛合金利牙上尚有鲜血淋漓。以后的梦境很混乱。我找来巴图的猎枪想射杀它，又想到子弹奈何不了它的合金躯体。正彷徨间，颈部血迹斑斑但面容仍妩媚娇艳的乌云其其格急急扑过来拉住我的手，说：“这不能怪它呀，它是条好狗，只是得了疯病，你看我被咬死了也不怪它。”我气鼓鼓地说：“那好，连你都这样说那我不管了。”说完便向一边倒头就睡。我真的睡熟了，不过第二天早上发现枕上有一大片泪渍。

爱因斯坦密件

——人性不能承受之重

战后重组的伊拉克国家气象局暂时栖身于一幢满身疮痍的大楼内，与国民白卫军的一个新兵营相邻。为气象局新配备的大型计算机倒是蛮先进的，是从IBM公司购买的P690。IBM的霍夫曼负责安装调试，配合他工作的是伊方工程师沙维斯，两人相处得很好。

4月1号，霍夫曼完成调试工作，回国了。回国前他交给沙维斯三张复印件：

“计算机已经调试好，闲暇时你不妨拿它玩玩这个。”霍夫曼笑着说，“这可不是寻常玩意儿啊！据圈内人说，这是爱因斯坦留给后人的密码信件，从他的一叠手稿中发现的。美国不少计算机工程师把破译它当成了业余消遣，但至今没人成功。这不奇怪，爱因斯坦鼓捣出来的密码一定很难破译的。不知道你有没有兴趣？”

沙维斯扫了一眼，那三张纸上是密密麻麻的手写英文字母，内容如同天书。他揶揄道：“是不是一个愚人节的玩笑？”

“啊，我倒忘了今天是愚人节。不，绝对不是玩笑！”

“如果不是，我愿意试试。”

那时气象局人员还没配齐，正式工作没有开展，计算机一直闲置着，正好沙维斯又在密码学方面颇有造诣。45岁的沙维斯自幼聪慧，在开罗大学数学系读书时成绩骄人。但作为库尔德人，在萨达姆时代是没有前途的，于是他一直把过剩的精力投入到数学和密码学中。今天这些知识派上用处了。

霍夫曼告诉他，已经可以确认的是，这封密文的编制是基于大数的素数分解。沙维斯非常了解这种加密方法。这种加密原理很简单，只要能把一个大数分解成两个素数相乘，也就找到了正确的密钥。但它同时又是最困难的，因为，如果你想用试除法找出一个百位大数的所有素因子，即使利用P690这样的超级电脑来进行蛮力攻击，也要10^{36}年！要知道宇宙的历史才只有10^{11}年呢。好在近年来已经发展了素性检验的不少数学技巧，沙维斯恰好了解这方面的进展。

即使如此，能否成功还要靠运气。此后整整三个月，他把全部精力都投入到了这封密文的破译上。看来命运非常垂青沙维斯，成功的到来简直出乎他的意料。晕头晕脑地忙了三个月后，天书般杂乱的字母终于排出一个标题：

爱因斯坦致后人。

他成功了！

狂喜中，未等译出正文，他当即给美国的霍夫曼发了一封邮件：

“你留下的密文我已破译，确为素因子分解的加密方法，也使用了希伯来文20个字母的对位密码方式。”

然后，一分钟也没有耽误，他把已经证实的密钥输入破译软件，对密件的正文进行破译。屏幕上迅速闪出破译后的文字：

爱因斯坦致后人

不少人说我的质能公式$E=MC^2$开创了核能利用的时代，这是一个沿袭已久的误解。质能公式只是指出了质量和能量的等效性，并没有指出如何释放它。可以比较一下，核能的释放（裂变或聚变）对绝大多数元素都不适用，比如，铁元素是最稳定的，是宇宙核熔炉的最终产品，原子内没有任何核能可以释放。但按照质能公式，无论是铁，还是岩石、水、惰性气体、垃圾、核废料，甚至是我们的肉体，都含有符合质能公式的巨大能量，可以称之为终极能量。

那么，终极能量可以释放出来为人类所用吗？就在阿拉莫戈多核试验场的蘑菇云升起时，我忽然有了一个顿悟，那是和发现相对论同样幸福的灵感——终极能量完全可以释放，而且方法并不比裂变或聚变复杂……"

沙维斯心中的狂喜难以描述。只有傻子才不理解这个发现的意义：一个新时代将从此开始。终极能量是宇宙中最高效、最清洁、最廉价的能源，它如果能被释放，人类将生活在伊甸园中，连环境污染问题也附带着彻底解决了（所有垃圾都可以转化成与重量成正比的巨大能量）。爱因斯坦的这个伟大发现绝不逊于相对论。

沙维斯只是奇怪：为什么爱因斯坦没有在发现它时立即公布，而把它藏到密码中留给后人？

他急急地读下去——忽然窗外一声惊天动地的爆炸！电灯熄了，计算机变成黑屏。从窗户往外看，附近的新兵营浓烟滚滚，一片哭喊。不用说，这又是一次自杀式爆炸，从美军进驻伊拉克之后，恐怖袭击已成了伊拉克人生活的一部分。可恶的恐怖分子常常穿着国民自卫队的服装混入兵营，再在新兵群中引爆腰间的炸药。

不知道这次爆炸又有多少人丧生？有多少家庭失去丈夫和儿子？沙维斯对这种血腥的袭击已经麻木了，他对此无能为力啊，也许下一次就该轮到自己了吧！他摇摇头回到桌前，这会儿他急于知道密文的剩余内容，等不及电力恢复，他就开始人工翻译。人工翻译当然慢得多，但译文总算一个一个地蹦了出来。

……就在我反复验证自己的发现时，1.3万吨TNT的“小男孩”和2.2万吨TNT的“胖子”在日本爆炸了，死亡30万人。我印象最深的照片，是熔化后又凝结的沥青路上嵌着的一双小巧的女式皮鞋，它的主人已经在那一瞬间被气化。

参与研制原子弹的班布里奇痛心疾首地说：现在，我们都是该被诅咒的了！我想，我应该算作‘该被诅咒的’的第一位吧，是我最先给总统写信劝他研制核武器的，虽然我的初衷是为了消灭法西斯恶魔。

我新发现的终极能量远比核能强大。我迫切希望它能为人类利用，但对今天的人类来说，它是否是一个过于危险的礼物？经过数年痛苦的思考，我最终决定暂不公布终极能量的释放方法，而用密码记录在此信的附件中。

我郑重告诫所有读懂此信的后人：如果在你所处的时代中，人类确实已经成熟，那么请把附件译出，无偿地向全世界公布；

如果人类那时仍未放弃对暴力的迷恋，就让这个潘多拉魔盒继续关闭吧。

下面还有一个附件，应该是释放终极能量的具体方法。沙维斯忧郁地看着译文，不再往下翻译。今天的人类成熟了吗？不，似乎比那个时代更迷恋暴力。文明国家庞大的核武库、不间断的战争、以暴治暴、自杀炸弹、巴勒斯坦人和犹太人之间的仇恨等。他突然省悟了，为什么这封能被他破译出来的密文，此前却一直没人破译成功。不，一定有人破译成功过，恐怕远不止一人。但那些读懂信文的科学家都会长叹一声，按照爱因斯坦的谆谆叮咛，把这个秘密深深地埋在心底。

他下了楼，来到仍在冒烟的兵营。警车刚刚赶来，警笛声响成一片，很多市民闻讯而来，其中包括不少痛不欲生的受害人家属。他们扑向爆炸坑旁抛散的20多具残缺不全的尸体，哭着寻找自己的亲人。沙维斯默默地看着，他想，在这堆尸骸中应该包括一个人体炸弹吧。这个恐怖分子使用的只是低能量的TNT，但如果——他能利用爱因斯坦的发现引爆自身？沙维斯做了简单的默算：按公式$E=MC^2$，一个60公斤的人体所具有的终极能量大致相当于10亿吨TNT。10亿吨！相当于80000颗广岛原子弹！只需一个这样的人体炸弹，足以把整个伊拉克从地图上抹去了。

没人敢把这个危险的玩具交给不成熟的人类，没人敢的。作为被战争害惨了的伊拉克人，他更不会。沙维斯仔细叠好那三张纸，装到内衣口袋里。他对着那些尸体暗暗发誓：将终生保守这封信中的秘密。

沙维斯回到气象局时电话正急躁地响着，是霍夫曼从美国打来的，虽然不是可视电话，但那边的惊喜溢于言表：

“沙维斯先生，我刚看到你的邮件，你说你已经破译了爱因斯坦密件？”

沙维斯沉默片刻，平静地说：“对不起，只是一个愚人节的玩笑。”

黄金的魔力

——时空节点上的斯文败类

黑豹把那人带进屋，仔细关上房门，对师傅点点头："喏，就是这个家伙。"然后他为来人取下硕大的墨镜，撕掉贴在他眼睛上的两块圆形胶布。胶布藏在墨镜后面，外人是看不见的。来人揉揉双眼，用力眨巴着，以适应屋里的昏暗光线。

这是一个衣着普通的中年人，50岁左右，是那种"掉在人堆里就捡不出来"的芸芸众生。衣着整洁，但显然都是廉价货，灰色衬衫，蓝色西裤，脚上是一双人造革的皮鞋。五官端正，但看来缺乏保养，皮肤比较粗糙，眼睛下面是松弛的眼袋，黑发中微见银丝。左臂弯里夹着一个中等大小的皮包。他现在已经适应了屋里的光线，目光冷静地打量着屋内的人。

老大胡宗尧，外号胡瘸子。他的左腿在一次武斗中受伤，留下终身的残疾。胡老大朝黑豹扬扬下巴，声调冷肃地问："检查过了吗？"

黑豹嘿嘿笑道："彻底检查过了，连肛门和嘴巴里也抠过，保证他夹带不了什么猫腻——除了这个狗屁的时间机器。他宝贝得很，不让我检查。"

"那么，"老大朝那"狗屁机器"扫一眼，平静地问来人，"你就是那个任中坚教授吧，这些天你在满世界找我？"

来人没有直接回答，声音平稳地说："我想你该先请我坐下吧，我不习惯站着说话。”

胡瘸子稍微一愣，然后哂笑着点点头：“对，先生请坐，”他嘲讽地说，“教授，别笑话，咱是粗人，记不住上等人的这些臭规矩。”

任教授自顾自坐到旁边的旧沙发上，把自己的皮包放到身旁，冷静地打量着眼前的一切。这位胡老大大约四十六七岁，身材瘦削，小个子，浑身干巴巴得没有几两肉，皱纹很深，眼窝深陷，目光像剃刀一样锋利。想不到名震江湖、警方悬赏100万捉拿的贼王是这么一个模样，通缉令上的照片可显不出他的“神韵”。

他身后那个肌肉发达的年轻人，黑豹，也是悬赏榜上有名的，是贼王近几年的黄金搭档。和贼王一样，素以行事果决、心狠手辣而闻名。不过，说他们心狠手辣也许有点儿冤枉。这对贼搭档倒是一向遵守做贼的道德，取财而不害命——除非迫不得已。在迫不得已的情况下，他们对杀人放火也不会有丝毫的犹豫和自责。

屋里灯光昏暗，窗户都用黑布窗帘遮得严严实实，就像是幽深的山洞，不过没有阴暗潮湿的气息。偶尔能听到窗外的汽车喇叭声。从声源近乎水平的方位看，这里很可能是平房或楼房的一楼。

胡老大从圈椅中站起来，瘸着腿，到屋角的冰箱中取出一罐啤酒递给客人，嘴角隐着讪笑：“对待上等客人咱得把礼数做足。请喝吧！现在言归正传，先生找我有什么见教？”

任教授拉开铝环，慢慢品尝着啤酒：“我是个读书人，”他没头没脑地说，“不光是指出身履历，更是指心灵。我的心灵里曾装满节操、廉耻、君子固穷之类的正经玩意儿。”

胡瘸子横他一眼，嘴里却啧啧称赞着："对，那都是些好货色，值得放到神龛里敬着。可你为什么找我呢？协助警方抓我归案吗？"

任教授自顾自说下去："可惜，一直到知天命之年，我才发觉这些东西太昂贵、太奢侈了，不是我辈凡夫俗子能用得起的。我发现，在这个拜金社会中，很多东西都可以很方便地出卖以换取金钱，像人格、廉耻、贞操、亲情、信仰、权力、爱情、友谊等，唯独我最看重的两样东西，似乎永远和赵公元帅无缘，那就是才华和诚实劳动。"

胡老大看看黑豹，笑嘻嘻地问："那么，据任先生所说，我们是出卖什么的？"

任中坚冷淡地说："比起时下的巨枭大贪，你们只能算作小角色，不值一提。"他仍自顾自说下去，"常言说'善恶有报，时辰未到'，但据我看来，那些弹冠君子们似乎不大可能在现世遭报了。这一点实在让人心凉——毕竟我们已经不再相信虚妄的来世。所以，"他缓缓地宣布，"我要火中涅槃了，要改弦更张了。世人皆浊，何不淈其泥而扬其波？众人皆醉，何不哺其糟而歠其酾？"

虽然他说得过于文雅，但意思是明白的。贼王和黑豹这才开始提起精神："对呀，你早这么说不就结了？说吧，你找我们，是不是有一笔大生意？"

任教授点点头："不错，有一笔大生意。"他微微一笑，"不过首先我想弄清这儿是什么地方。虽然这位黑豹先生带我来时一直蒙着我的双眼，并且在市区和市郊转了几圈，但我天生有磁感，能蒙目而辨方向。据我判断，这儿仍是在市区，大致是在市区北部，我没说错吧？”

贼王脸色略变。这儿是他的一个秘密巢穴，看来今后不敢用了。他回头冷冷地看着黑豹，黑豹不服气地低声说：“不可能！我开着汽车至少拐了30个弯！”

任教授笑道：“只要能感觉到每次转弯的方向，估计到每两个转弯之间的距离，大脑就能自动积分出所走的途径。这种积分是蚂蚁脑也能完成的。好了，不说这些题外话了。”他指指左边的窗户，“我猜想这边应该是北边，对吧。如果打开窗户，就能看到一幢18层的银行大楼。”

贼王钦服地说：“没错，再往下说。”

“大楼的地下室有一个庞大的金库，是江北数省的战略库存。那儿的黄金……多得就码放在敞开的货架上，异光闪烁，让你睁不开眼睛。”

贼王已经感到临战的紧张，或者不如说是感到了对黄金的饥渴，嘴里发干，肾上腺素开始加快分泌：“说下去，说下去！”

“可惜那里戒备森严——混凝土浇成的整体式外壳，1米厚的钢门，24小时的武装守卫。进库要经过5道关口，包括通行证、密码和指纹验证。钢门上有两个相距3米的锁孔，必须两人同时操作才能打开。屋内设有灵敏的拾音装置，即使是轻微的呼吸声也能放大成雷鸣般的声响，并自动触发警报。虽然你们是赫赫有名的贼王和贼帅，我想你们对它也无可奈何——恐怕想也不敢想。”

黑豹从他的语气中听出轻蔑，满面通红地正要发作，胡瘸子微微摆头制止住他："对，我们没能进去过，想也不敢想。你能吗？"

"我更进不去。但我有这个玩意儿。"他傲然地举起那个皮包，"时间旅行器。"

贼王和黑豹交换着怀疑的神色："时间机器？我知道，从科幻电影中看过。我也听说过爱因斯坦的相对论……"

任教授不客气地截断他的话头："我不认为以你的知识水平能懂得相对论，所以不必在时间旅行的机理上浪费时间。好在我的时间机器已经成功了，你满可以当场试验，来一个最直接最明白的试验，这么着，以你们的知识水平也能得出明确的结论。"

这个浑蛋，贼王在心中悻悻地骂道，似乎不想放过每一个机会来表示他对俺俩的轻蔑。他忍住怒意冷冷地说："好吧，试验咋个进行？"

"当场试验。"教授自信地说，打开皮包，取出一个银光闪闪的仪器。仪器比手掌略大，呈螺壳形，曲线光滑，光可鉴人，正面有一个手形的凹陷。他把手掌平放在凹陷处，机器马上唧唧地叫了两声，指示灯也开始闪烁。贼王和黑豹不由绷紧全身的肌肉——谁知道这是不是警方的圈套？谁知道里边会不会喷出强力麻醉剂？黑豹已悄悄掏出手枪，但贼王示意他装进去。他不愿被这个"读书人"看轻，而且——说来很奇怪，尽管来人是主动投身黑道，是来商量打家劫舍的勾当，但他仍觉得对方是一个光明磊落的君子，不会搞那些卑鄙龌龊的阴谋。

任教授仔细调校了机器的表盘："好，请你们注意了！请用眼睛盯牢我！"他抬起头，再次强调，"你们盯牢了吗？"

“盯牢了。”两人迷惑地说，“咋了？”

“现在我要消失了。请盯牢我，我要消失了。”在两人的目光睽睽下，他微笑着按下一个按钮，立时——他消失了，连同他身下的椅子，消失得干净利落。只有他原来所在之处的空气微微振荡，形成了一个近乎人形的空气透镜，这种畸变也很快消失了。

余下的两人目瞪口呆。这可不是魔术，魔术师都必须借助道具，要玩一点儿障眼法，那些手法一般难以逃脱贼王和贼帅的贼眼。可是这会儿，没有任何中间过程，一个活人真的从两人的盯视中消失了！两人面面相觑，睃着四周。一分钟，两分钟……胡宗尧轻声喊着：“任先生？任先生？”

5分钟后，任教授又刷地出现了，仍坐在原处，连姿势都没变。看来，他很高兴自己对二人造成的震惊，嘴角上牵动着笑意。贼王敬畏地说：“先生，你……用的什么障眼法？”

“我没用障眼法，我仍在原地，只是回到了昨天这个时辰。”

“胡说！”黑豹忍不住喝道，“昨晚我俩一直在这儿，怎么没看见你？”

教授冷冷地瞟了他一眼：“谁说没看见？我还和你俩聊了一会儿。你俩看见我突然冒出来，惊得像是……”他忍住唇边的笑意，“刚从枪口下逃生的兔子。”

“胡说！纯粹是胡说！你甭拿我俩当傻×。要是昨天我见过你，今天咋就忘了？”

教授不客气地截住他：“因为你在宇宙中已经分岔了，现在坐在这里的，是从正常的时间之河中走过来的‘这个’黑豹，而不是昨天曾遭遇时间旅行者的‘那个’黑豹。请闭嘴！”他皱着眉头说，“我不愿贬损你的智力，我知道在你们的行当中，你俩都是出类拔萃的角色。但老实说，我不相信你们能理解时间倒错中的哲理问题。现在请你决定，”他对贼王说，“咱们是用半年时间讨论这些哲理呢，还是用这台机器干一些实事。”

贼王显然异常困惑，但他很快从困惑中跳出来，摇着脑袋钦服地说：“听任先生的，甭指望咱俩的猪脑袋能想通这些事。不过我相信任先生的机器，因为他刚才确确实实从咱俩眼皮底下消失了，这事掺不了假。”

任教授也赞赏地看看他，很有点儿英雄相惜的味道：“不错，胡先生的思维直截了当，能一下子抓住问题的关键。”

黑豹仍不服气，但他冷笑着，抱着姑妄听之的态度听下去。贼王温和地笑道：“任先生，我信服你的时间机器。可是，这和金库有什么关系？用上它就能穿过墙壁和钢门吗？”

“不，当然不能。用它连一道窗纱也穿不过。因为它只能进行时间旅行而不能做空间上的跃迁。但有了时间机器，我们就自由了，就可以采用某个窍门，使用某种巧妙的手法。”

“什么窍门？请指教！”

“这幢银行大楼是什么时候建成的，你们知道吗？”

贼王对这个问题摸不着头脑，略有不耐地说：“不知道，我打听这个干啥？”

“是1982年开始建造，1984年建成。所以，我们可以回到1982年以前，然后，在那个时间断面上，我们可以自由地进行空间移动……”

贼王非常敏锐地理解了教授的意思：“你是说，先从银行之外的某个地方回到1982年前，再从那儿走到将要盖金库的地方。因为那时根本没有金库，所以我们走到那儿不受任何限制。然后，等走到将来的金库中心，再使用时间机器回到现在——这时我们就已经在金库中了，对不？”

“对，你的脑瓜很灵。”任教授真诚地夸奖着，就像在课堂上夸自己的得意门生。“不过不一定要回到现在，只需回到‘金库建成、黄金存入’的任一时刻就成。”

“然后……带着黄金站在原地，再开动时间机器回到1982年以前，我们就可以自由自在地走出金库大门了！因为那时根本就没有金库和库门！任先生，我说得对不对？”他急不可耐地等着老师的判分。

“完全正确。”老师微笑道。

贼王不由哈哈大笑，笑得声震屋瓦：“妙，实在是太妙了！还有哪，拿上黄金后甚至不用回到现在——虽说这桩生意干得天衣无缝，到底得担惊受怕不是？咱们干脆回到‘黄金被盗之前’的某个时候，痛痛快快地享受一番。那时的黄金还没丢呢，雷子们干瞅着咱们花钱也没办法，他们不能为几年后的盗窃案抓人哪，对不对？”

“原则上没错。不过……我还是要回到现在。”教授目光暗淡地说，“我想让‘现在’的妻子儿女享受一番，这一生他们太苦了。”

贼王得意地捶着黑豹的肩膀：“妙极了，实实在在是妙不可言！这么干，让那些雷子们狗咬尿泡没处下嘴。”

黑豹也信了，嘿嘿地笑着。贼王笑够了，才坐回到椅子上：“任先生，真是绝妙的主意，不过还有一点儿疏漏。”

“什么疏漏？”

“金库的拾音系统！咱们再怎么神不知鬼不觉，但只要一进入金库——我是指已经建成的、有黄金的金库，拾音系统马上就会发出警报，警卫马上就会赶到。”

任教授不慌不忙地说：“那时我们已经带着黄金返回了——不过毕竟太冒险、太仓促。我还有一个悄悄干的主意。7年前，就是1992年9月11日，金库的拾音系统出了故障，一天内也没能排除，后来只好从银行系统外请了一些专家会诊，我是其中之一。坦率地说，正是我找出了故障所在，在次日上午修好了。”

“那时……你就开始打这个主意？”

很奇怪，听了这话，任教授像是被鞭子抽了一记，简直有点儿恼羞成怒了：“胡说！那时我一心一意查找故障，根本没起这种卑鄙念头。”

贼王在心中鄙薄他的矫情，冷笑道：“是吗？那太可惜了，否则趁机会揣两根出来，也不至于像你说的半辈子受穷。”

这时教授已经控制了情绪，心平气和地摇摇头：“当时我确实没有这个念头。银行尊重我，懂得我的价值，我也就全心全意为他们解难。不过即使有顺手牵羊的念头也办不到。那儿有重兵把守，我们进出门都要更换所有的衣服……不说这些了。”他回到正题上，“我们可以回到拾音器不起作用的这两天，在库内无人时下手。”他自信地说，“我的机器非常精确，在百年之内的时间区间里，返回时刻的误差不会大于3分钟。”他笑着解释道，“我刚才消失了5分钟，对吧。那是为了留下足够的时间让你们确信我消失了。实际上，我可以在消失的那一瞬间就返回，甚至可以在消失之前返回，让两个任中坚坐在你们的面前。”他看到了两人的怀疑眼色，忙截断两人的话头，“有了这个时间机器，你就获得了绝对的自由，这中间的妙处，局外人是难以真切体会的……不过不说这些了，我怕说得越清楚，你们反倒会越糊涂。咱们还是——按你们的说法——捞稠的说吧。请你们再想想，这个计划还有什么漏洞？”

黑豹伏在贼王耳边轻声说了几句，贼王点点头，温和地笑道：“任先生，这个计划已经很完美了。不过黑豹和我都有一点儿疑问，一点儿小小的疑问。”他的眼中闪着冷光，“按任先生的计划，你一个人足以独立完成。为什么要费神费力地找到我们？为什么非要把到手的黄金分成三份？任先生天生不会吃独食吗？”

两人的目光如刀如电，紧紧盯着客人的神情变化。任教授没有马上回答，但也没有丝毫惊慌。沉默良久，他才叹息道：“这个计划的实施还缺一件极关键的东西——金库的建筑图，我需要知道金库的准确坐标和标高。建筑图现在一定存放在银行的档案室里。”

贼王立即说道：“这个容易，包给我们了！”

教授又沉默良久，才意态萧瑟地说：“其实，这并不是我来找你们的真实原因。我虽然没能力偷出这份图纸，但我可以返回到1982年、1983年，也就是金库正在施工的那些年份，混在建筑工人中偷偷量几个尺寸就行了。虽然稍许麻烦些，但完全可以做到。”

贼王冷冷地说：“那你为什么不这样干？”

“我，”他踌躇着说，“几十年来一直自认是社会的精英，毫无怨怼地接受精英道德的禁锢。如今我幡然悔悟了，把禁锢打碎了。我真正体会到，一旦走出这种自我囚禁，人们可以活得多么自由自在——但我还是没能完全自由。比如，我可以在这桩罪恶中当一个高参，但不愿去‘亲手’干这些丑恶勾当，正像孔夫子所说的‘君子远庖厨’。”他苦笑道，“请你们不要生气，我知道自己这些心境可笑可悲，但我一时还无法克服它。”

贼王冷淡地说：“没关系，就按先生的安排——你当黑高参，我们去干杀人越货的丑恶勾当。反正我们也不是第一次干，我才不耐烦既当婊子又想着立牌坊哩。”

贼王难以抑制自己的怒意，但他至此已完全相信了这位古怪的读书人。这个神经兮兮的家伙绝不会是警方的诱饵。他不客气地吩咐道：“好了，咱们到现在算是搭上伙了。黑豹，你在三天内把那些图纸弄来，我陪着任先生留在这里。任先生，这些天请不要迈出房间半步，否则……这是为了你好。听清了吗？”

“知道了。”任中坚平静地说。

教授是一个很省事的客人。两天来一直待在指定的房间，大部分时间是躺在床上，两手枕在脑后，安静地看着天花板。吃饭时他就下来那么一二十分钟，安静地吃完饭，对饭食从不挑挑拣拣，然后再睡回床上。胡宗尧半是恶意半是谐谑地说：

“你的定力不错呀！有这样的定力，赶明儿案子发了，蹲笆篱子也能蹲得住。我就不行，天生的野性子，宁可挨枪子也不愿蹲无期。”

床上的任先生睁眼看看他，心平气和地说：“你不会蹲无期的。凭你这些年犯的案，早够得上三五颗枪子了。”看看贼王眼里闪出的怒意，他又平静地补一句，“如果这次干成，我也够挨枪子了。”

“那你为什么还要干？你不怕吗？”

教授又眯上眼睛。贼王等了一会儿，以为他不愿回话，便要走开，这时教授才睁开眼睛说：“不知道，我也没料到自己能走到这一步。过去我是自视甚高的，对社会上各种罪恶、各种渣滓愤恨不已。可是我见到的罪恶太多了，尤其是那些未受惩罚的趾高气扬的罪恶。这些现实一点一点毁坏着我的信念，等到最后一根稻草加到骆驼背上，它就突然垮了。”

说完他又闭上眼睛。

第三天中午，黑豹笑嘻嘻地回来，把一束图纸递给正在吃午饭的任教授。教授接过图纸，探询地看看他。黑豹笑道：“很顺利，我甚至没去偷。我先以新疆某银行行长的名义给这家银行的刘行长打了电话，说知道这幢银行大楼盖得很漂亮，想参考参考他们的图纸。刘行长答应了，让我带个正式手续过来。我懒得搞那些假手续，便学着刘行长的口音给管档案的李小姐打了个电话，说，我的朋友要去找你办点儿事，你适当照顾一下。”

贼王笑着夸道：“对，学人口音是黑豹的绝招。”

“随后我直接找到李小姐，请她到大三元吃了一顿，夸了她的美貌，给她买了一副钻石耳环，第二天她就顺顺当当把图纸交我去复印了。”

教授叹了口气，低声说：“无处不在的腐败，无处不在的低能……也许你们不必使用时间机器了，只要找到金库守卫如法炮制就行了。”

黑豹没听出这是反话，瞪大眼睛说：“那可不行！金库失窃可不比一份图纸失密，那是掉脑袋的事，谁敢卖这个人情？”

贼王瞪了他一眼，让他闭上嘴巴。这会儿教授已经低下头，认真研究金库的平面图，仔细抄下金库的坐标和标高。随后他意态落寞地说：“万事俱备，可以开始了。不过我要先说明一点，这部机器是我借用研究所的设备搞成的，由于财力有限，只能造出一个小功率的机器。我估计，用它带上三个人做时间旅行是没问题的，但我不知道它还能再负载多少黄金。也许我们得造一个功率足够大的机器。”

贼王不客气地盯着他：“那要多少钱？”

“扣紧一点儿……大概1000万吧。”

贼王冷笑道：“1000万我倒是能抓来，不过坦白说，没见真佛我是不会上香的。我怕有人带着这1000万躲到前唐后汉五胡十六国去，那时我到哪儿找你？走吧，先试试这个小功率的玩意儿管用不管用，再说以后的事。”

银行大楼的北边是清水河。河边建了不少高楼，酒精厂的烟囱直入云霄，不歇气地吐着黄色的浓烟，浅褐色的废水沿着粗大的圆形管道排到河里，散发着刺鼻的气味。暮色苍茫，河岸上几乎没有人影。任教授站在河堤上，怅惘地扫视着河面和对岸的柳林，喟然叹道："好长时间没来这里了。记得过去这里水质极清，柳丝轻拂水面，小鱼悠然来去，螃蟹在白沙河床上爬行。水车辚辚，市内各个茶馆都到这里拉甜水吃……1958年我还在这里淘过铁砂呢，学校停了课，整整干了两个月。"

"铁砂？什么铁砂？"黑豹好奇地问。任教授没有回答，贼王替他说："大炼钢铁呗。那时的口号是钢铁元帅升帐，苦干15年，超英压美学苏联。这儿上游有铁矿，河水成年冲刷，把铁砂冲下来，在回水处积成一薄层。淘砂的人把铁砂挖出来，平摊在倾斜的沙滩上，再用水冲啊冲啊，把较轻的沙子冲走，余下一薄层较重的铁砂……我那年已经6岁了，还多少记得这件事。"

"一天能淘多少？"

任教授从远处收回目光，答道："那时是按小组计算的，一个组四个人，大概能淘两三斤、四五斤吧。"

黑豹嘲讽地说："那不赶上金砂贵重了！这些铁砂真的能炼钢？"

贼王又替教授回答了："狗屁！……干正事吧。"

教授不再言语，从小皮箱里取出一具罗盘、一具激光测距器。又取出图纸，对照着大楼的外形，仔细找到金库中心所在的方位，用测距器测出距离："现在，金库中心位于咱们的正南方352.5米处，我就要启动时间机器了。等我们回到过去的某一年，比如说是1958年，就从现在站立的地方径直向南走352. 5米，那就是我们要去的地方——不管在当时那儿是野蒿丛还是菜地。"

贼王和黑豹都多少有点儿紧张，点点头，说："清楚了，开始吧！"

"不，黑豹，你先把这棵小树挖掉。时间机器启动后，会把方圆一米之内的地面上的所有东西全部带到过去。这棵树太累赘。"

"行！"黑豹向四周扫视一番，跑步向东，不一会儿，他就从一个农家院里带着一把斧头返回了，不知道是借的还是偷的。他三下五下把那棵三米高的杨树砍断了，拖到一边去。"行不？开始吧！"

"好，我要开始了。"教授把测距器和罗盘收回皮包，挂到身上，仔细复核了表盘上的参数。"返回到1958年吧，那样更保险一些。1958年6月1日下午5点30分。选这个时辰，干活儿比较从容。"

两人都没有反对，不耐烦地看着他。教授轻轻按下启动钮。

扑通一声，三人从两米高的空中直坠下来，跌入水中。黑豹摔了个仰面朝天，咕嘟嘟喝了几口水。他挣扎起来，暴怒地骂道："娘卖×，这是咋整的？"

好在这儿的水深只及腰部。那两人没有跌倒，教授高举着时间机器，惊得面色苍白，好久才喘过气来："肯定是这41年间河道变化了。我们仍是在出发点，这儿就是咱们在1999年站立的那段河堤。真该死，我疏忽了，没想到仅仅41年河道会有这么大的变化——谢天谢地，时间机器没有掉到水里，万一引起短路……咱们就甭想回去了。"

贼王沉着脸说："回不到1999年倒不打紧，哪儿黄土不埋人？问题是，恐怕金库也进不去了。"

教授苦笑道："对——我会修复的，只是要费些时间。"

"好呀，"贼王懒懒地说，"以后最好别出娄子。我的手下要是出了差池，都会自残手足来谢罪的。先生是读书人，我真不想让你也少一条腿或一只手。"

教授眼神抖动一下，没有说话。惊魂稍定，他们才注意到河对岸十分热闹。那儿遍插红旗，人群如蚁。他们大多是小学生，穿着短裤短褂，站在河边的浅水中，用脸盆向岸上泼水，欢声笑语不绝，吵闹得像一池青蛙。不用说，这就是教授所说的淘铁砂的场面了。也许教授是有意返回此时来重温少年生活？时间已近黄昏，夕阳和晚霞映红河水。那边忽然响起集合哨声，人们开始收拾工具，都没注意到河对岸忽然出现的这三个人。这时喇叭响了：

"实验小学四年级一班四组今天获得冠军，并创造了纪录：捞铁砂112斤！"

激情的喊声在河面上悠悠地荡过来。教授突然浑身一震，转过身，痴痴地向对岸倾听着。贼王不耐烦地咳嗽一声，他才从冥思中惊醒。"没什么，"他没来由地红了脸，解释道，"广播上是在说我，说我们的小组。那天我们很幸运，挖到一个很厚的矿层。"

黑豹不解地问："得冠军奖多少钱？"

"不，一分钱也没有。那时人们追求的不是金钱……"

黑豹鄙夷地打断他的话："傻×！那时人们都是傻×！"

教授懒得同他说话，沉下脸说："黑豹，你先留在这儿不动，给我当标尺。"他和贼王涉水上岸，取出罗盘和激光测距器，量出脚下到黑豹的距离是3.5米，又以黑豹的脑袋校准了方向，在岸上立了一根苇梃做标杆："好，你可以上来了。"

三个人按罗盘指出的方向，向南走了349米。加上落水处至岸边的3．5米是352．5米。眼前果然没有任何建筑，甚至没有农田菜地。这儿是一片低洼的荒地，黄蒿和苇子长得十分茂密。教授对着远处的标杆，反反复复地校对了方位和距离，又用高度仪测量了此处的海拔高度，抬起头说：

"没错，就是这里了，这里就是26年后建成的金库中心。不过从标高上看，金库的高度中心在地下2.5米处，我们得向下挖2.5米才行。"

黑豹不耐烦地说："那要挖到什么时候？"

"一定要挖。否则我们等跃迁到1984年，就不是在地下金库，而是出现在一楼的房间里——那时我们只有等银行警卫来戴手铐了。"

贼王厉声骂黑豹："少放闲屁！听先生的指挥，快去找几件工具来！"

"不用找啦，"黑豹笑嘻嘻地指指前边，"那不，有人送来了。"

晚霞中，四个小学生兴冲冲地走过来，两人抬着一个空铁桶，两人扛着铁锨，其中一把铁锨上绑着一面三角形的冠军旗。扛旗的家伙得意地舞动着锨把，旗帜映着晚霞的余光。夜风送来这群小猴崽热烈的喳喳声：

"谁也赶不上咱们，咱们的纪录一定是空前绝后的！"

"今天全校加起来也比不上咱们组！"

"多亏小坚的贼眼。小坚，你咋知道那儿有富矿？"

"瞎撞的呗，我觉得那个回水湾处有宝贝，一锹下去，哇，那么厚的一层！”

黑豹嬉皮笑脸地迎上去：“小家伙们，借你们的铁锹用用。”

四个小孩停下来，犹豫地说：“干啥？天快黑了，我们还得回城呢。”

黑豹舌头不打顿地说着谎话：“知道吗？我们要在这儿建一个大银行，很大很大一个银行，得20年才能建成。现在，我们得挖个坑看看土质。赶明儿银行建成了，你们是头一份功劳。”

四个人看看旁边摊着的建筑图，看看那个学者模样的中年人。四人中的小坚，一个圆脸庞、虎头虎脑的小子很干脆地说：“行，我们帮你挖。来，咱们帮叔叔们挖。”

“不用不用，把铁锹借我们就成。”

黑豹和贼王接过两把锹，起劲地干起来。这儿土质很软，转眼间土坑已有一人多深。几个孩子饶有兴趣地立在坑边看着，不时向身边的任教授问东问西，但任教授只是简短地应付着。从四个孩子过来的那一刻起，任教授就一直把脑袋埋在图纸里，这时更显得狼狈，他干脆绕到坑的另一面，避过孩子们的追问。贼王抬起头看看那个有“贼眼”的小家伙，他赤着上身，脊梁晒得黑油油的，眸子清澈有神，脸上是时时泛起的掩不住的笑意——看来他仍沉醉于今天的“空前绝后”的胜利。贼王声音极低地问：

“就是他？他就是你？”

“对。”教授苦涩地说，迅即摇摇头，“不，只能说这是另一个宇宙分岔中的我。这个小坚在今天碰见三个坏蛋，而原来的小坚并没有这段经历。”

他的声音极低，生怕对岸的小孩子们听见。那边的小坚忽然脆声脆气地问：“叔叔，你们建造的大银行要用上我们淘的铁砂吗？”

任中坚很想如实告诉他：不，用不上的。你们的劳动成果最后都变成一些满是孔眼的铁渣，被垫到地里去了。你们的汗水，你们的青春，尤其是你们的热血和激情，都被滥用了，浪费了，糟蹋了。他不禁想起那时在《中国少年报》上看过的一则奇闻：一个8岁的小学生用黄泥捏出一个小高炉，用嘴巴当鼓风机，竟然也炼出了钢铁。记得看到这则消息时自己曾是那么激动——否则也不会牢记这则消息达40年之久。这不算丢人，那时我只是一个年仅9岁的容易轻信的孩子嘛。可是，当时那些身处高位的大人呢？那些本该为人民负责的政治家们呢？难道他们的智力也降到9岁孩子的水平了？

他不忍对一个正在兴头上的孩子泼冷水，便缄默不语。那边，黑豹快快活活地继续骗下去：“当然，当然。你们挖的铁砂都会变成银行大楼的钢筋，变成了银行金库的大铁门。”

小坚咯咯地笑起来：“才是胡说呢！那时人们的觉悟都极大地提高了，还要铁门干啥？”

另一个孩子说：“对，那时物质也极大地丰富了，猪肉鸡蛋吃不完，得向个人派任务。”

第三个孩子发愁地说：“那我该咋办哪，我天生不爱吃猪肉。”

任教授听不下去了，这些童言稚语不啻是一把把锯割心房的钝刀。他截断他们的讨论：“天不早了，要不你们先回去吧。至于你们的铁锹，”他原想说用钱买的，但非常明智地及时打消了这个主意，“明天你们还来干活吗？那好，我们用完就放在这个坑里。快回吧，要不爹妈会担心的。”

四个孩子答应了：“行，我们明天来拿。叔叔再见！”

“再见。”他在暮色中紧紧盯着他们，盯着41年前的自己，盯着儿时的好友。这个翘鼻头叫顾金海，40岁时得癌症死了；这个大脑门叫陈显国，听说成了一个司级干部，他早就和家乡的同学割断一切联系；这个大板牙忘了名字——怎么可能忘记呢，那时整天在一块儿玩？但确实是忘了，只记得他的这个绰号。大板牙后来的境遇很糟糕，在街上收破烂，每次见到同学都早早把头垂下去。他很想问出大板牙的名字，但是……又有什么用呢。最终他只是沉闷地说：“再见，孩子们再见！”

孩子们快乐地喧哗着，消失在小叶杨遮蔽的小道上。教授真想追上去，与那个小坚融为一体，享受孩提时的愉悦和激情，享受那久违的纯净……可惜，失去的永远不可能再得到，即使手中握有时间机器也不行。月挂中天，云淡星稀，远处依稀传来一声狗吠。直径2米、深2.5米的土坑已经挖好，他们借着月光再次复核了深度。然后教授跳下去，掏出时间机器，表盘上闪着绿色的微光。他忽然想起一件事，皱着眉头说：“把两只铁锹扔上去，我们不能带着它们去做时间旅行。可惜，我们要对孩子们失信了——原答应把铁锹放到坑里的。”

贼王嘲讽地看看他，隐住嘴角的讥笑：一个敢去盗窃金库的大恶棍，还会顾及是不是对毛孩子们失信？教授说：“来，站到坑中央，三人靠紧，离坑壁尽量远一些，我们不能把坑壁上的土也带去。现在我把时间调到1992年9月11日晚上10点，就是金库监视系统失灵的那天夜里。”他看看两人，补充道，“我的时间机器是十分可靠的。但毕竟这是前人没做过的事情，谁也不能确保旅途中不出任何危险。如果二位不愿去，现在后悔还来得及。”

黑豹粗暴地说：“娘卖×，已经到这一步了，你还啰唆什么！老子这辈子本来就没打算善终。快点儿开始吧！”

贼王注意地看看教授。土坑遮住了月光，他只能看到一对深幽的瞳孔。他想，这个家伙的处事总是超出常规。看来，这番交代真的是为两个同伴负责，而不是用拙劣的借口想甩掉他们。于是贼王平和地说：“对，我们没什么可犹豫的，开始吧！”

任教授抬起头，留恋地看看洁净的夜空，按下了启动钮。

唰的一声，三人越过34年的时光。体内的每个原子都因快速的奔波而振荡。他们从一米高的空中扑通一声落下去，站到了水泥地板上——为了保险，教授把位置设定在金库地板之上一米。落地时脚掌都撞得生疼，但三人没心思去注意这点儿疼痛。

他们确实已到金库之中，确实越过了厚厚的水泥外壳和一米厚的钢门——不过不是从空间中越过，而是从时间中越过。金库占地极宽，寂无人声，几十盏水银灯寂寞地照着，那是为监视系统的摄像镜头提供光源的。金库外一定有众多守卫，尤其是监视系统失灵的这个当口。但这里隔音极好，听不到外边的一丝声响，恰像一个封闭万年之久的坟墓。

是黄金的坟墓，敞开的货架上整齐地码放着无数金条，闪着妖瞳般的异光。贼王和黑豹仅仅喊了半声，就把下面的惊呼卡到喉咙里了。他们急急跑过去，从货架上捡起妖光闪烁的沉甸甸的金条。贼王用牙咬了咬，软软的。没错，这是货真价实的国库黄金。不是做梦！

教授仍站在原处，嘴角挂着冷静的微笑，就像是一场闹剧表演的旁观者。黑豹狂喜地奔过去，把他拉到货架前："你怎么干站着？你怎么能站得住？任先生，真有你的，你真是天下第一奇才，我服你啦！"

他手忙脚乱地往怀里捡金条："师傅，这次咱们真发了，干一辈子也赶不上这一回。下边该咋办？"

贼王喜滋滋地说："听先生的，听任先生安排。"

教授有条不紊地指挥着："把那几个板箱搬到坐标原点，就是咱们原先站的地方，架高到一米。我们必须从原来的高度返回，否则返回之后，两腿就埋到土里了。"

"行！"黑豹喜滋滋地跑过去，把木箱摆好。

"每人先拿三根吧。我说过，这台时间机器的功率太小，不一定能携带太多的东西。"

黑豹一愣，恼怒地说："只拿三根？这么多的金条只拿三根？"

"没关系的，可以随意返回嘛，你想返回100次也行。"

贼王想了想，说："好，就按先生说的办。"

每人揣好金条爬到木箱上，任教授调校着时间机器，黑豹还在恋恋不舍地看着四周。忽然机器内响起干涩嘶哑的声音，教授失望地说：

"果然超重了，每人扔掉一根吧。"

他们不情愿地各掏出一根扔下去，金条落地时发出沉重的声响，但机器仍在哀鸣着。“不行，还超重，每人只留下一根吧。”

黑豹的眼中冒出怒火，犟着脖子想拒绝。贼王冷厉地说：“黑豹，把你怀中多拿的几根掏出来！”

黑豹惊恐地看看师傅，只好把怀里的金条掏出来，一共有五根。他讪讪地想向师傅解释，但贼王没工夫理他，因为他忽然想到一个主意：

“黑豹，你先下去，少了一个人的重量，我和任先生可以多带十几根出去——然后回来接你。”

黑豹的眼睛立即睁圆了，怒火从里面喷出。拿我当傻瓜？你们带着几十根金条出去，还会回来接我？把我扔这儿给你们顶缸？其实贼王并没打算扔下黑豹不管，但他认为不值得浪费时间来解释，便利索地抽出手枪喝道：“滚下去！”

黑豹的第一个反应是向腰里摸枪，但半途停住了，因为师傅的枪口已经在他鼻子下晃动着。他只好恨恨地跳下木箱，走到一米之外，阴毒地盯着木箱上的两人。教授叹息道：“胡先生，没用的。这种时间机器有一个很奇怪的脾性，它对所载的金属是单独计算的。也就是说，不管是三个人还是两个人，能够带走的金属物品是一样多的。不信，你可以试试。”

贼王沉着脸，一根根地往下扔金条。直到台上的金条只剩下三根时，机器才停止呻吟。贼王非常恼火——费了这么大的力气，只能带走三根！满屋黄金只能干瞅着！但教授有言在先，他无法埋怨。再说也不必懊恼，只用多回来几趟就行了嘛。他说：“三根就三根，返回吧。”

教授看看下面的黑豹：“让他也上来吧！”

当金条一根根往下扔时，黑豹的喜悦也在一分分地增长。很明显，如果这次他们只带走三根，他就有救了——贼王绝对舍不得不返回的。现在教授说让他上去，他殷切地看着师傅。贼王沉着脸——刚才黑豹掏枪的动作丢了他的面子。不过他最终阴沉地说：“上来吧！”

黑豹如遇大赦，赶忙爬上来。机器又开始呻吟了，黑豹立即惊慌失措。教授也很困惑，想了想，马上明白了：“你身上的手枪！把手枪扔掉。”

黑豹极不愿扔掉手枪。也许到了某个时候它会有用的。面对着妖光闪烁的黄金，他可不敢相信任何人。不过他没有别的选择。他悻悻地扔掉手枪，机器立即停止嘶叫。三个人同时松一口气。“我要启动了。”教授说。

贼王说：“启动吧——且慢，能不能回到1967年？”他仰起头思索片刻，“1967年7月10晚上9点。我很想顺便回到那时看看。看一个……熟人。”

“当然可以，我说过，只要是1984年之前就行。”他按贼王的希望调好机器，“现在，我要启动了。”

又是唰的一声，光柱摇曳，他们在瞬间返回到25年前。金库消失了，他们挖的土坑也消失了，脚下是潮湿的洼地，疯长着菖蒲和苇子。被惊动的青蛙扑通通跳到近处的水塘里。昆虫静息片刻又欢唱起来。

不过，这里已经不像58年那样荒凉。左边是一条简陋的石子路，通向不远处的一群建筑，那里大门口亮着一盏至少1000瓦的电灯，照得门前白亮亮的。很奇怪，大门被砖石堵死了，院墙上写着一人高的大字，即使在夜里，借着灯光也看得清清楚楚：

“谁敢往前走一步，叫你女人变寡妇！！！”

教授苦笑道：“胡先生，你真挑了一个好时间。我知道这儿是1963年建成的农中，现在是1967年，正是武斗最凶的时刻。农中‘横空出世’，那帮小爷儿们都是打仗不要命的角色。咱们小心点儿，可别挨枪子。”

黑豹没有说话，一直斜眼瞄着贼王怀里的两根金条。贼王也没说话，好像在紧张地期待着什么。不久，远处传来沙沙的脚步声，一个小黑影从夜色中浮出，急急地走过来，不时停下来向后边张望。贼王突然攥紧教授的胳膊，抓得很紧，指甲几乎陷进肉里。十分钟后，教授才知道他何以如此失态。小黑影凶猛地喘息着，从他们面前匆匆跑过去，没有发现凹地的三个大人。从他踉跄的步态可以看出，他已经疲惫不堪，只是在某种信念的支撑下才没有倒下。离农中还有100米时，那边传来大声的喝叫：

“站住，不许动！”

小男孩站住了：“喂——”他拉长声音喊着，清脆高亢的童声在夜空中显得分外响亮。“我也是二七派的，我来找北京红代会的薛丽姐姐！”

那边停顿了几秒钟，狠狠地喝道：“这儿没什么薛丽，快滚！”

男孩的喊叫中开始带着哭声：“我是专门来报信的！我听见爸

爸和哥哥——他们是河造总派的铁杆打手——在商量，今晚要来农中抓人，他们知道薛丽姐姐藏在这儿！”

那边又停顿了几秒钟，然后一个女子用甜美的北京话说：“小家伙，进来吧！”

说话人肯定是北京红卫兵代表大会第三司令部派驻此地的薛丽了。两个人从那个狗洞似的小门挤出来，迎接小孩。小孩一下子瘫在两人身上，被两人连拖带拽地拉进小门，随之一切归于寂静。贼王慢慢松开手，从农中那儿收回目光。教授低声问：“是你？他就是你？”

“嗯，”贼王不大情愿地承认，“这是文革中期，造反派刚胜利，又分成两派武斗。一派是二七，一派叫河造总。我那年13岁，是个铁杆小二七。那天——也就是今天晚上，我在家里听老爹和哥哥商量着要来抓人，便连夜跑了20里路赶来送信……后来河造总派的武斗队真的来了，我在农中也要了一支枪参战。我的腿就是那一仗被打瘸的，谁知道是不是挨了我哥或我爹的子弹。我哥被打死了，谁知道是不是我打中的。从那时起我就没再上学，我这辈子……我是个傻×，那时我们都是傻×！”他恨恨地说。

天边有汽车灯光在晃动，夜风送来隐约的汽车轰鸣声。不用说，是河造总的武斗队来了。很快这儿会变成枪弹横飞的战场，双方的大喇叭会声嘶力竭地喊着“誓死捍卫……”。楼上扔下来的手榴弹在人群中爆炸，激怒的进攻者用炸药包炸毁了楼墙。大势已去的农中学生和红代会的薛丽（当然还有左腿受伤的小宗尧）挤在三楼，悲愤地唱着：“抬头望见北斗星，心中想念……”十几分钟后，他们满身血迹地被拖了出去……贼王的脸色阴得能拧出水，教授也是面色沉痛。年轻的黑豹体会不到两人的心境，不耐烦地说："快走吧，既然有武斗，窝在这儿挨枪子呀。"

贼王仍犹豫着。也许他是想迎上去，劝说哥哥和爹爹退回去，以便挽救哥哥的性命。但是，虽然弄不懂时间旅行的机理，他也凭直觉知道，一个人绝对无法改变逝去的世界，即使握着一台神通广大的时间机器也罢。于是他决绝地挥挥手："好，走吧。"

照着罗盘的指引，他们向正北方向走了精确的349米，来到草木葳蕤的河边。贼王已经从刚才的伤感中走出来，恢复了平素的阴狠果决。"往下进行吧，抓紧时间多往返几次。不过，"他询问教授，"返回金库前，需要把已经带出来的金条处理好，对吧。"

"那是当然，如果随身带着，下一次就无法带新的了。"

贼王掏出怀里的两根金条，"那么，把它们放到什么地方？不，应该说，放到什么年代？"

教授也掏出怀中的一根，迟疑地说："回到1999年吧，如果回到1999年以前的时间，我恐怕……没脸去花这些贼赃。"

贼王恼怒地看着他，真想对他说："先生，既然你已经上了贼船，就不必这么假撇清了。"但他只是冷淡地说："那样太麻烦，咱们把黄金就埋在这个年代吧。等咱们攒下足够的金条再来分。"

黑豹疑惑地问："就埋在河边，不怕人偷走？"

教授微笑道："完全不用担心。有了时间机器，你应当学会按新的思维方式去思考。想想吧，咱们可以——不管往返几次——准确地在离开的瞬间就返回，甚至在离开之前返回，守在将要埋黄金的地方。有谁能在咱们眼前把黄金偷走呢。你甚至不用埋藏，摆在这儿也无妨。”

黑豹听得糊里糊涂。从直观上说他根本不相信教授的话，但从逻辑上又无法驳倒。最后他气哼哼地说：“行，就按你说的办——不过你不要捣鬼，俺爷儿俩都不是吃素的！”

他有意强调与贼王的关系。只是，在刚才的拔枪相向之后，这种强调不免带着讨好和虚伪的味道。教授冷淡地看看他，看看贼王，懒得为自己辩解。贼王对黑豹的套近乎也没有反应，蹲下来扒开虚土，小心地埋好三根金条。想了想，又在那儿插了三根短苇梃作为标记。在这当儿，教授调好了时间。

“立即返回吧，仍返回到1992年9月11日晚上10点零5分，就是刚才离开金库之后的时刻——其实也可以在离开前就返回的，但是，那就会与库内的三个人劈面相遇，事情就复杂化了。所以，咱们要尽量保持一个分岔较少的宇宙。喂，站好了吗？”

两人紧紧靠着教授站好。教授没注意到黑豹目中的凶光，按下按钮。就在他手指按下的瞬间，黑豹忽然出手，凶狠地把贼王推出了圈外！

空气振荡片刻后归于平静。听见一声闷响，那是贼王的脑袋撞上铁架的声音。不过，他并没有被推出“时间”之外。因为在他的身体尚未被推出一米之外时，时间机器已经起作用了。黑豹唰地跳到货架后，面色惨白地盯着贼王。他没有想到是这个局面。他原想把贼王留在1967年的洼地里，那样一来，留下一个书呆子就好对付了，可以随以所欲地逼他为自己做事。可惜，贼王仍跃迁到金库，按他对师傅的了解，他决不会饶过自己的。

贼王慢慢转过身，额角处的鲜血慢慢流淌下来。他的目光是那样阴毒，让黑豹的血液在一瞬间冰冻。教授惊呆了，呆呆地旁观着即将到来的火并。贼王的右臂动了一下，分明是想拔枪，但他只是耸动了右肩，右臂却似陷在胶泥中，无法动弹。贼王最终明白了是咋回事——自己的一节右臂已经与一根铁管交叉重叠在一起，无法分离了。他急忙抽出左手去掏枪，但在这当儿，机敏的黑豹早已看出眉目，他一步跨过来，按住师傅的左臂，从他怀中麻利地掏出枪，指着二人的脑袋。

惊魂稍定后，黑豹目不转睛地盯着贼王的右臂。那只胳膊与铁架交叉着，焊成了一个斜十字。交叉处完全重合在一起，铁管径直穿过手臂，手臂径直穿过铁管。这个奇特的画面完全违反人的视觉常识，显得十分怪异。被铁架隔断的那只右手还在动着，做着抓握的动作，但无法从铁管那儿拉回。黑豹惊惧地盯着那儿，同时警惕地远离师傅，冷笑道：

“师傅，对不起，你老了。不过，刚才你想把我一个人撇在金库时，似乎也没怎么念及师徒的情分。”

贼王已经知道自己处境的无望，便将生死置之度外了。他根本不理睬黑豹，向教授扭过头，脸色苍白地问：“教授，我的右臂是咋回事？”

教授显然也被眼前的事变惊呆了，他走过来，摸摸贼王的右臂。它与铁架交融在一起，天衣无缝。教授的脸色比贼王更惨白，语无伦次地说：“一定是恰恰在时间跃迁的那个瞬间，手臂与铁架在空间上重合了……物质内有足够的空间可以互相容纳……不过我在多次实验中从没碰上这种情况……任何一篇理论文章都没估计到这种可能……科幻小说家也没预见过……”

黑豹不耐烦听下去，从架上拿了三根金条揣在怀里，对教授厉声喝道：“少啰唆，快调整时间机器，咱俩离开这儿！”

教授呆呆地问：“那……贼王怎么办？你师傅怎么办？”

黑豹冷笑道：“他老人家……只好留在这儿过年了。”

教授一愣，忽然愤怒地嚷道：“不行，不能把他一个人留在这儿！这样干太缺德。黑道上也要讲义气呀。”

“讲义气？那也得看时候。现在就不是讲义气的黄道吉日。快照我说的办！”他恶狠狠地朝教授扬了扬手枪。教授干脆地说：

“不，我决不干这种昧良心的事。想开枪你就开吧。”

黑豹怒极反笑了：“怎么，我不敢打死你？你的命比别人贵重？”

“那你尽管开枪好了。不过我事先警告你，这架机器有手纹识别系统，它只听从我一个人的命令。”

贼王看看教授，表情冷漠，但目光深处分明有感激之情。这会儿轮到黑豹发傻了。没错，教授说的并非大话，刚才明明看见他把手掌平放在机器上，机器才开始亮灯。也许，该把他的右手砍下来带上，但谁知道机器会不会听从一只“死手”的命令？思前想后，他不敢造次，只好在脸上堆出歉意的笑容：

“其实，我也不想和师傅翻脸，要不是他刚才……你说该咋办，我和师傅都听你的。”

怎么办？教授看看贼王，再看看黑豹，用不容置疑的口吻说：

"你先把手枪交给我！"他补充道，"你放心，我不会把枪交给你师傅的。"

黑豹当然不愿意交出武器，他十分清楚师傅睚眦必报的性格。但是他没有办法。尽管他拿着枪，其实他和贼王的性命都掌握在教授的手里。另外，教授的最后一句话让他放了心，想了想，他痛快地把枪递过去。

教授把手枪仔细揣好，走过去，沉痛地看着贼王："没办法，胡先生，只好把你的手臂锯断了。"

刚才贼王已经做好必死的准备，这时心情放松了，笑道："不就是一只胳膊嘛，砍掉吧——不过手边没有家伙。"

教授紧张地思索片刻，歉然道："只有我一个人先返回了，然后我带着麻醉药品和手术器械回来。"

贼王尚未答话，黑豹高声叫道："不行！不能让他一个人回去！"他转向贼王，"师傅，不能让他一个人离开。离开后他还能回来？让我跟着他！"

教授鄙夷地看着他，没有辩白，静静地等着贼王的决定。贼王略微思考片刻——他当然不能对教授绝对放心，但他更不放心黑豹跟着去。最后他大度地挥挥手："教授，你一个人去吧，我信得过你！"

黑豹还想争辩，但贼王用阴狠的一瞥把他止住了。教授感激地看看贼王，低声说："谢谢你的信任，我会尽快赶回来。"他站到木箱上，低下头把机器时间调整到1958年6月1日晚9点后，按下按钮。

唰的一声，金库消失了，他独自站在夜色中。眼前没有他们挖的那个2.5米深的土坑，而是一个浅浅的水塘，他就立在水塘中央，两只脚陷进淤泥中。他不经意地从泥中拔出双脚——忽然觉得双脚比过去重多了。不，这并不是因为鞋上沾了泥，而是他的双脚已与同样形状的两团稀泥在空间上重合了，融在一起了。他拉开裤腿看看，脚踝处分明有一道界线，线下的颜色是黑与黄的混合。

那么，他终生要带着这两团稀泥生活了。也许不是终生，很可能几天后，这双混有杂质的双脚就会腐烂发臭。他苦笑着，不知道自己为何老是出差错。时间机器是极为可靠的，他已经在上千次的实验中验证过。但为什么第一次投入使用就差错不断？比如说，这会儿他就不该陷在泥里，这儿应该有一个挖好的2.5米深的土坑呀……原因在这儿！他发觉，表盘上不是1958年6月1日，而是1978年6月1日。在紧张中他把时间调错了，所以返回的时刻晚了20年。

那么，眼前的情景就是不幸中之大幸了。毕竟他只毁坏了一双脚，而不是把脑袋与什么东西（比如一块混凝土楼板）搅在一块儿。

先不要考虑双脚的事，他还要尽快赶回去救人呢。他不能容忍因自己的过失害死一条人命，即使他是恶贯满盈的贼王也罢。眼前是一片沉沉的黑夜，只有左边亮着灯光，夜风送来琅琅的读书声。他用力提着沉重的双脚向那边走去。

这正是他在第二次返回时见过的农中，这会儿已经升格为农专了。看门的老大爷正在下棋，抬头看看来人，问他找谁。教授说找医务室。老大爷已经看到他的苍白脸色，忙说医务室在这排楼的后面，你快去吧，要不让老张（他指指棋伴）送你过去？

“不，谢谢。我能找到。”教授自己向后面走去。读书声十分响亮，透过雪亮的窗户，他看见一位老师正在领读英语。教授想，这是1978年啊，是恢复高考的第二年。他正是这年考上了清华。那时，大学校园到处是朗朗的读书声，到处是飞扬的激情、纯洁的激情。尤其是老三届的学生都十分珍惜得之不易的学习机会，想追回已逝的青春……

其实，何止是大学校园。就连这个偏僻破败的农专校舍里，也可以摸到那个时代的强劲脉搏。教授驻足倾听，心中涌出浓浓的怅惘。这种情调已经久违了。从什么时候起，金钱开始腐臭学子们的热血？连自己也反出精神的伊甸园。而且，他的醒悟太晚了，千千万万的投机者、巧取豪夺者已抢先一步，攫取了财富和成功。

他叹息一声，敲响了医务室的门。这是个十分简陋的医务室，显然是和兽医室合而为一的。桌上有两只硕大的注射针管，肯定是兽用的。墙上挂着兽医教学挂图。被唤醒的医生或兽医揉着眼睛，听清来人的要求，吃惊地喊道："截肢？在这儿截肢？你一定是疯了！"

看来不能在短时间内说服他了，教授只好掏出手枪晃动着。在枪口的威逼下，医生顺从地拿出麻醉药品、止血药品，还遵照来人的命令从墙上取下一把木工锯。不过他仍忍不住好心地劝道："听我的话，莫要胡闹，你会闹出人命的！"

来人已消失在门外的夜色之中。

教授匆匆返回到原处，又跃迁到离开金库的时刻。就在他现身于金库的一刹那，他忽然觉得胸口一震——是非常奇怪的感觉，就像是一团红热的铁砂射进牛油中，迅速冷却、减速，并陷在那里。

沉重的冲力使他向后趔趄了一下，勉强站住脚步。眼前黑豹和贼王正怒目相向，而他正处于两个人的中间。贼王的脑袋正作势向一边躲闪，黑豹右手扬着，显然刚掷出一件东西。

教授马上明白是怎么回事了：一定是在他离去的时间里两人又火并起来，黑豹想用金条砸死师傅，而自己恰好在金条掷出的一刻返回，于是那条黄金便插入自己的胸口了。他赶回来的时间真是太巧了啊！也许，这就是人们常说的报应？他凄然苦笑，低头看看胸前。衣服外面露出半根金条，另外半根已与自己的心脏融成一体。他甚至能“用心”感觉到黄金的坚硬、沉重与冰冷。

三人都僵在这个画面里，呆呆地望着教授胸前的半根金条。贼王和黑豹想，教授马上就要扑地而死了。既然金条插到心脏里，他肯定活不成了。但时间一秒秒地过去，教授仍好好地站着。密室中跳荡着他的心跳声：咚，咚咚，咚，咚咚……

教授最先清醒过来，苦笑道：“不要紧，我死不了。我说过，物质间有足够的空间可以互相容纳，黄金并不影响心脏的功能。先不管它，先为贼王锯断胳膊。”他瞪着畏缩的黑豹，厉声喝道：“快过来！从现在起，谁也不许再勾心斗角！难道你们不想活着从这里走出去？”

黑豹被他的正气慑服了，低声辩解道：“这次是师傅先动手……皇天在上，以后谁再起歹心，叫他遭天打雷劈！”

贼王也消去目光中的歹毒，沙声说：“以后都听先生的。开始锯吧！”

教授为贼王注射了麻醉剂，又用酒精小心地把锯片消了毒。黑豹咬咬牙，拎起锯子哧哧地锯起来。贼王脸上毫无血色，刚强地盯着鲜血淋淋的右臂。胳膊很快被锯断了，教授忙为他上了止血药，包好。在他干这些工作时，他胸前突起的半根金条一直怪异地晃动着，三个人都尽量把目光躲开它。

手术完成了，贼王眯上眼睛喘息片刻，睁开眼睛说："我的事完了，教授，你的该咋办？"

"出去再说吧。"

"也好，走，记着再带上三根金条。"

三人互相搀扶着登上木箱，教授调好机器，忽然机器发出干涩嘶哑的呻吟。"超重！"教授第一个想到原因，"我胸前已经有了一根，所以我们只能带两根出去了。"

三人相对苦笑，都没有说话。黑豹从怀里抽出一根金条扔到一米开外，机器的呻吟声马上停止了。

"好，我们可以出发了。"

他们按照已经做熟的程序，先回到1958年，再转移到河边。走前栽下的苇梃仍在那里，用手扒开虚土，原先埋下的三根金条完好无缺。黑豹的心情已转为晴朗，兴致勃勃地问："师傅，这次带出的两根咋办？也埋在这里吗？"

贼王没有理他，扭头看看教授胸前突出的金条：任先生，先把这个玩意儿去掉吧，也用锯子？"

教授苦笑道："只有如此了，我总不能带着它回到人群中。"

"那……埋入体内的那半截咋办？"

"毫无办法，只有让它留在那儿了。不要紧的，我感觉到它并不影响心脏的功能。”

贼王怜悯地看着他。在这两天的交往中，他已对教授有了好印象，不忍心让他落下终身残疾。他忍着右臂的剧疼努力思索着，突然眼睛一亮：“有办法了，你难道不能用时间机器返回到金条插入前的某个时刻，再避开它？”

教授苦笑着摇摇头。他当然能回去，但那样只能多出另一个完好无损的任中坚，而这个分岔宇宙中的任中坚仍然不会变。但他懒得解释，也知道无法对他们讲清楚。只是沉重地说：“不行，那条路走不通。动手吧！”

黑豹迟疑地拿起锯子，贴着教授的上衣小心地锯着。这次比刚才艰难多了，因为黄金毕竟比骨头坚韧。不过，在木工锯的锯齿全部磨钝之前，金条终于被锯断了。衣服被锯齿刮破，胸口处鲜血淋漓，分明嵌着一个金光灿灿的长方形断面，与皮肉结合得天衣无缝。教授哧哧地撕下已经破烂不堪的上衣，贼王喝令黑豹脱下自己的上衣，为教授穿上，扣好衣扣，遮住那个奇特的伤口。

贼王松了口气——忽然目光变冷了。他沉默片刻，突兀地问：“刚才锯我的胳膊时，你为什么不锯断铁管，像你这样？”

教授猛然一愣：“错了！”他苦笑道，“你说得对，我们可以把胳膊与铁管交叉处上下的铁管锯断嘛，那样胳膊就保住了。”

贼王恶狠狠地瞪着他。因为他的错误决定，让自己永远失去了宝贵的右手。但他马上把目光缓和了：“算了，不说它了。当时太仓促，我自己也没有想到嘛。下边该咋办？”

“还要回金库！”黑豹抢着回答，“忙了几天，损兵折将的，只弄出这五根金条，不是太窝囊嘛。当然，我听师傅的。”他朝贼王谄笑道，“看师傅能不能支持得住。”

贼王没理他，望着教授说：“我听先生的。这只断胳膊不要紧，死不了人。教授，你说咋办？现在还返回吗？”

教授没有回答，他转过身望着夜空，忽然陷入奇怪的沉默。他的背影似乎在慢慢变冷变硬。贼王和黑豹都清楚地感觉到了这种变化，疑惑地交换着目光。停了一会儿，贼王催促道：“教授？任先生？”

教授又沉默了很久，慢慢转过身来，手里……端着那把手枪！他目光阴毒，如地狱中的妖火。

自那根金条插入心脏后，教授时刻能感到黄金的坚硬、沉重和冰冷。但同时他也清楚知道，黄金和他的心脏虽然已经相融，其实是处在不同相的世界里，互不干涉。可是，在黑豹哧哧拉拉地锯割金条时，插入心脏的那半根金条似乎被震散了。黄金的微粒抖动着，跳荡着，挤破相空间的屏障，与他的心脏真正合为一体了。现在，他的心脏仍按原来的节奏跳动着，咚，咚咚，咚，咚咚。不过，如果侧耳细听，似乎能听出这响声带着清亮的金属尾音。这个变化不会有什么危险，比如说，这绝不会影响自己的思维，古人说“心之官则思”，那是错误的。心脏只负责向身体供应血液，和思维无关。

可是，奇怪的是，就在亿万黄金分子忙乱地挤破相空间的屏障时，一道黄金的亮光在刹那间掠过他的大脑，就如划破沉沉夜色的金色闪电。他的思维在刹那间变得异常清晰明断，冷静残忍。就如梦中乍醒，他忽然悟出，过去的许多想法是那样幼稚可笑。比如说，身后这两个家伙就是完全多余的。为什么自己一定要找他们合伙？为什么一定要把到手的黄金分成三份？实在是太傻了，太可笑了。

正所谓“朝闻道，夕死可矣”，现在改正错误还不算晚。不过，“夕死可矣”的人可不是自己，而是这两个丑类，两个早该吃枪子的惯盗。向他们开枪绝不会良心不安的。

教授手中紧握着贼王那把五四式手枪，机头已经扳开。那两人一时间惊呆了，尤其是贼王。他早知道，身在黑道，没有一个人是可以信赖的。他干了20年黑道生涯而没有失手，就是因为他时刻这样提醒自己。但这一次，在几天的交往中，他竟然相信了这位读书人！他是逐步信任的，但这种逐步建立起来的信任又非常坚固。如果不是这会儿亲眼所见，他至死也不会相信任先生会突然翻脸，卑鄙地向他们下手。贼王惨笑道：“该死，是我该死，这回我真的看走眼了。任先生，我佩服你，真心佩服你，像你这样脸厚心黑的人才能办大事。我俩自叹不如。”

教授冷然不语。黑豹仇恨地盯着他的枪口，作势要扑上去。贼王用眼色止住他，心平气和地说：“不过，任先生，你不一定非要杀我们不可。我们退出，黄金完全归你还不行吗？多个朋友多一条路。”

教授冷笑道：“那么，多一个仇人呢？我想你们只要活着，一定不会忘了对我复仇吧。你看，这么简单的道理我到现在才想通——在黄金融入心脏之后才想通，这要感谢黄金的魔力。”

贼王惨笑道：“没错，你说得对。换了我也不会放仇人走的，要不一辈子睡不安稳。”他朝黑豹使个眼色，两人暴喝一声，同时向教授舍命扑过去。

不过，他们终究比不上枪弹更快。当当两声枪响，两具身体从半空中跌落。教授警惕地走过去，踢踢两人的身体。黑豹已经死了，一颗子弹正中心脏，死得干净利落。贼王的伤口在肺门处，他用左手捂住伤口，在临死的抽搐中一口一口地吐着血沫。教授踢他时，他勉强睁开眼睛，哀怜无助地看着教授，鲜血淋漓的嘴唇嚅动着，似乎要对教授做临别的嘱托。

即使任中坚的心已被黄金淬硬，他仍然感到一波怜悯。几天的交往中他对贼王的印象颇佳，甚至可以说，在黑道行当中，贼王算得上一条响当当的汉子。现在他一定是在哀求自己：我死了，请照顾我的妻儿。教授愿意接过他的托付，以多少减轻良心上的内疚。

他把手枪紧贴在腰间，小心地弯下腰，把耳朵凑近他轻轻嚅动的嘴唇。忽然贼王的眼睛亮了，就像是汽车大灯唰地打开了。他瞪着教授，以猞猁般的敏捷伸出左手，从教授怀中掏出时间机器，用力向石头上摔去。“去死吧！”他用最后的力气仇恨地喊着。

缺少临战经验的教授一时愣住了，眼睁睁看着他举起宝贵的时间机器作势欲掷……但临死的亢奋耗尽了贼王残余的生命力，他的胳臂在最后一刻僵住了，没能把时间机器抛出去。最后一波狞笑凝固在他穷凶极恶的面容上。

教授怒冲冲地夺过时间机器，毫不犹豫地朝他胸膛补了一枪。

时间机器上鲜血淋淋，他掏出手绢匆匆擦拭一番。“现在我心静了，可以一心一意去转运黄金了。”他在暮色苍茫的旷野中大声自语着。

三声枪响惊动了附近的住户，远处开始有人影晃动。不过，教授当然不必担心，没有哪个警察能追上他的时间机器，连上帝的报应也追不上。有了时间机器，作恶后根本不必担心惩罚。这甚至使他微微感到不安——这和他心目中曾经有过的牢固信念太不一致了。

现在，他又回到了金库，从容不迫地拿了三根金条塞到怀里，准备做时间跃迁。时间机器又开始呻吟起来。他恍然想到，自己的胸口里还保存有半根金条。也就是说，他每次只能转运出去两根半——实际只能是两根。这未免令人扫兴。

“只能是两根？太麻烦了！”他在寂静的金库中大声自语。

实际并不麻烦。每次时间跃迁再加上空间移动，如果干得熟练的话，只用10分钟就能完成一个来回。也就是说，一小时可以转运出去12根，8个小时就是96根，足够他家的一生花销了。他又何必着急呢。

于是，他心境怡然地抛掉一根，把机器的返回时间调好，按下启动钮。

没有动静。似乎听到机器内有微弱的噼啪声。他立时跌进不祥的预感中，手指颤抖着再次按下，仍然没有动静，这次连那种微弱的噼啪声也没有了。

一声深长的呻吟从胸腔深处泛出，冰冷的恐惧把他的每一个关节都冻结了。他已经猜出是怎么回事：是贼王的鲜血缓慢地渗进机芯中，造成了短路。

也许，这是对“善恶有报”“以血还血”等准则的最恰如其分的表述。

机芯短路算不上大故障，他对这台自己设计、自己制造的机器了如指掌，只要一把梅花起子和一台微焊机就能排除故障——可是，到哪儿去找这两种极普通的工具呢?

满屋的金条闪着诱惑的妖光。黄金，黄金，到处是黄金，天底下最贵重的东西，凡人趋之若鹜不避生死的东西——偏偏没有他需要的两件普通工具。他苦笑着想起儿时看过的一则民间故事：洪水来了，财主揣着金条、穷人揣着糠窝窝爬上一棵大树。几天后财主终于知道，糠窝窝比黄金更贵重。他央求穷人，用金条换一个糠窝窝，穷人毫不犹豫地拒绝了。七天后，洪水消退，穷人爬下树时，捡走了死人的黄金。

那时，在他幼小的心灵中，就敏感地知道这不是一个好故事，这是以穷人的残忍对付富人的贪财。也许，两人相比，这个穷人更可恶一些。但他怎么能想到，自己恰恰落到那个怀揣黄金而难逃一死的富人的下场呢。

时间一分一分地过去。等到天明后，这儿的拾音系统就会被修复。自己即使藏起来一动不动，呼吸声也会被外面发现，然后几十名警卫就会全副武装地冲进来。而且——拾音系统正是自己修复的，可以说是自己送掉自己（7年后的自己）的性命。

也许“善恶有报”毕竟是真的，今天的情况就是一次绝好的证明——但是为什么世界上会有那么多不受惩罚的罪恶？老天一定是个贪睡的糊涂家伙，他只是偶然睁开眼睛——偏偏看到自己作恶，教授冷笑着想。

不过还未到完全绝望的地步呢。他对那一天（也就是明天）的情形记得清清楚楚。有这一点优势，他已经想出一个绝处逢生的办法，虽然这个方法太残忍了点儿。

确实太残忍了——对他自己。

拿定主意后，他变得十分镇静。现在，他需要睡一觉，等待那个时刻（明天早上8点）的到来。他真的睡着了，睡得十分坦然，直到沉重的铁门声把他惊醒。他听到门边有人在交谈，然后一个穿土黄色工作衣的人影在光柱中走进来，大门又在他身后呀呀地合上了。

任中坚躲在阴影里，目不转睛地盯着此人。这就是他，是1992年的任中坚，他是进金库来查找拾音系统故障的。他进了金库，似乎被满屋的金光耀花了眼。但他仅仅停留两秒钟，揉揉眼，就开始细心地检查起拾音系统。

阴影中的任中坚知道，“那个”任中坚将在半小时内找出故障所在，恢复拾音系统，到那时他就无法采取行动了。于是他迅速从角落里走出来，对着那人的后背举起枪。那人听到动静，惊讶地转过身——现在他不是惊讶，而是惊呆了。因为那个凭空出现的、目光阴狠的、端着手枪的家伙，与自己长得酷似！只是年龄稍大一些。

持枪的任中坚厉声喝道：“脱下衣服，快！”

在手枪的威逼下，那个惊魂不定的人只好开始脱衣服。他脱下上衣，露出扁平的没有胸肌的胸脯。这是几十年伏案工作、缺乏锻炼留下的病态。他的面容消瘦，略显憔悴，皮肤和头发明显缺乏保养。这不奇怪，几十年来他醉心工作，赡养老人，抚养孩子，已经是疲惫不堪了。持枪的任中坚十分了解这些情况，所以他拿枪的手免不了微微颤动。

上衣脱下了，那人犹豫地停下来，似是征求持枪者的意见。任中坚知道他为什么犹豫：那人进金库时脱去了全部衣服，所以，现在他羞于脱去这唯一的遮羞之物。任中坚既是怜悯又是鄙夷。看哪，这就是那种货色，他们在生死关头还要顾及自己的面子，还舍不下廉耻之心。很难想象，这个干瘪的、迂腐的家伙就是7年前的自己。如果早几年醒悟该多好啊！

他的鄙夷冲走了最后一丝怜悯，再次厉声命令："脱！"

那人只好脱下了土黄色的工作裤，赤条条地立在强盗面前。他已经猜到了这个劫金大盗的打算：强盗一定是想利用两人面貌的相似换装逃走，而在金库中留下一具尸体。虽然乍遇剧变不免惊慌，但正义的愤怒逐渐高涨，为他充入勇气。他不能老老实实任人宰割，一定要尽力一搏。

他把脱下的裤褂扔到对方脚下，当对方短暂地垂下目光时，他极为敏捷地从旁边货架上拎起一块金条做武器，大吼一声，和身向强盗扑了过去。

一声枪响，他捂住胸口慢慢倒下去，两眼不甘心地圆睁着。

任中坚看看手中冒烟的手枪，随手扔到一旁，又把死者拉到角落里。他脱下全身衣服，换上那套土黄色的裤褂。走到拾音器旁，用3分钟时间就排除了故障——他7年前已经干过一次了。然后他对着拾音器从容地吩咐：

“故障排除了，打开铁门吧！”

在铁门打开前，他不带感情地打量着屋角的那具尸体。这个傻瓜、蠢货，他心甘情愿用道德之网自我囚禁，他过了不惑之年还相信真理、正义、公正、诚实、勤劳这类东西。既然这样，除了去死之外，他还有什么事可做呢?

他活该被杀死，不必为此良心不安。

铁门打开了，外面的人惊喜地嚷着：“这么快就修好了？任老师，你真行，真不愧是技术权威！”

即使在眼下的心境里，听到这些称赞，仍能使他回忆起当年的自豪。警卫长迎过来，带他到小房间去换装。这是规定的程序。换装时任中坚把后背对着警卫长，似乎是不愿暴露自己的隐私，实则是尽力遮掩胸前的斑斑血痕和金条的断面。不过，警卫长仍敏锐地发现了异常，他低声问：“你的脸色怎么不对头？胳膊肘上怎么有血迹？”

任中坚脚步摇晃着，痛苦地呻吟道：“刚才我在金库里犯病了，跌了一跤。快把我送医院！”

警卫长立即唤来一辆奥迪。三分钟后，奥迪载着换装后的任中坚风驰电掣般向医院开去。

尾　声

几天后，银行警卫长向公安机关提交了破案经过。这份报告曾在各家报刊和电台上广为转载，妇孺皆知。以下是报告的部分章节。

……凶手走出金库时，我们全都误认他是刚才进去的任教授。这并不是因为我们的心理惯性。据事后检查门口的秘密录像，凶手的确同任教授极为相像，只是显得老了几岁。当时，我们曾觉得两人的气质略有不同，还发现他肘上有淡淡的血迹。但凶手诡辩说是在金库中犯病了，跌了一跤，因此才显得面色不佳和沾有血迹。我当时被蒙骗住（我们确实想不到戒备森严的金库中会有另一个人），在监视他换装后，立即把他送到了医院。

不过我从直觉上感到异常，便征得在场领导的同意，带上两名警卫进库检查。很快我们就发现库内有大量血迹，地上扔着几根金条，还有两支手枪。顺着血迹我们找到真正的任中坚教授，那时他浸在血泊之中，还没有断气。我把他摇醒后，他艰难地说：

“劫金大盗……快……”

我立即安排人送任教授去医院，又带人去追凶手。追赶途中我想到奥迪车司机小马身边有手机，便给他电话，命令他就地停车。还告诉他，他的乘员是一名穷凶极恶的劫金大盗，千万谨慎从事，好在他身边不会有任何武器（他是在我的严密监视下换装的）。两分钟后，我们赶上停在医院门口的奥迪，透过加膜玻璃，看见凶手正用手绢死死勒住小马的脖子。幸亏我们及时赶到，小马才没有送命。

我们包围了汽车，喝令凶手下车。凶手很识时务，见大势已去，便顺从地停止勒杀，坦然下了车，让我们铐上。他没有说话，只是轻轻叹息了一声。

以下的经过就近乎神话了，但我可以发誓这是真的，因为这是在四个警卫和十四个路人的目光睽睽下发生的，绝对不是某一个人的错觉。当凶手被铐住时，时间是上午8点52分——马上我们就知道，这恰恰是任教授断气的时刻，因为载着任先生的救护车此时也响着警笛开到了医院。护士们往下抬人时忽然惊慌地喊着教授的名字，他的心脏刚刚停止跳动。恰在此刻，凶手惨叫一声，身体开始扭曲、开始委顿，身体的边缘开始模糊。这一切发生得极快，几秒钟之内，他的身体竟然化为一团轻烟，完全消失了！在他站立过的地方，留下一堆衣服和一具手铐。

更令人不解的是，上衣中竟然包着半根金条。是被锯断的国库黄金，断口处是非常粗糙的锯痕。他怎么可能在赤身裸体换衣服时，躲过我的监视，把半根金条带出去？我绝不是为自己的失职辩解，但是，确确实实，这是不可能的。

总之，凶手就这样消失了，无法查出他的真实身份。我们把他在录像上的留影发往全国进行查询，至今也没发现有哪个失踪者与他的面貌相似——除了英勇牺牲的任教授，两人的容貌实在太相像了，甚至连声音也十分相似。

经查实，库内丢失五根金条（后来被群众在不远的河边偶然发现），作案手法迄今未能查明。这个案子留下许多不解之谜。比如，凶手是怎么潜入金库的？他怎么能预知任教授会进库检查拾音系统，从而预先按任的相貌作了整容？任先生牺牲时，为什么凶手也恰恰在这一刻化为轻烟？这些谜至今没人能回答。

库房内还发现一台极为精致的机器，显然是凶手留下的。我们询问了不少专家，无人能说清它的功能。理论物理研究所的一位专家开玩笑说，如果一定要我说出它的用处，我宁可说它是一件极为巧妙的时间机器。当然，他的玩笑不能当真。

这台机器已经被封存，留待科学家设法为它验明正身。

我们已郑重建议政府追认英勇献身的任中坚教授为烈士，以告慰死者的在天之灵。

一个月后颁布政府令，追认任中坚教授为烈士。

临界

——低烈度纵火

谨以此文献给我仰慕的一位科学家。但本文不是报告文学，人物、情节均有虚构。

——题记

1

我永远忘不了那一天，1990年6月22日，因为此后数月令人惊悚的日子是从那天开始的。那年，我14岁，姐姐文容16岁，爷爷文少博78岁，奶奶楚白水75岁。

离亚运会开幕还有整整三个月，在北京随处可以摸到亚运会的脉搏。街上到处是大幅标语，高架桥的栏杆上插满“迎接亚运”的彩旗，姐姐和我的学校里都在挑选亚运会的志愿服务人员，公交车司机在学习简单的英语会话。只有爷爷游离于这种情绪之外，仍独自待在书房里埋头计算。那天早上，奶奶比往常起得更早，做好早饭，拿出一套新衣让爷爷穿上，昨晚她已逼爷爷去理了发。她端详着穿戴整齐的爷爷，笑道：

“哟，这么一打扮，又是一个漂漂亮亮的老小伙儿啦！”

姐姐和我都起哄，说，爷爷真漂亮，爷爷帅呆啦！爷爷像小孩子一样难为情地笑着。爷爷老啦，确实有点儿“老小孩”的迹象，笑起来像小孩一样天真。他在生活琐事上一向低能，现在更离不开奶奶的照顾。爷爷生于豪门望族，当年的文家二少爷也曾是风流倜傥。但他从英国留学归来便选择了一项最艰苦的职业——地质勘探。50年的风雨已经彻底改变了他的气质，现在，从外貌看来，他更像偏远地区的乡村老教师。

爷爷马上要去位于复兴路北的国家地震局（我去过那里，是一幢能抗7级地震的大楼）做报告，报告的具体内容爷爷对我们严格保密，他一向严格执行《地震预报条例》的规定。不过据我猜测，这次报告很可能涉及亚运会期间的震情。

别人开玩笑说，我家实行隔代遗传。爷爷是国内著名的地质学家，国内几个大油田的发现都有他的功劳，连他的学生中都有几个中科院院士呢。奶奶是有名的医学生物学家，中国消灭了天花和脊髓灰质炎病毒，其中有她很多心血。可惜爸爸那代人没继承他们的衣钵，不过这个传统让我和姐姐接续上了。虽说在1990年说这话还嫌太早，但至少在我和姐姐的学校里，我们已是有名的地震和病毒小专家了。

我父母常年在外地（大庆油田）。自从爷爷奶奶退休并定居北京后，我和姐姐一直住在爷爷家。那时爷爷还没有搬家，住在平安里一座小四合院里，房子十分破旧，下雨时首先要用雨布遮盖爷爷的那台286电脑，然后收拾满桌满床的大部头书籍：地震学、世界地震带挂图、古地磁学、地球固体潮、20年中国地震台网观测报告汇编、病毒学、医学免疫学、血型血清学、干扰素治疗……爷爷奶奶似乎比退休前还忙，尤其是爷爷，每天埋头于电脑前认真计算着。夏天，破旧的纱门挡不住蚊虫，他干脆弄两只水桶把腿脚泡进去，一来防蚊叮，二来降温。冬天房子像冰窖，他把一只小火炉放在桌边，手冻僵了，就在火上烤一会儿。这种情形一直持续到石油物探局专门为爷爷配置了一台取暖锅炉为止。

常常有他们的学生来这儿探望或请教。他们常常先站在天井里大声问好，然后再进屋。凡是爷爷的学生，都是称呼老师、师母好；凡是奶奶的学生，则称呼文老师、楚老师好。我和姐姐发现这条规律，常躲在一旁验证，百试百灵。

我和姐姐并没有刻意去继承爷爷奶奶的衣钵，但他们的知识不知不觉就传给我们了，因为这些知识一直弥漫在空气中，潜移默化地渗入了我们的血液。比如，姐姐常常流利地告诉同学，病毒都是采用超级寄生，利用被攻击细胞的核酸来繁殖的，所以，任何药物包括抗生素对病毒基本是无能为力的，只能依靠人类在千万年进化中产生的特异免疫力，疫苗的作用则是唤醒和强化这种免疫力。不过，人类对病毒的战争已经取得了里程碑式的成功，天花病毒已经被全歼，脊髓灰质炎病毒的全歼已经提上日程。为什么先拿这两种病毒开刀？因为它们只寄生于人体，没有畜禽的交叉感染渠道。现在，中国卫生部正在部署围剿脊髓灰质炎病毒的大战役，将从1993年开始，连续数年对8亿儿童进行免疫。奶奶虽然已退休，卫生部的轿车仍然常来把她接去，参加某个重要讨论。姐姐笑着对奶奶说：

“奶奶，别把坏蛋杀完了，留两个给孩儿杀杀。”

奶奶笑道："留着哪，病毒的全歼可不是二三百年能干完的事。"

我也常常给同学举办地震知识讲座。我说，地震是人类最凶恶的自然灾难，20世纪共发生7级以上地震65起，8级以上7起，死亡103万人。地震中最常见的是构造型地震，因为地壳是由六大板块（太平洋、亚欧、非洲、美洲、印度洋、南极洲）组成，各板块缓慢运动，互相积压，形成三大地震带，即环太平洋地震带、欧亚地震带（又称地中海-喜马拉雅地震带）和海岭地震带。我国处于两大地震带之间，震灾十分频繁。1900年以来中国地震死亡人数55万，占全世界的53%；1949年来死亡人数27万人，占全国同期自然灾害死亡人数的54%。而且——和其他学科的科学家不同，地震学家们是一伙自卑的家伙，因为，尽管他们投入了巨大的心血，但在地震预报方面实在是乏善可陈！1966年，邢台地震伤亡惨重，周总理亲自部署对地震预报的研究。1975年，成功预报了海城地震，经联合国教科文组织评定，成为唯一载入地震预报史册的范例。那时，在"文革"期间的亢奋中，有人宣称中国已完全掌握地震预报的规律。但仅仅一年后，唐山地震来了，它阴险地偷越众多机构组成的警戒线，狞笑着扑向梦乡中的唐山人。对地震工作者来说，这是一次极为丢脸的失败，地震爆发后，国家地震局竟然不能确定震中在哪儿！幸亏几位唐山人星夜驱车赶往国务院汇报灾情，国家才开始组织抢救工作。

我是在唐山地震之后出生，但我想我目睹了唐山地震的惨景——通过爷爷的眼睛和爷爷的叙述。地震第二天爷爷就赶到现场。美丽的唐山全毁了，房屋几乎全部倾颓，烟尘聚集在城市上空，久久不散，就像死神的旗幡。火车轨道被扭成麻花，水泥路面错位。地上分布着很多纵横裂缝，最宽可达30米。五个水库的大坝被震垮。一个男人从四楼跳下来，却被同时落下的楼板压住双脚，身体倒吊在半空中死了；一位妈妈已从窗户里探出半个身子，但还是被砸死，她最后的动作是竭力想护住怀中的孩子；另一位妈妈幸运地逃了出来，在废墟中机械地走动，哄着怀中的孩子——孩子早已长眠不醒；很多幸存者被挤在狭小的空间中，在黑暗和酷热中待了数天才被救出。一直到多少年后，他们睡觉时甚至不敢熄灯，因为只要沉入黑暗，他们就开始心理性的窒息！

一场空前绝后的浩劫啊！所有赶来救援的人，从身经百战的老师长到长着娃娃脸的小兵，都要惊愕地看上几分钟，把撕裂的心房艰难地平复，才脸色阴沉地投入抢救。不过，对于地震工作者来说，更多的是痛愧，是无地自容。爷爷说，那时他乘的是石油勘探局的汽车，还没有成为众矢之的，而那些乘国家地震局车辆的同行们简直没法出门。一位老大爷对他们哀哀地哭诉着："为啥不提前打个招呼哩，你们不是管地震预报的吗？"血迹斑斑的年轻伤员们咬牙切齿地骂："这些白吃饭的，饿死他们！砸死他们！"

国家地震局的老张是爷爷的熟人。白天，他们默默忍受着唐山人的咒骂，记录着各种宝贵的资料。当时正值盛夏，废墟中的尸体很快就腐烂了，令人作呕的怪味儿在周围涌动，呕得人根本无法进餐。他们用酒精把口罩浸湿，一言不发地工作着。一天晚上，老张来找爷爷，声音嘶哑地说："文老，咱们出去走走！"爷爷跟他出去了。月亮没出来，废墟埋在浓重的夜色中，除了帐篷里泻出来的灯光，唐山黑得像地狱。老张一直低着头，磕磕绊绊地走着，等到远离帐篷，老张站住了，一句话没说，忽然号啕大哭，哭得撕心裂肺！爷爷没劝他，陪着他默默流泪。痛痛快快哭了一场后，老张问他：

“文老，地震真的不能预报吗？咱们真的无能为力吗？”

爷爷生气地说：“怎么不能！没有人类认识不了的规律！”

爷爷那时的主业是石油物探，搞地震预测只是兼职。他在石油物探方面已是一代宗师，桃李满天下，而且已年近古稀，没理由再转行。但邢台地震尤其是唐山地震后，几十万冤魂的号哭一直在他耳边回响。1978年，他正式递交了退休申请，从领导岗位上退下来，全身心投入地震预报的研究——但只能是私人性质的研究了。多年后，一位伯伯曾叹息地告诉我，你爷爷为这个决定吃了大亏。他那时虽然已68岁，但身体好，思路清晰，经验丰富，部里原打算让他再干几年的。他这么一退，首先是经济上吃亏，因为那些年还没有到涨工资的高峰期，退休工资很低。再者，过早从科学家的主流圈中退出来，还有很大的隐性损失，这一点就不必多言了。

我想伯伯说得对。爷爷的晚年是相当困窘的，工资不高，又把大部分工资用于购买资料——他不是进行官方研究，资料费没处报销。可以说，退休后他完全靠奶奶的工资养着。在和爷爷奶奶共同生活的那几年里，我和姐姐都能触摸到家中的贫穷。常常有国外的学生来看爷爷，他们大都衣着光鲜，唇红齿白，外貌比实际年龄要年轻20岁。他们惊讶地打量着爷爷的陋舍，小心地掩饰着目光中的怜悯。我想，恰在这时我最佩服爷爷。因为他在这些怜悯的目光中尚能坦然微笑，不卑不亢。这一点太难啦，至少我在这些客人面前就很难没有一点儿自卑。在我成人后，每当看到报上说某某知识分子“安于贫贱”“儿不嫌母丑，狗不嫌家贫”之类的滥调时，我就反胃。我觉得，若不能让士大夫阶层过上相对舒适的生活，以保证他们思想和研究的自由，这个社会就是病态的、畸形的、没有前途的。

“爷爷，你后悔吗？”有一天我向他转述了那位伯伯的话，问他。爷爷停下蒲扇，沉思地看着我。他不是在看我，是越过我的头顶看着远处。过一会儿，他说：

“1966年邢台地震后，周总理亲自找李四光先生和我谈话。他痛心地说，地震给中华民族带来了深重的灾难，地震能预报吗？李先生说能！我也说能！周总理说：拜托你们啦，希望在你们这一代把地震预报搞成。从那时起我们做了很多努力，成功地预报了海城地震，可惜漏报了最凶残的唐山地震。现在，周总理和李先生都已不在人世，当时谈话的就剩下我一人了。”

他没有回答后悔不后悔，我也没再问。

我和姐姐吃早饭时，爷爷已早早吃完，坐在正间的竹圈椅里静候。听见他低声问奶奶：“车辆联系好了吗？不会误事吧？”这已是他第二次询问了。奶奶耐心地说：“不会误事的，是国家地震局派的车，昨晚石油物探局还问用不用他们派车，我谢绝了。”

姐姐瞄瞄爷爷，抿嘴乐道：“你看爷爷就像赶考的孩子，蛮紧张呢！”我说：“笑话，爷爷会紧张？爷爷可不是没见过世面的人，连政治局委员们还听过他的课呢。”姐姐没争辩，扒完饭骑车走了。我出去时，发现爷爷确实有点儿紧张，他一言不发地坐着，目光亢奋，手指下意识地敲着椅子扶手。后来，知道这次报告的内容之后，我才理解爷爷的紧张，那是对于一个高度敏感的地区（首都）、高度敏感的时间（亚运会）所做的强震预报呀！事后国家地震局的张爷爷说，当爷爷在6月22日报告会上撂出这个响炮时，会议参加者都惊呆了。他说："也只有你爷爷的资历和胆量敢撂这个响炮，只有他一人！"

该上学了，我推出自行车。这时一辆轿车开到大门口，国家地震局的何伯伯进来，和我打了个招呼："小郁，上学呀？"我说："伯伯好，爷爷等你很长时间了。"何伯伯在天井处大声问了好，说："文老师咱们出发吧！师母，中午老师不回来，饭后休息一会儿，下午我送他回来。"奶奶交代着："若下午赶不回来，记住5点钟让他吃降压药，药片在他右边口袋里放着。最近血压又高了，低压130，高压200。"何伯伯说："我会提醒他的，师母，你放心。"

何先生扶爷爷上车后，汽车开走了。

爷爷预报地震不需要声光报警器，不需要GPS观测网络、地磁观测仪、地电观测仪、重力观测仪和电磁波观测仪，不需要水位计、蠕变仪、岩体膨胀计——作为私人性质的研究，他也没有这些条件。他所拥有的，就是他费尽心血搜集到的浩繁的地震资料，还有一把计算尺（后来升格为286、386电脑）。所有预测结果都是在纸上算出来的。

我常常帮爷爷计算，也很早就大致了解了他的理论核心——可公度计算。可公度计算是说：各地震带的地震肯定各自具有相对不变的物理成因，因而有相对不变的物理规律。这些物理成因可能埋得很深，一时抽提不出来，但可以先把它们虚化，用纯数学手段凑出一些公式来逼近它。有了这些近似公式，就能对未来的地震做出近似的预测。比如，1906年以来世界上8.5级以上地震共12次，按发生日期依次编号为X（i）=1917.5.1；1917.6.26；1920.12.16；1929.3.7……1958.11.6。用可公度法试算后发现间隔时间大致符合以下一些等式：

X（3）+X（6）=X（2）+X（5）

X（4）+X（7）=X（1）+X（11）

……

X（3）+X（12）=X（4）+X（11）

把二元相加的结果画在坐标上，能得出一张图形基本对称的坐标图。依照这张图做适当外推，就可对未来的8.5级以上大震做出预测。当然实际没这么简单，实际计算时每个预测结果都要用多元可公度计算互相校核，还要用爷爷自创的“醉汉游走理论”推算这个结果的可信度。但不管怎么说，这是一种极简化的运算，它抛弃了地震的物理内核，转化为地震参数的纯数学运算。

很早我就知道，地震界的大部分专家对爷爷的预测办法颇有微词。由于爷爷的人品和声望，他们一般不公开批评，但私下里他们叹息着：“文先生真的老了，文先生怎么从科学宿儒变成算命先生了呢？”这些叹息也传到我和姐姐的耳中。我们确实心中嘀咕：凭这些简单的计算就能抓住地壳深处潜行的魔鬼？但爷爷确实做出很多接近正确的预报：像1983年新疆乌恰地震，1989年10月17日美国旧金山6.9级地震，其后还有1992年6月28日美国加利福尼亚7.4级地震，1993年10月12日日本关东7.1级地震……

爷爷的声名（指地震预测方面的声名，作为石油地质学家他早已闻名遐迩了）渐渐传播到海内外。常常有国内外的人士给爷爷写信，对爷爷的“神机妙算”表示仰慕，把他誉为刘伯温式的“预测宗师”。慢慢地，我和姐姐也忘了心中的嘀咕。

爷爷不会错的——他怎么可能错呢？看看他为地震预测投入的心血、做出的牺牲和承受的苦难，如果真有一个主管宇宙运行的上帝，也会被爷爷感动的。

亚运会一天天临近。街上满是吉祥物熊猫盼盼的图样。从盼盼家乡送来的熊猫雕塑在北中轴路落户，由于赶工太紧，这件雕塑有点儿失真、有点儿驼背，不过孩子们不大理会这点儿“残疾”，照样喜欢它。奥林匹克体育中心、亚运村、专为亚运村配套的北辰购物中心都相继完工，亚运会的气氛越来越浓了。

6月22日以后，国家地震局在门头沟召开了北京震情会商会，这次爷爷没有参加。由于爷爷的严格保密，我一直不知道爷爷曾撂过一个响炮，但我对爷爷的行迹越来越疑惑。两个月来，他一直趴在电脑前狂热地计算着、校核着。他的血压升到了230/140Hg，眼睛充血，手指发颤，脸色像是害了一场大病。奶奶很着急，逼着他吃药，有时甚至强行关掉电脑，但只要奶奶转过脸，他马上溜回书房。

他为什么这样焦灼和担心？姐姐发现了他的异常，担心地问：“奶奶，爷爷的脸色太差了，他在忙些什么呀？”

奶奶含含糊糊地搪塞过去。

这一天，我夜里起来小便，偶然听到爷爷焦灼的低语："……已多次校核，每次可公度计算指向同一个结果……我从来没有这样肯定过……国家地震局迟迟不发震情预报……"

我愣住了。从这些只言片语中，我足以猜到爷爷焦灼的原因：北京有大震！在亚运会期间！

大概听到我的动静，爷爷那边不说话了。我小便后躺在床上睡不着。木隔板那边，姐姐睡得正香，鼻息绵绵细细。犹豫了半个小时，我跳下床，偷偷溜到爷爷的电脑前，打开它。爷爷的资料库设置有密码，但他对密码太相信了。爷爷70岁开始学电脑，现在已经能熟练地应用，这已经相当不易。不过他毕竟老了，他只能浮在电脑的表层程序而我能下潜到水底。没费什么事，我就破解了密码，打开爷爷的文件，一帧帧地寻找，终于找到我要的东西：

90.07号震情预报：

预测三要素为：

时间：1990年9月20日

地点：北京昌平一带

震级：7.5～8.0级

附注：已提交1990年5月5日政协第七届全国委员会

昌平？8.0级地震？亚运会期间？我简直傻了。屏幕上似乎闪出唐山大地震的画面：倾颓的楼房，阳台在半空中摇晃……扭曲的钢轨，阴森森的地裂……我打一个寒战，揉揉眼睛，另一些画面又占据了屏幕：死在窗台边的母女，半空中倒吊的男人……令人作呕的腐尸气味……

有人拍拍我的脑袋，我惊得一乍，迅速扭回头，是姐姐。她揉着眼睛奇怪地看着我。“郁郁，你在干什么？已经夜里2点啦！”她睡意浓浓地说。我赶忙关了电脑，强笑道：“没事没事，我在查一份资料。姐姐，别告诉爷爷奶奶啊！”

我溜回去，睡到床上。姐姐解手后还隔着木板壁问了一句：“郁郁，你在查什么？”我装着没听见。我不敢告诉姐姐，女孩子的嘴巴总是要松一些。虽然14岁是一个满不在乎的年龄，但从小受爷爷熏陶，我知道地震预报泄漏出去是多么严重的事情。

我想那晚我一定会失眠的，一个小时后我还是进入了梦乡。

因为心中藏有这个恐怖的秘密，我在一夜之间长了10岁。我独自从欢快亢奋的社会氛围中游离出来，惊悸地注视着亚运会的进程。开幕式已开始彩排，看过彩排的同学眉飞色舞地说：美极了！报道说萨马兰奇已经确定要出席亚运会，定于9月21日到京。内幕消息说，将在念青唐古拉山下的当雄县城采集天火作为亚运圣火，采火人已经内定，是一个叫达娃央宗的藏族姑娘。节日的北京如一条奔腾喧闹的河流，河道两旁花团锦簇……而在地下，那个魔鬼正一步步向我们逼近，它只要抖抖身躯，打一个哈欠，就会带来惨绝人寰的灾难。我常常想跳到大街上去高喊：你们干吗还要搞这些花哨的东西？快准备吧，“它”要来了！

爷爷不再计算，看来已不需要复核了。他总是坐在正间的竹圈椅中，神情肃然地盯着不可见的远方。奶奶肯定知道内情，但她仍保持着平日的节律，采买，做饭，偶尔同研究所的后辈们通通电话。不过，我能察觉到她内心的焦忧。在我们这个四口之家里，只有姐姐什么也不知道。随着亚运会的临近，她的情绪越来越高涨，每天回家，自行车没停稳，就开始通报今天的花边新闻。她根本不知道，在我听来，这些新闻是多么浅薄可笑。

有时我甚至对爷爷的沉默心生怨恨。爷爷，作为一个预知天机的人，你为什么不到街上大声疾呼，唤醒满街的梦中人呢？如果是受法律所限不能张扬的话，你至少该考虑到家庭的自救，带我们悄悄迁移到别处躲躲嘛。不过总的说我理解爷爷，关键是没人能确切肯定自己的预报绝对正确，而一旦误报将造成巨大的损失。像1989年，美国气候学家布朗宁预报圣路易斯市12月上旬有大地震，引发了民众的歇斯底里，造成了6亿美元的损失。中国唐山地震后，一个回乡民工在火车站听到几句谣传，回烟台后散播，在烟台掀起一场恐慌……地震预报真是天下最难的事业，进也难退也难，一字重如千钧呀！

不知道国家地震局的专家们此刻是什么心情？亚运会牵涉到国内外，当然不可能随便改期。但地震——这个在地下潜行的魔鬼，它可不会顾忌人世间的什么典礼或赛事，它可不管背上驮着的是首都还是乡村。它在狞笑着逼近。开幕式上万众欢腾，中外贵宾齐聚一堂，可是忽然天崩地裂……那时，地震局的人可是万死莫赎其罪了。

这个秘密锁在一个14岁中学生的心里并悄悄膨胀，我的胸膛快要憋炸了。我变得十分神经质，上课时听不懂老师的讲课，下课时总一人愣着，听不见同学唤我。特别是在夜里，我的耳朵变得十分灵敏，一点儿风声或落叶声都能使我从床上惊跳起来。容容姐是一个又迟钝又敏感的家伙，她一直没猜出家庭中这个秘密，却看出了我的惊悚。她关心地一再追问："郁郁，你怎么啦？你这几天就像是干了什么亏心事似的。"我没法儿回答，我真可怜姐姐。

书房里挂着中国地震活动断裂图，我看过不下百遍，但这些天我简直不敢面对它。全国尤其是京津唐地区的断裂带纵横交错，就像母亲乳房上划出的刀痕，十分瘆人。我不禁生出一个想法：如果1949年这张图挂在第一代领导人在河北西柏坡的办公室里，他们大概不会选北京做首都吧。但即使首都不在北京又有什么用？中国几十个大城市都位于活动断裂带上，无处可迁，中华民族注定要生生世世与魔鬼为伴。丧气的是，这个魔鬼是无法驱走的，总有一天，它会来敲你的门。

在哪本书上看到一句话：灾难、疾患、死亡是人类不可豁免的痛苦。我曾一本正经地把它抄到笔记本上，其实当时并没什么感悟。到现在，我才对"不可豁免"这四个字有了最深切的体会。

这天晚上，奶奶把姐姐和我叫到他们的卧室，似乎无意地说："小郁，你不是想当地震专家吗？今天忽然想考考你，你说，地震发生时如何自救？"

我看看奶奶，她当然不是毫无缘由地问到这个问题，但奶奶的表情中看不出什么异常。我看看爷爷，天真的爷爷已不大会隐藏感情了，他躲开我的目光，笑容中浮着愧意。我说："奶奶，我知道，关键是及时自救。地震的纵波（P波）速度快，每秒7～8千米；横波（S波）慢，每秒4～5千米。纵波破坏力较小而横波破坏力较大，所以要利用纵横波的时间差迅速自救。"

奶奶说："对，这段时间很短的，所以一旦发生地震，千万不要打算帮助我们，你们要先自救，然后才能想办法救别人。这两天咱们来一次演习，只要听见我或爷爷喊地震了，马上滚下床，躲在床边（不要钻到床下），依靠床的高度掩护自己。各人床下放有干粮和水瓶。你们要记住啊！”

姐姐再迟钝，这会儿也看出了苗头，她怀疑地问：“是不是有地震？爷爷，你是不是预测出地震了？”

我觉得爷爷更窘迫了，忙推推姐姐：“不会的，这只是一次演习罢了，要有地震爷爷肯定会告诉咱们的，对吧？”

奶奶说：“对，这只是预防万一。由于你爷爷的身份，你们在外面千万要谨慎，说错一句话都会引起混乱的。千万小心啊！”

我回到自己房间，朝床下瞄了瞄，那儿果然放着一包饼干和一瓶水。这两样很平常的东西在我心中简直是魔鬼的化身，夜里我睡不安稳，总是梦见《一千零一夜》里的魔鬼吱吱叫着在瓶里挣扎，它马上就要把瓶子挣破了——后来我知道，那个声音倒是真实的，是耗子在咬塑料袋，我的饼干让它们美美地打了一顿牙祭。

亚运会开幕前两天，9月20日晚上，爷爷把我俩叫到一起，平静地说：“容儿，郁儿，有句话我总算可以说出来了。今天国家地震局正式发布中等强度地震的震情预报，其实我在四个月前就预测到了。”

非常奇怪，听了爷爷迟来的宣布，我突然觉得一阵轻松。我想爷爷也有同样的心情。实际上地震的危险并没有消失，它甚至更现实了。但是，能在家里公开谈论这件事，本身就是对我的解放。我忍不住大声喊道：

“爷爷，我早知道了！但你的预报可不是中等强度的——昌平地区，9月20日左右，7.5～8.0级浅源地震。”爷爷愕然地看着我，我咧嘴笑着，“爷爷，我向你道歉，我破解了你的密码，查到90.07号震情预报。不过你放心，我没对任何人透露过，连姐姐也没有。”

姐姐马上反应过来：“那天夜里你是在刺探爷爷的情报？哼，你竟然瞒着我，全家人都瞒着我！”

姐姐十分气恼，因为姐弟间从来没有秘密的，而现在她第一次被排除在某个秘密的知情圈子之外，这严重挫伤了她的自尊心。她对我怒目而视，气哼哼地说：“好啊，你个小崽子，竟然敢……”

我大叫起来：“姐姐，你别得便宜卖乖了！我巴不得和你换换位置。这么多天担惊受怕，又不敢和任何人谈这桩秘密，我都快憋疯了！”

姐姐扑哧一笑，又赶紧绷起脸。爷爷看看奶奶，欣慰地说：“好啊，能守住这个秘密，咱们的文郁已经是男子汉了。”他又说，“这些天睡觉要灵醒些，好在咱家是平房，危险要小得多。关于地震时自救的办法前天也温习过了，地震来时要镇静。”

我们严肃地点点头。姐姐担心地问：“亚运会会不会改期？正赶上开幕啊！”

爷爷苦涩地摇摇头：“不会，毕竟这只是预测。不过，国家地震局早就处于一级战备，有征兆会及时发出临震预报。”

我笑着指责爷爷：“爷爷，你真狠心啊，这么长时间把我们蒙在鼓里。万一地震来了把全家人砸死，你后悔不后悔？”

这个玩笑肯定不合适，看来它正好戳到爷爷的痛处，奶奶急忙向我使眼色。爷爷愣了一会儿，难过地说：“我当然后悔，我会后悔一辈子的——可我不能透露啊！”

他的语调苍凉，透着深深的无奈。奶奶忙打岔说：“睡吧，睡觉吧。”然后赶紧把我俩赶走。临走时我看看目光苍凉的爷爷，忽然蹦出个随意的想法：做一个通晓未来的先知或上帝，真不是轻松的职业啊！

9月22日，亚运会开幕，彩旗如云，万众欢腾。这天，北京西北昌平一带发生4.5级地震，北京有震感，楼房晃了一下。

一个又一个电话打到我家：“文老，还有主震吗？多大震级？会不会是第二个唐山地震？文老，你是大家信服的预测大师，你说一句话我们就心中有底了……”爷爷疲惫地一次次回答：“不知道，我没有就此做过预测。很可惜，无可奉告……”不过，在他打给国家地震局的电话中透露出了他的真实想法：

“老张，我的预测没有变，很可能只是一次前震，不要放松警惕。”

爷爷没有放松警惕，爷爷的神经之弦始终紧绷着。亚运会的日历一天天翻过去，我和姐姐毕竟年轻，我们兴奋地计算着中国的金牌数，慢慢忘了地震这档事。但爷爷没忘。有时夜里起来小便，还能看到他静静地坐在竹圈椅中，就像雁群睡觉时那个永远清醒的雁哨。

他还在等待，等待那个按照计算“理应到来”的强震。他的神经之弦绷得那样紧，我总觉得若不小心碰着它，那根弦就会铮然断裂。奶奶没有劝他，只是关照他按时吃降压药，也常常拉他出去散步。有一天，我忽然悟到这件事对爷爷的意义——他已经把这次预测的正误设定为对自己理论的最无情的检验了！如果预测错误，意味着他12年的辛苦白白浪费了。刹那间我竟然盼着……啊，不，不能这样，连想想也是罪过呀！但愿爷爷错了，那个地震魔鬼不会来了。

亚运会结束了，魔鬼没有来。它至今也没有来到北京。

爷爷预测错了。在他后半生最大的一次战役中，爷爷悲壮地输了。

2

12年后的冬天，我在美国加州大学洛杉矶分校读完博士回国，在国家地震局找到了自己的位置。上班后正赶上局里组织的一次大检查，对象是局属的各地震观测台站，包括GPS观测网、地磁、地电、重力、电磁观测站。现在国内观测网站已经接近国际水平，能从宽频带、大动态范围和数字化地震资料中，对地震破裂的时空进程成像，以指导地震的预报。这些年也有一些成功的范例，比如对1995年7月12日云南勐连地震、1997年3月5日日本伊豆地震都做出成功的长、中、短、临预报。但总的说来，地震预报尤其是短期预报和临震预报还远未过关。比如，云南丽江1996年2月3日地震，在已经做出正确的长、中、短预报的有利条件下，却未能做出正确的临震预报——恰恰这种临震预报对减轻伤亡是最重要的。

想想爷爷生前的研究条件，与现在真是天壤之别。不过，具有讽刺意味的是，这么好的条件，预报成功率却一直徘徊在30%以下，并不比爷爷高多少。

国家地震局的网页上，对于中国地震预测能力给出字斟句酌的自我评价：

“能对某些类型的地震做出一定程度的预报，但还不能预报所有的地震。较长时间尺度的中长期预报已有一定可信度，但短临预报的可信度还比较低。”

读此文时我揶揄地想：这个评价真是千金难易一字呀！

我被分在西北检查组，检查阿克苏、包楚、甘河子、高台等地震台。我们乘坐越野车，风尘仆仆地跑了20天，观看那些在密封山洞中静静倾听魔鬼脚步声的各种仪器。张爷爷也在这个组，他已经退休了，这次被返聘来参与检查。他脸上皱纹纵横，那是多年野外生活留下的痕迹。一见面他就说：

“小郁，洋博士回来了，接上你爷爷的班啦，隔代遗传啊！”

我笑道：“对，隔代遗传。我姐姐也接了奶奶的班，在医学科学院工作。她这会儿也在西北，在青海省。”

“不错，不错，你爷爷奶奶九泉下也安心了。晚上去找我，聊聊你爷爷。”

晚上我们宿在祁连山下一个简陋的旅馆里，没有暖气。窗户对着戈壁旷野，黑色的乱石上堆着薄薄的积雪。我敲响张爷爷的房门，他趿着一双劣质塑料拖鞋开了门，又赶紧回到被窝里，说：“你也上来，上来暖和。”我跳上床，坐到床的另一头，拉过被子盖住腿脚。被子又凉又硬，简直像石板，但张爷爷已经习以为常了。他问："在加州大学跟谁读的博士？"

"陈坎先生。"

"我认得他，退休前和他有联系。怎么样，国外现在的预报水平？主要是美国和日本。"

"不比咱们强。日本地震学家一再预测的东海大震至今没来，相反，没人关注的兵库县却来了个7.2级。美国地震局网页上曾登过一幅自嘲的漫画，一只惊恐的大猩猩大叫：为什么我能预报地震而科学家不能？"

"苦中作乐吗，美国人比咱想得开。1976年唐山地震，我和你爷爷在现场大哭一场，怕影响年轻人，躲到远处去哭。从那时一直到退休，我的精神一直高度紧张，如果真有一场大震溜过警戒来到北京，那可是万死莫赎其罪啦！可是，大震迟早总要来的，而按目前的水平，即使工作再负责也不能排除漏报的可能。我的胃溃疡就与精神高度紧张有关，一退休马上好了。虽然还要关心，毕竟不是职责所系。"他问，"小郁，还记得1990年那次预报吗？"

"当然。"我讲述了那时我如何偷窥爷爷的资料，并为此遭受两个月的心理酷刑。张爷爷笑了：

"原来还有这么一段小故事啊！小文，你知道吗？那时国家地震局里信服可公度计算的人不多，但我对你爷爷的科学功力近乎迷信，再加上那时北京地区确实有不少地震前兆，所以，在你爷爷6月22日放过那个响炮后，我几乎要提出亚运会改期。现在想想都后怕，如果亚运会真的改期，牵动国内外，劳民伤财，最后只是楼房晃那么一下……如今我常为你爷爷遗憾，以他的睿智，晚年怎么会钻到‘可公度计算’的死胡同里呢？那时他的脑子又没有糊涂。”

听着对爷爷的批评，我心里很不是滋味，勉强为爷爷辩解道：“我想是因为他对科学的信仰太炽烈了吧。他相信万物运行都有规律，这些规律常常是简谐而优美的，并终将为人类认识。有了这三条，他才敢去走‘可公度计算’的捷径——却走进死胡同。”

“过犹不及。我不是批评你爷爷，这是我的自我反省。”他补充道，“我比所有人更了解文先生为此做出的牺牲，所以——真为他遗憾。”

“那么，”我缓缓地问，“站在今天的知识平台上，你认为地震预报尤其是临震预报最终能取得突破吗？”

张爷爷惊奇地说：“当然能！否则我们研究地震干什么？”他半开玩笑地说，“你不会到国外转了一圈就变成不可知论吧？人类必将逐步掌握大自然的运行规律，这还用怀疑吗？地震规律当然不例外，这个世纪不行，下个世纪总可以吧？”

我温和地反驳：“科学已确证了量子世界的不确定性规律。还有，即使在宏观世界里，三体以上的牛顿运动也无法预测。”

张爷爷摇摇头，坚决地说：“地震一定能预报！总有一天能预报！”他怀疑地看看我，闷声不响了，颇有点儿话不投机半句多的味道。不过我不想同他争论。正好手机响了，是姐姐从青海循化打来的，她来青海已经两个月了。中国自1994年9月发现最后一例本土脊髓灰质炎野病毒病例后，已经连续7年没发现，2000年10月被世界卫生组织评定为“已阻断脊髓灰质炎病毒传播途径”。但2001年

1月17日青海循化撒拉族自治县又发现一例，姐姐就是为它去的。

我向张爷爷告辞，走到外边接听电话。姐姐的声音嘶哑疲惫，几乎能想见她在野外时的枯槁模样。但她的语调是欣喜的，她说经调查确认，这是一例境外传来的病毒，是偶发性的。但他们并没有大意，已在疫区街子乡团结村对患儿周围环境和终末物进行了彻底消毒。对0～9岁的1万名儿童进行了应急局部接种，随后还要进行更大规模的免疫接种。“简直是一场战争啊！”姐姐惊叹。

我说：“辛苦啦，我的老姐，看来当医学科学家也不比地震学家轻松。维持一个遍布全地球的无病毒真空，简直是西西弗斯的工作。”

姐姐说清明节快到了，她不一定能赶回家。如果我能赶回去的话，记着给爷爷奶奶扫墓。“把有关脊髓灰质炎的情况给奶奶说道说道，我想老人家九泉之下也操心着这件事呢！”

我叹了口气：“你是有东西可夸，我呢？我可没好消息告诉爷爷。喂，爸妈叫我关注你的婚事，让我批判你的独身主义，为科学献身并不意味着当修女。你想想嘛，要是奶奶当了修女，哪里还有你我二人？”

姐姐骂道：“小崽子，甭跟我油嘴滑舌。我的主意不会变的。”她挂了电话。

爷爷去世前已经调了房子，是某小区一幢相当宽敞的住宅，带欧式铁艺的凉台，台阶下的草丛中卧着小鹿塑像。买房时我在国外，不太清楚爷爷花了多少钱。听说石油部（已改为石油天然气总公司）给了他尽可能多的优惠。他们始终没忘记已退休多年的爷爷，令人感动。

爸妈不想离开大庆，现在这儿只住着我和抱独身主义的姐姐。在这套不错的住房里，家具倒是相当寒碜的，低档的装修，只有客厅里置买了新家具。书房里堆满两位老人的专业书籍，东墙上有一块大黑板，挂着中国石油矿藏分布图、地震带分布图，图纸已经发黄发脆。桌上放着爷爷奶奶的合影，还有一台爷爷用过的586电脑。

清明节前一天，我在爷爷书桌上点了一束香，把一张光盘放进爷爷的电脑里。那是我读博士的研究成果，是由美国加州大学巴克和陈坎先生搞出来的一个地震生成模式，我把它深化了。这个相对简单的模式反映了地震的深层次机理。

是否把这些告诉爷爷，我曾犹豫过。因为我的结论对爷爷来说太残酷了。但我想他一定想知道的，瞒着他——才是对爷爷的藐视。

青烟在袅袅盘旋，爷爷在镜框中看着我，脸上仍挂着他晚年常有的天真而略带窘迫的笑容。爷爷，请你认真观看吧！

屏幕上显出两大岩石板块互相挤压的过程。岩石受挤时储存了弹性能，当弹性力大于静摩擦力时，某一小区域会突然滑动。岩层滑动着、挤压着，有些区域变成红色，象征着该区域已进入“突然滑动”前的临界态。单独的临界态区域逐渐扩大，不过并不是整片出现，它们在岩层中一绺一绺地延伸，与白色的非临界区域犬牙交错。当红色区域开始占优势时，就形成了整体临界态，这时强震发生的条件孕育成熟了。

从非临界态发育到临界态——这个过程还是有规律的，爷爷那时在长、中期地震预报上某种程度上的成功，正是基于这个过程的可公度性。但整体临界态一旦出现，规律就消失了。此后，某块岩石的滑动可以带出完全不同的结果：它可能只滑动一下就停止；也可能沿着一个较长的“红色手指”传递，引发一片区域的滑动；甚至沿着一个更长的手指走到头，引发全区域的大坍塌，这就是有极大破坏力的强震。

问题是，最后的雪崩究竟是由哪个小滑动触发，这个过程却是完全随机的，没有规律的。要想对它做出准确预测，就需要随时掌握板块中每一部分的态势，实际上不可能做到。

换句话说，地震的临震预报根本不可能成功。

从理论上说也不可能。

爷爷苦苦寻觅近20年，只是在寻找一个根本不存在的东西。

我在青烟后看到爷爷，他的嘴角沉重地下垂着。我知道这个结论无疑是向他的祭坛撒尿。但科学是无情的，科学不照顾个人的愿望。爷爷，请原谅我告诉你这个残酷的结论，但我不会因此放弃努力。

爷爷听见了，默默转过身，踽踽而去。

3

以下摘自一篇小学生作文。

2156年4月2日，王老师带我们参观了唐山滦县附近的87号超深井的钻进。同学们都说这次参观特刺激、特真实，比往常的激光全息教学课强多了。

参观前，王老师让我们查一查一个世纪前超深井的背景资料。我查到，那时世界上超深井纪录是12262米，在苏联的科拉半岛。中国在江苏东海超高压变质带上打过一个超深井，才5000米，投资1.5亿。超深井钻进极为困难，费用极为高昂，因为井越深，钻杆越长，大部分能量都被浪费在起下钻杆和克服钻杆的扭转形变上。不过自从激光钻头发明后这些纪录已经大大改写了，现在25000米的深井轻飘飘就能实现。

深87号井是在一口3000米深的旧裸井上加深。这儿给我的第一个印象是没有高大的钻塔——现场的刘司钻给我们解释，过去那些高大的钻塔其实只有一个用处：起钻时一次能起出尽可能长的刚性钻杆。单根钻杆一般长9.5米，一次起升三根，井架就要高达40米。现在，激光钻头是用柔性钨钢索系连，耐高温电缆也是柔性的，所以钻塔高度只要高于激光钻头的长度就行。

（资料记录：激光钻头直径为78毫米，长度5.54米，配套井架高9.8米。）

激光钻头其实就是一根大圆棒，银光闪闪，做工十分精致。现在开始下钻，钻头自带的摄像镜头把井下的图像送到控制台屏幕上。一个黑洞洞的岩石窟窿，直径比钻头大一倍，被摄像机灯光照亮的岩壁飞快地向上闪过去。钻头终于停下了，离井底有30米，咔吧一声，向四周伸出几十个爪子，把自己固定在井壁上。刘司钻对麦克风说："各操作手注意，现在正式开钻。"他合上电源，一股极强的蓝色激光从钻头下方射出来，反射过来的余光立即把井壁笼罩，岩壁和钻头似乎都变成了蓝色的透明物体。激光照射到井底，岩石立即气化，变成高温高压的气浪，通过钻头和井壁之间的环形空间，凶猛地向上冲去。井口的强力抽气泵同时开动，高压气流带着惊天动地的啸声冲了出来。在井内气流是透明的，但喷出后变成白色，延伸了100多米。刘司钻急急地调整了消音系统，啸声显著降低了，但是仍让人头皮发炸。

这以后钻井队就没什么事干了，所有操作转为自动控制。气化的岩石被连续排出，激光束的长度自动延伸。钻进几百米后，刘司钻关闭激光束，把钻头下沉，固定，开始新一轮钻进，这是为了尽量减少激光束在气浪中的衰减。刘司钻自豪地说："这种方法钻进极快，一天能钻1500米，不过它可是吃电能的大老虎，半个城市的电能才够它的饭量呢！"

（资料记录：深87号井位于昌黎～蓟县第7号东西向断裂带，断裂带的力学性质为压扭，设计井深25000米。）

我们还参观了唐（唐山）津（天津）滦（滦县）区域2156——7号消震行动。这回不是现场参观。陈指挥说："没法儿看现场的，它分布在200多平方公里的区域，又是在12000～25000米的地下起爆，地面上只有轻微的震动。"

我们回到北京，在国家地震控制局（即原来的国家地震局）的控制室里观看了实际操作。这回是全息图像，两束激光互相干涉，打出这个区域的逼真的三维图。图中的不同颜色表示不同的岩石板块，发暗的条纹表示活动断裂带（或重力梯度带等）。暗条纹上下纵横交错，结成十分复杂的立体网络。我同桌付英低声惊呼："我的妈，原来咱们的大地母亲有这么多的暗伤！想想咱们的高楼就建在这样的破基层上，真是可怕。”

陈指挥把岩层图转为应力图。一绺绺叶脉状的红色在岩层上蜿蜒，覆盖了相当一部分区域。陈指挥说：“红色表示岩层已进入发生滑动前的临界态，从红色的强度可以计算出，这片区域已孕育出5～5.5级地震的条件。

上百条笔直的红线从地面上向下延伸，各自终止在活动断裂带的某一点，有深有浅，最深的28000米。这就是我们才参观过的那类诱爆井。“28000米深的诱震爆破可消去30000米处的应力，而地震震源大部分在30公里以内。”陈指挥说。

一个个小亮点开始沿竖井下降，它们表示高能炸药（成分为N5，即氮的同分异构体）。15分钟后所有亮点停下来，炸药全部就位。屏幕上打出起爆前的自检结果：起爆井位、井深、起爆量、起爆顺序。检查通过。陈指挥非常庄重地摁下按钮。所有亮点几乎同时闪亮，在周围激出一圈圈涟漪。这是由炸药引起的震波，很微弱，它只起扣扳机的作用，用以引爆岩层中本来就储存的能量。忽然，某处震波被急剧放大，极强的涟漪向四周扩散，就像是推倒了多米诺骨牌，在各处引发强烈的震波。岩层抖动着、滑动着，图像上的红色随即被抹去。

但究竟那个激爆点能够消除整个区域的临界状态，却完全不可预料。这其实与“临震预报从理论上不可实现”是一致的。

屏幕上打出地震参数：这是一场5.2级人工诱发地震，震源深度21公里，去应力效果良好。指挥部的人们都屏息静气，像是在等待什么。几秒之后，大楼有了轻微的晃动。“S波！”年轻人欢呼着。过了几秒又是一阵晃动，比上次稍强些。“P波！”大家喊着，互击手掌，表示祝贺。

照例得有领导讲话，陈指挥说：

“今天是文郁先生逝世100周年纪念日，国家地震局和学校共同组织了这次参观，作为对先生的纪念。文郁先生是伟大的地震学家，150年前他提出‘低烈度纵火’的思想——以低烈度的人工诱发地震来取代破坏性强震——使地震科学开始了一场革命。现在我国已控制了京津唐地区的地震灾害，下一步将把工作重点移向台湾南部。”

讲到这儿，他忽然收起一本正经的表情，笑嘻嘻地说：“我知道文先生的曾孙今天在场，是哪一位？请站出来！”

我没有吭声，早有准备的王老师把我推出队列：“这位就是，文小虎！”

陈指挥走下讲台，俯下身同我热烈拥抱。“小虎，你应该骄傲，有这么一位伟大的曾爷爷。还不光是你曾爷爷呢，文家是源远流长的科学世家，从曾曾祖一代的文少博夫妇算起，有曾祖一代的文郁、文容姐弟，祖父一代的文天奇夫妇，父代的文吉光、文吉霞兄妹。你曾姑奶文容也是大师级的科学家，她带领同行消灭了狂犬病毒、水痘病毒、乙脑病毒、破伤风杆菌、炭疽杆菌、黑热病原虫等36种病原体，让数千万人摆脱了病魔。小虎，真为你骄傲！”

同学们都羡慕地看着我，女孩儿们的眼神可以说是崇拜啦。不过我不打算买陈指挥的账，我不高兴地说：“我也希望你为我骄傲。

不过不是今天，也不是因为我的爸爸、爷爷、曾爷爷、祖爷爷；而是几十年后，当我也成为大科学家的时候。”

陈指挥一愣，旋即朗声大笑：“好，有志气！预祝你早日成功。我这个位置为你留着哪！”

我摇摇头，说：“我不干这一行，这门学科里的坏蛋已杀得差不多啦，我想搞曾姑奶、奶奶和姑姑她们搞的病毒学。”

“你已经决定了？”姑姑问我，“接我的班，不接你爸的班？”

“嗯！”

姑姑看看爸爸，掩不住嘴边的笑意。爸爸平和地说：“我们当然尊重你的选择，不过，告诉我为什么。”

我摇摇头，说：“我不想说，姑姑要生气的。”

“什么话！你接我的班我还能生气？不生气，说吧！”

我有意再退后一步：“只是一个小学生的胡思乱想，你们会笑话的。”

“小孩子有时能提出最有价值的思想。”爸爸说，然后笑道，“行啦，别卖关子了，说吧！”

于是我侃侃而谈：“今天参观后我有一点很深的感触。文郁曾爷爷的成功就在于他用低烈度纵火化解了岩层中的临界态——但为什么医学科学家们却在干背道而驰的事情？姑姑，你们一直用斩尽杀绝的办法建立无病毒的真空，弱化人的免疫力，这是危险的临界态甚至超临界态呀。姑姑，这个超临界态能永远保持稳定吗？”

姑姑非常震惊，沉思半天才喃喃地说：“我的小虎侄儿真够狂的，一句话否定了几代医学科学家的努力。”她又陷入沉思，眼神迷惘、心事重重地说：“我当然不会马上接受你的观点，不过我会认真思考它。”

那么，我的志愿就这么定下来吧，我要接姑姑的班，做一个医学科学家——但我将干完全相反的事。她们几代人辛辛苦苦建立起无病毒的真空，我要用低烈度纵火的办法破坏它。

我想，总有一天姑姑会承认我是对的。

后记：本文中的观点——地震短临预报不可能实现——是一些西方科学家的观点，在这儿作为一家之言介绍给读者。至于它的正误——科幻作者不为小说中观点的正误打保票。

秘密投票

——决定人类命运的一刻

《量子幽灵》

20世纪20年代，埃尔温·薛定谔和维尔纳·海森堡创立了量子力学，它是基于亚原子粒子的波——粒二象性和量子世界的内在模糊性。70年代，它已发展成富丽堂皇的理论大厦。迄今为止，所有极端灵敏的原子实验都以令人惊讶的精确度证实了量子效应；它对诸如粒子结构、基本粒子的产生和湮灭、超导性及反物质的预言，对某些坍缩恒星的稳定性所做的成功解释，证实了量子理论的强大生命力。

然而，这个富丽堂皇的大厦却是建立在一种深刻而不稳定的佯谬之上。这个佯谬已超出正统物理学家的逻辑思维所能容许的程度。爱因斯坦便是一个坚定的反对派，他的名言是："上帝不掷骰子。"

资料之二

《薛定谔猫佯谬》

对量子世界的内在模糊性可以用一个简单的例子说明。把一个电子装入黑盒中，根据海森堡不确定性原理，该电子以相等的可能性位于盒中任何一个地方。现假设插入一块屏将盒子分成A、B两腔，在我们未窥视之前，该电子以相同的可能性处于两腔室之中，就像每腔中存在一个电子幽灵。只有当观察者确认它在某一腔时，另一腔的电子幽灵才即时性地消逝。即使此时A、B两腔已经被分开到数百万光年的距离，使两者之间不可能有任何有效的信息传递，这种即时性的联系依然存在。量子力学的奠基人薛定谔早就觉察到这种佯谬可以放大到宏观级上出现，他设计了一个著名的思想实验："一只猫关在黑盒中，盒中有很小一块辐射物质，按它的衰变概率，一小时内可能有一个原子衰变，或许没有一个原子衰变。通过一个机构，衰变原子可以打开一个氢氰酸瓶。所以，没有原子衰变时，猫是活的；反之是死的。"

由于量子世界的不稳定性，这只可怜的猫将处于悬而未决的死活状态中，直到某个观察者窥视时，它要么生气勃勃，要么立即死亡。

猫佯谬摧毁了我们把量子幽灵局限于微观世界的愿望。如果遵循量子理论的逻辑，则大部分物理宇宙将处于不稳定状态。

资料之三

《芯片中的电子幽灵》

20世纪70年代，因特尔公司创始人戈登·穆尔提出穆尔法则：

芯片集成度每年将增加一倍。这个法则至今为止一直是正确的。到2001年，芯片商将用可见光刻印出0.193微米的线刻宽度的芯片，下一步将用深紫外光刻出0.18～0.13微米的机构，再下一步用超紫外辐射刻出0.05微米的机构。这时将有量子效应导入芯片，电子像任性的幽灵一样跳来跳去。

这项技术的开发将耗费上万亿美元，是任何一个公司或国家也不能独立承受的，这样的巨额开发费实际将导致技术独裁。

佐藤先生打来电话时，7岁的孙子小勇正玩得尽兴。今天的游戏是“托起一个冷太阳”，难得他父亲为他设计出这么多趣味盎然的科学游戏。他父亲就任三亚能源研究所所长后，已经6年没有回家了，尽管全息传递能使他看到、听到、摸到、嗅到自己的儿子，但终究不是真正的感情交流，所以他设计的这些游戏是一个父亲的感情补偿。可惜，冷聚变技术诞生40年后，海洋中那些似乎取之不尽的冷聚变原料（氘、氚）已经将近枯竭，都花在耗费巨大的宇宙开发上了。

小勇做游戏时，我坐在凉台上，一直用小型透视仪悄悄观察他。我知道这个小家伙生性莽撞，天不怕地不怕，令人担心。不过，这个游戏他倒是做得一丝不苟。他圆睁双眼，小心翼翼地用激光点燃金属氢靶，所产生的极高压力和温度点燃了冷太阳。立时，小小的玻璃罩中闪烁着清冷的微光。小勇兴高采烈，立即拨通朋友的电话：“小华，小华，你的游戏做成功了吗？我做成了，你看，它正在那儿闪光呢！”

屏幕上的小华羡慕地看着玻璃罩中的闪光。正在这时，电话铃又响了，屏幕左上部显出通话者的电话号码，是从日内瓦打来的。我拿起话筒，屏幕自动分成两半，一个谦恭的中年人出现在左边屏幕上：“你好，司马金先生。我是否先做一番自我介绍？”

我笑道：“不必，我认识你，佐藤育治先生，世界政府未来及发展部部长。有什么需要我效劳的吗？”

“世界政府想请您去采访一个重要会议，非常、非常重要的会议。”他吐字缓慢地强调道，“绝不亚于您30年前采访量子机器人的诞生。我们想请您用如椽之笔记下这一历史性的时刻，就像30年前那样。”

我笑道：“我知道，你们是想在庄严的会场上摆一只青瓷古花瓶。好吧，我很乐意去。还有哪些人参加？”

“这是一次秘密会议，世界政府不派任何人参加——我们不想在这样深奥的科学会议上充当‘聋子的耳朵’。也没有通知新闻界，只有一位年轻的女记者莎迪娜陪您去。”

小勇早已挂断与小华的电话，目不转睛地盯着佐藤先生。佐藤微笑道：“这是您的小孙孙吧，机灵的小家伙。”

“对，是我的孙子小勇。请问会议地点？”

“海南岛的三亚市。”

我立即证实了我暗中的猜测，儿子当所长的三亚是世界上唯一有能力进行真空能研究的，不用说，这次会议肯定与此有关。看来佐藤先生也猜到了我的思维，笑着补充道：“令郎司马林先生是与会的21名代表之一。代表中至少还有一位是您的熟人：科学界的元老奥德林先生。”

我沉默了，这句话足以使我了解这次会议的重要性。奥德林先生生前是世界最著名的物理学家，量子机器人之父，门下桃李成群，很多弟子（包括我儿子）已是当今的科学泰斗。他的头脑十分睿智，去世前仍不减色。他是十年前去世的，但那个宝贵的头颅被做了‘永生’处理，以便在关键时刻仍能听取他的建议。这是他十年来的第一次复活。

我只顾沉思，没注意到小勇一直在偷偷地动心思。这会儿他拉拉我的胳膊央求：“爷爷，让我也去吧！”这个机灵鬼知道我不会同意，不等我开口拒绝便径直转向佐藤先生，笑嘻嘻地说：“佐藤伯伯，让我也去吧，我还没有‘真正’见过爸爸呢。”

我喝道：“不许胡闹！”把他从屏幕旁扯走。小勇用力挣扎着，回头看着佐藤先生。佐藤先生略为考虑后说：“让他去吧。这是一次决定未来的会议，让一个‘未来’的代表列席，倒也颇有纪念意义。”

小勇立即欢呼雀跃，就像一只蹦上蹦下的百灵。佐藤先生告诉我，莎迪娜小姐已经出发同我会合，很快就要到达我的寓所。然后他意味深长地说：

“Good luck（好运气）！”

在其后的采访中我才悟到，这绝不是一句普通的礼貌用语。

在等莎迪娜小姐的空当儿，我开始为这次采访做准备，从电脑中调出有关真空能的简要资料。做了一辈子科学记者，退休后我仍用一只眼睛盯着科学界的进展，所以对这项研究并不陌生。我知道地球上三十年来爆炸性的发展已耗尽矿物能源，核能源即将枯竭，可再生能源是杯水车薪。开发真空能是唯一可行的出路——碰巧真空能又几乎是无限的。一旦开发成功，人类在数万年、数十万年都不用再担心能源问题。我还从屏幕上搜索到一段话，这是我儿子五年前在世界政治家联谊会上所作的关于真空能的科普报告：

“早在20世纪80年代，一些最敏锐的科学家已猜测到真空并不空，它蕴含着极为巨大的能量，每立方厘米达1087焦耳级。核能是迄今为止人类获得的最强大的能源，但与真空能相比实在是微不足道。这种伪真空是不稳定的，可以用某种方法激活。一旦做到这一点，人类将会在一夜之间成为过于富裕的富人，不知道该如何花费自己的财产。”

书房里监视顶楼停机坪的屏幕自动打开了，我看见一架龟壳型的微波驱动双人飞碟正在降落，年轻的莎迪娜小姐轻盈地跳出来。我按下通话钮：“莎迪娜小姐，中央电梯已经打开，请下来吧！”

莎迪娜向我嫣然一笑，走进电梯间。电梯在280层高楼中高速下降时，我一直在屏幕上端详着她。这是一名印度女子，带着洁白的沙丽，额头点着红点，长得异常漂亮，是那种非常完美的美貌，所以我怀疑她是量子人，即用量子电脑做大脑的生物机器人。

莎迪娜从电梯门中走出来，我迎上去同她握手。她的身段婀娜飘逸，微褐色的皮肤毫无瑕疵。当然我不会不识趣地说出我自己的猜测，在22世纪，不问对方的族类和不问女士的年龄一样是起码的礼节。

但莎迪娜小姐却异常坦率：“你好，司马金先生，我叫RB·莎迪娜。”RB——Robot，这是量子人的识别符。29年前，世界政府曾通过一项法令，规定量子人在人际交往中必须先报自己的族类。后来，随着量子人的强大，在反对族类歧视的旷日持久的斗争中，这项法律已名存实亡。不过近年来量子雅皮士中有一种复古倾向，他们不再羞于RB的头衔，这种变化与量子人实力的增加是同步的。

“很高兴能与德高望重的司马先生同去采访。我与令郎很熟悉，甚至可以说他是我心中的偶像，当然这是没有希望的单相思。”

她笑着说，声音十分甜美。我当然不会对她的玩笑认真，也笑道：“谢谢你对我儿子的推崇，不过最好不要让我孙子听见，我怕他要挺身出来保护母亲的感情专利。对了，佐藤先生已准许这个小家伙与我们同去。现在就出发吧！”

“好的。”

我唤上小勇，乘中央电梯升到280层楼顶，柔性机构的大楼在微风中轻轻摇荡，天空碧蓝如洗，能望见远处的宇航巴士站的尖顶。小勇一看见那艘玲珑精巧的微波驱动飞碟，目光就移不开了。

“阿姨，我还没有驾驶过这种飞碟呢，让我试试吧！”

我说：“不准胡闹，你这个冒失鬼，想把咱们从天上摔下来吗？”

狡猾的小勇仍采取迂回作战的方式，央求地望着莎迪娜。

“你敢吗？”莎迪娜逗他。

“敢！”

“你不怕把咱们从天上摔下来？”

“不怕！”他连忙改口，“不会，绝对不会，我从5岁起就驾驶单人飞行器了！”

莎迪娜回头低声对我说：“让他驾驶吧，这种飞碟是很安全的，对于危险操作能自动终止。”

我点点头，小勇立即容光焕发，拉着阿姨详细询问了操作要领，十分钟后，他就驾驶着飞碟上天了。

无数微波光束从地面上发射过来，组成无形的光网。飞碟从网上汲取着能量，在松软的白色云层中钻入钻出。脚下是密密的高架单轨路，有翼飞车在轨道上穿梭，织出一片白光。远处，太空升降机正用强度极大的碳纳米管缆绳快速下放一个圆形乘员舱。莎迪娜说，升降机里肯定是月球太空城里来的代表。这次来的21名代表中，有10名是自然人，10名是量子人。我扭头看看她的倩影，感慨道：

“30年前我采访了世界上第一个能自我设计、自我更新的量子机器人，那时它还是四肢僵硬、方脑袋、头上装碟形天线的笨家伙。当时有一种观点认为，机器人的形态设计要力求实用，能用一只眼睛看东西就决不要第二只。我儿子——他是奥德林最喜爱的一名弟子——就是这种理论的信奉者，他为第一个量子人输入了类似的自我优化程序。我没有想到今天的量子人……怎么说呢，比真人还像真人。”

莎迪娜笑道：“我想这是量子人的寻根心态在作怪，归根结底，也是硅文化对碳文化的仰慕。”

小勇一直在聚精会神地驾驶飞碟，这时他扭头说：“爷爷，阿姨，三亚航空站已经到了，我现在开始降落。”

脚下是陆地的尽头，浩瀚的大海包围着一片旖旎的椰林风光。

飞碟擦过椰林，降落在机场。走下飞碟，小勇一眼就看见了爸爸：“爷爷，爸爸在那儿！”

儿子正在一架巨大的同温层飞机的舷梯旁同一个怪物说话。那怪物单臂，单眼，单耳，无足，用气垫行走，用一只独眼傲然地扫视机场。莎迪娜说：“这是量子人的首席代表RB· U35先生。”她笑道：“他倒是令郎那套实用主义哲学的身体力行者，至今拒不采用自然人的容貌。像他这样的量子人已经很少见了。”

儿子同那个怪物谈得很融洽，不时打着手势。他把怪物送进迎宾车辆，这时另一架巨大的扑翼式飞机降落了，舷梯放下后，儿子急步登机，五分钟后捧着一只银白色的大匣子走出来。从他毕恭毕敬的神态看，我知道这里面一定是奥德林先生，或者说是奥德林先生的头颅。

他把匣子送到一辆无人气垫车中，气垫车平稳无声地开走了。他这才看见我们三人，赶忙迎过来：“你好，爸爸！你好，莎迪娜小姐！还有你。”他拍拍儿子的头，“爸爸，你怎么把他也带来了？”

他把小勇搂到身边。看着这一对父子的神态是蛮有趣的，他们在全息通信系统中已经非常熟悉了，但分明是陌生人，盈盈父子情中有掩不住的生疏。我端详着儿子，他的鬓边已有银丝，目光清澈，表情沉稳，只是眉尖暗锁忧色。我知道，作为会议的东道主，他的肩上担子是很重的。20年的马拉松研究马上就要得出判决，他的心情复杂可想而知。

未等我回话，小勇抢先说：“爸爸，我是会议列席代表，是未来派的代表呢！”

我向儿子简单地解释道：“这是佐藤先生的好意。林儿，刚才你送走的是奥德林先生吗？”

“对，准备今晚让他复活。你们先回宾馆休息。与会代表的一些背景资料已经输入宾馆的电脑，晚上你们可以先熟悉一下。”

“你可否安排一下，让我先和20位代表见见面？”

儿子歉然说：“恐怕不行。在这次秘密投票前，他们不愿会见任何人。明天在会场即时采访吧。”他送我们上了车。

在路上，小勇不停地问：“爷爷，奥德林教授是什么人？很伟大吗？他能复活几次？”

莎迪娜把小勇拉在怀中，低声回答他的问题。她似乎天生具有母亲的本能，很难想象她实际上是一个中性的机器人。我想起来了，刚才儿子谈话时，莎迪娜一直反常地沉默，目光执拗地追随着我儿子。她酡红的面颊上，幽深的双瞳里，到处洋溢着盈盈的爱意。她真的爱上我儿子了吗？我没有料到“中性”的量子人也能进化出感情程序。

儿子为我们安排的寓所很漂亮，半球形的墙壁上用全息技术显示着洁白松软的沙滩和青翠欲滴的椰树。莎迪娜小姐把小勇领走了，我从电脑中调出20名与会代表的资料，聚精会神地看下去：

奥德林（2110—2188）：著名的理论物理学家和实验物理学家，量子机器人之父，在超弦理论及磁单极的研究上极有建树。

RB·U35（2179— ）：擅长粒子加速器的研究，他研制的小夸克（leptoguark）加速器是开发真空能试验的关键设备。

司马林（2143— ）：专事真空能的研究，三亚真空能研究所所长。

德比洛夫（2138— ）：科学家，著名未来学学者，世界政府未来发展部总顾问。

RB·金载熙（2182— ）：宇宙物理学家，蛀洞旅行的实际开发者。

……

我看完资料，发现其中的自然人代表我大多熟悉，量子人代表也多闻其名。可以说，地球科学界和思想界的精英全数集中到这里了。

这时电话铃响了，儿子在电话中歉然说：“爸爸，我本该去看望你的，但我想还是你来吧，我们准备复活奥德林教授，希望你和莎迪娜在场。”稍停他又补充道，“把那位未来的小代表也带来吧。”

30年前，奥德林教授是夏威夷UCJRG基地的主管。UCJRG是美、中、日、俄、德五国国名的首字合成词。他们协力开发0.05微米线刻宽度的量子芯片，每年科研投资为8000亿美元，这是任何国家都无力单独承担的。我想，正是这次卓有成效的合作，提供了日后国界消亡、成立世界政府的契机。

林儿大学毕业后就到UCJRG基地工作。2168年夏天，我去美洲采访归来，在夏威夷做了短暂停留。我没有事先通知儿子，想给他一个意外惊喜，结果我有幸撞上了科学史上最激动人心的时刻之一。

警卫同内部通话后，把我领到一个小小的餐厅。餐厅很简朴，同基地内其他美轮美奂的建筑不大协调。我的一只脚刚踏进门，就听见一片欢呼声，儿子紧紧把我抱住，几十个年轻研究人员都举起香槟围着我，邀我共同干杯。这些平素礼貌谦恭的雅皮士们今天都很忘形，在这间小小的餐厅里挤挤撞撞，不少人已有醉意，步履蹒跚。我把杯中酒一饮而尽，笑道："酒是喝完了，总得告诉我庆祝的主题吧。"

人群中只有两个人显得与众不同，一个是50多岁的白人男子，也举着酒杯，但目光清醒，兴奋的众人时时把目光追随着他。我猜他一定是儿子的导师奥德林先生。另一个就是世界上第一位量子人，就是那种方脑袋、四肢僵硬、装着碟形天线的怪物。儿子告诉我："第一个量子人已经诞生了。我们原想小小地享受一下研究者的特权——暂不向世界宣布，把这点儿快乐留给自己尽情享受一晚。爸爸，你真是最幸运的记者，恰在这时闯了进来。奥德林先生决定把这条新闻的独家采访权留给你。"

奥德林教授穿着一件方格衬衫，领口敞开，笑嘻嘻地向我伸出多毛的手。我感激地说："谢谢，谢谢你给我的礼物，它太珍贵了。"

"不必客气，是你的good luck。"

我第一个采访的是那位方脑袋的量子人RB·亚当，那时在心理上我还未能把他视为同类。他不会喝酒，一直端着一只空杯，两只电子眼冷静地看着我。

我立即切入正题："RB·亚当先生，你作为一项世纪性科学成就的当事人，请向一个外行解释一下，为什么计算机芯片的线刻宽度降到0.05微米之下，就有如此重要的意义？”

RB·亚当先生的合成声音非常浑厚，他有条不紊地说：“记得20世纪50年代，一位著名的科幻作家阿西莫夫曾经敏锐地指出，计算机技术的发展肯定有一个转折点，即：一旦制造出复杂得足以设计和改进自身的机器人，就会引发科技发展的链式反应。当芯片线刻宽度从0.193微米、0.13微米下降到0.05微米时，正好到这个临界点。我就是这个幸运者。从今往后，机器人族类就能自我繁殖和进化了。”

“刚才有人告诉我，这种芯片将引入量子效应。”

“对，自然人的大脑里就有这种效应。直觉、灵感、情感和智力波动，从本质上讲与量子的不确定性是密切相关的。今后量子人的思维将更接近人类——某些功能还要强大得多。那种永不犯错误但思维僵化的机器人不会再有了。”

我笑道：“你会不会偶尔出现2×2=5的错误？”

RB·亚当也笑了，简单地反问道：“你呢？不，我说的错误是高层次的错误，是量子效应在宏观级上的表现。”

我在屋中采访了十几个人（包括林儿），凭着多年首席记者的敏锐，我已对这项成就有了清晰的认识和自己的判断。然后，我才回头采访本次事件的主角。我坦率地说：“教授，请原谅我的坦率。我首先要向您道喜，但随即我还要说出我的忧虑。”

教授咬着一只巨大的烟斗饶有兴趣地说：“请讲！”

“采访了你的十几位助手后，我有一个强烈的感觉，科学研究是越来越难了，过去，阿基米德洗澡时可以发现浮力定律，莱特兄弟可以在车棚里发明飞机。所以科学可以是大众的事业，其数量之多足以自动消除其中的缺陷：安培因操作失误未发现电磁现象，法拉第又重新发现了；苏联的洲际火箭爆炸事故使160名科学精英死于一旦，但还有其他的苏联科学家和其他国家的科学家来继续这项事业。但现在呢，科学研究如此昂贵和艰难，使许多项目成了独角戏。这难免带来许多不稳定因素：万一你们的研究方向错了？领导者恰好是一个笨蛋？海啸毁了你们的基地……就很难有效地得到补偿了。恐怕随着科学的发展，这种情况还会加剧。那么，人类命运不是要托付给越来越不稳定的因素吗？”

奥德林教授听后久久不说话，只是定定地看着我。我们之间长达20年的友谊和默契就是从此刻开始建立的。他的弟子们都围过来，等着他的回答。很长时间之后教授才说：“这正是我思考了很久的问题。我很佩服你，你作为一个非专业者也敏锐地发现了它。不错，人类在征服自然时，自然也在悄悄进行报复。当人类的触角越伸越远时，世界的不确定性门槛也在悄悄加高。一个简单机械如汽车可以有99%的可靠性。但一架航天飞机呢，尽管它的每一个部件的可靠性高达99.9999%，整机的可靠性却只有60%。”他摇了摇头，“这个过程无法逆转。一个系统越复杂，量子波的不确定性就越向宏观级拓展。这实际上是宇宙不可逆熵增过程的另一种描述。”

奥德林教授的话像一股灰色的潜流渗入周围的喜悦中。他的悲观非常冷静，唯其如此，它给我的震撼也更强烈。我多少后悔自己提出这个大煞风景的问题，便勉强笑道：“我不该提出这个不合时宜的问题，喂，忘了它，让我们再一次举杯庆祝！”

奥德林教授磕掉烟灰，重新装上哈瓦那烟丝，豪爽地笑道：“当然要庆祝。人人都要死的，但谁要终生为此忧心忡忡，那肯定是一个精神病人。来，干杯！”

走进儿子的实验室，我才从回忆里走出来。儿子端坐在手术台前，一位穿白大褂的医生正忙着调整各种奇形怪状的仪器，它们和常用的氧气瓶和心脏起搏器毫无共通之处。那个银白色的匣子放在手术台上，已经用复杂的管路同生命维持系统相连。儿子示意我们三人坐在他身后，简短地说：“开始吧！”

银白色匣子慢慢打开，立时从里面冒出浓重的白雾，这是低温液氮蒸发造成的。医生启动加热系统，对奥德林教授的头颅快速加热，一条管线向里面泵着加过温的血液。白雾渐渐消散，我看到他的面孔，似乎在瞑目沉思，随后，苍白的脸色逐渐泛红，智慧的灵光荡过整个面孔。他打了个香甜的哈欠，慢慢睁开眼睛，两道锐利的目光略微扫视后定在儿子身上。

“司——马——林？”他缓缓地问。

儿子早已站起来，热泪盈眶：“奥德林老师，我们又见面了！”

奥德林嘴角泛出微笑：“我真想拥抱你，可惜没有手臂。你身后是令尊司马金先生吗？”

我挤过去，在这种情况下同老朋友见面，我既有无法抑制的狂喜，也无法排除心底潜涌出的悲凉。我勉强笑道：“你好，老朋友，一觉睡了十年，你还没有忘记我这个爱吹毛求疵的老伙计。”

儿子慢慢平静下来，向他介绍在场人员：“这是你的保健医生迭戈先生。”

“谢谢，你在我梦中一直照看着我。”

迭戈说：“不客气，能为你效劳是我的荣幸。”

“这是记者RB·莎迪娜小姐。”

教授微微颔首：“你好，漂亮的量子人小姐。在我死亡前，量子人都是一些不修边幅的家伙。”

莎迪娜微笑道：“谢谢你的夸奖，量子人的老祖父。”

小勇从身后挤过来，“还有我呢，奥德林爷爷，我叫司马勇，也是这次会议的列席代表。”

“好孩子，让爷爷亲亲你。”

小勇踮起脚，让爷爷亲亲他的面颊，教授目光中充满慈爱，他转向医生：“医生，我的烟斗呢？”

“在这儿呢，按你去世前的嘱咐，我们一直精心保存着它。”

奥德林示意迭戈把烟斗插入他口中，这时他已从长梦乍醒中恢复正常了。他说：“司马，切入正题吧，你把我叫醒，有什么重大的关系人类命运的问题吗？”

“是的，我们期望你的睿智帮助我们做出一项重大抉择。”儿子停顿下来。我想儿子肯定已经为这个时刻做了详尽的准备，但他在回答教授之前仍有片刻踌躇。

教授突然笑着截断他：“慢着，还是让我先猜一猜吧。刚才你们说，我这一觉睡了十年。如果是十年的话，我想，你们面临的问题不外乎两方面。第一，”他盯着莎迪娜，“量子人和自然人发生了战争或是冲突，但我想不大可能。从RB·莎迪娜小姐的外貌，就能看出量子人对自然人强烈的认同感，我甚至在小姐对司马林的注视中发现了爱情的成分。”他笑道。莎迪娜瞟了我儿子一眼，从他们心照不宣的目光来看，在此之前他们肯定有过较深的交往。我暗暗佩服老人敏锐的观察力。

“你说得完全正确。十年来，自然人和量子人已完全融合在一个社会中，一些科学前辈的担心幸而未成事实。”我儿子回答。

“排除这一条，很可能就是你的老本行了：真空能的开发及其引发的宇宙坍塌。”

儿子点点头，在他说话前，我迅速截断他的话头：“林儿，和奥德林教授谈话时，请记住这里有两个不太懂科学的记者，他们还要向80亿科学的外行写报道。希望你说得尽量浅显。”

“好的，爸爸。”儿子略微思考一会儿，说，“奥德林教授，正如你生前预言，十年来的科技爆炸、宇宙开发很快耗尽地球的能源，好在真空能开发迅速，现在已经进行到这一地步：万事俱备，只需按一下电钮就可以进行首次试验了。”他转身向我，下面一段话主要是对我说的，“早在1980年，科学家德卢西亚就猜测，我们所谓的真空实际是蕴含极大能量的伪真空，是一种长寿命的亚稳态。虽然它自宇宙诞生后已存在150亿年，但这种安全感是虚假的。一旦出现一个很小的哪怕只是夸克大小的真正的真空泡，由于周围伪真空的巨大能量和压力，这个泡会在一微秒的时间内湮灭成一个时空奇点。它将以光速扫过整个宇宙，死光所经之处，宇宙内的所有事物都会彻底毁灭。这些年，令我们绞尽脑汁的，倒不是真空能的开发——早在十年前我们就研制成功足以激发伪真空的小夸克环形加速器，而是把激发限制在某一安全区域的技术。教授，这种技术我们已经有了，也经过尽可能详尽的理论证明。但理论证明终究代替不了实验，可是，一旦实验证明我们是错的，人类就没有可能补救了，那时，地球、太阳系、银河系乃至整个宇宙都会在一声爆炸中化为一锅粒子汤。奥德林老师，我们面临的就是这样一种两难局面：我们需要实验，我们又不敢实验。现在，全世界最杰出的20名自然人和量子人科学家已云集在这儿，明天举行秘密投票，来决定是否按下这个电钮。世界政府希望你参加并主持这次投票。”

直到这时，我才知道自己参加的是怎样严酷的采访。我暗暗诅咒佐藤先生挑中了我。我宁可品着美酒，听着轻音乐，在不知不觉中迎来那道死亡之波，也不愿意这样清醒地面对它。

奥德林教授很久不说话，最后他说：“哦，忘了把烟斗点上，劳驾哪一位？”

在场的人都稍显尴尬。地球上已经消灭吸烟，所以也忘了准备打火机，迭戈医生立即站起来去取，但小勇却解决了这一难题。他举起一只打火机，在全场人的注视下得意地说：“爷爷，我这里有！”

我不禁哑然失笑，我怎么忘了这个小纵火犯呢。他从小就对玩火有强烈的迷恋，犹如是一种宗教上的狂热，或者是第一只学会用火的类人猿把灵魂附到了他的身上。后来，他父亲特地设计了一些饶有趣味的科学游戏，像“托起一个冷太阳”等，才把他的注意力转移开去。这会儿，他笑嘻嘻地挤上前，为老人点上烟，还老气横秋地教训道："爷爷，地球上已经消灭吸烟，吸烟有害身体健康。我只点这一次，以后可不许你再吸了！"

教授哈哈大笑，嘴角的烟斗跳动着，银匣子的通气管也抖动起来。稍停，他问儿子："世界政府是否派代表参加？投票结果是否立即付诸实施？"

儿子说他们不参加的，教授笑骂一句"这些滑头"后，便陷入沉思。儿子使个眼色，我们都悄然退出。

与相对简朴的住室和餐厅相比，基地的学术厅却是高大巍峨，穹隆形的圆顶，明黄色的墙壁，淡咖啡色的柚木地板。大厅里空旷静谧，一个能容80人的卵圆形长桌放在大厅中央，显得相对渺小。

在休息室我同20名代表都见了面。我想他们在投票决定人类命运时，心里绝不会不起波澜，但他们都隐藏得很好。10名自然人我大都认识，逐个向莎迪娜做了介绍；反过来，她也向我介绍了10名量子人。小勇同科幻作家吴晋河最熟，他立即黏上吴伯伯。八年前，吴写过一篇《逃出母宇宙》，描写宇宙末日来临时一群宇宙精英如何努力创造一个"婴儿宇宙"，并率领部分人类逃向那里。文中关于宇宙大爆炸后几个"滴答"（每一个滴答为10-34秒）内的情景，对蛀洞、时空奇点、时光倒流等都有极逼真的描绘，以至世界政府未来及发展部把它推荐为青少年科普教材。世界政府需要做出某种重大抉择时，吴晋河也常是座上宾。

这时，我把他拉到一边，悄声问："你对投票结果能否做出一个预测？"

他习惯性地甩一甩额发，微笑道："估计票数会非常接近。但你不必担心，这次投票的结果不会对自然进程有什么影响。"

我惊奇地问："你是说，投票结果不会付诸实施？"

"不，世界政府已经授权，如果投票结果是同意，将在会议后立即启动按钮。我只是说，不管是什么样的结果，自然进程都将按自己的规律进行，我们不是上帝。"

我骂他："你这个虚无主义者，玄学家，玩世不恭的家伙。世界政府真不该选你来，浪费这宝贵的一票。"他笑一笑，没有再说话。

开会时间到了，20个人鱼贯走进会场，在圆桌旁坐定。奥德林的头颅被放在圆桌中央一个缓缓转动的底座上。他嘴角仍噙着那只著名的烟斗，用目光向各位代表打招呼。

我们三人坐到列席代表席上，小勇似乎感受到会场上那种肃穆庄严略带滞重的气氛，不安分地在座位上扭来扭去。看见奥德林爷爷的烟斗没有点燃，他又摸出打火机站起来。我一把拉住他，把他摁在座位上。一个低级仆役机器人走上前为教授点上烟斗。

一声槌响，会议正式开始。奥德林用炯炯的目光扫视众人，说："很感谢你们唤醒我参加并主持这次会议，但我宣布，我将不参加投票。科学家们都知道克拉克定律：一个老科学家对一个全新的问题做出判断时，如果他说'是'，他的意见常常是对的；如果他说'不'，有70%的可能是错的。因此我不想影响你们的正确决定。"

我和萨迪娜交换着眼神，从教授的话意中听出，他应该是反对派。教授又说："恐怕票数会相当接近，那么我们要事先表决一下，这个问题的通过，是按简单多数还是三分之二多数？请大家考虑一下。"

十分钟静默后，教授说："同意简单多数的请举手。"

20条手臂齐刷刷地举起来。不，是21条，小勇把手举得比谁都高。莎迪娜忙把他的手臂按下来，轻声笑道："小糊涂，你是列席者，不能举手的。"

小勇很不平地放下手臂。教授也看到了这一幕，嘴角漾出一波笑纹。他接着说："很好，看来至少在这一点上已达成共识：这个决定不能再推迟了。我还有一点建议，科技的发展使我们面对着越来越复杂的世界，很多问题已不能用简单的'是'或'否'来对待。我冒昧地建议每人按15票计算，完全赞成，15:0；完全反对，0:15；弃权，7.5:7.5，或者是5:10、8:7等等。我想这样更能正确反映统计学的内在禀性。大家同意吗？"

从20个人的目光中看出他们对这个问题没有准备，都觉得很新奇。但教授让表决时，他们也全都举起了手。

"好，第三点，我想每个人在投票时应对自己的观点做最简要的说明，但票数要秘密统计，以免影响后续投票者。大家同意吗？"

代表们也同意了。教授等转盘转到面向我时说："监票计票就有劳二位了。另外，"不知为什么，他苦笑了一声，"请原谅一个老人不合时宜的童心。我准备了300枚硬币——正好是20个人的总票数，喏，就在那个匣子里。请司马勇先生把它们充分摇荡后撒在地上，然后统计一下它们的票数。至于究竟是以正面为赞成，还是以反面为赞成，就由司马勇先生自己定吧，只要是在统计之前做出就行。这只是一个游戏，它的结果没有任何法律意义。”

我很纳闷，不知道老朋友这个举动的含义，当然我相信他绝不会是童心大发。小勇很久才醒悟到“司马勇先生”就是指他，高兴得有点儿忘形了。他立即起身，从桌旁拿过那个小匣子，举在头顶使劲摇荡。在空旷的大厅里，硬币的撞击声十分清脆悦耳。他打开匣盖，把硬币哗啦一声撒在柚木地板上，有银白色的、金色的，有戈比、克朗、人民币……代表们饶有兴趣地看着它们在地上滚动。

这时，又响起小勇清脆的童音：“我决定，反面硬币为赞成票。可以吗，爷爷？”

“可以。现在请你开始统计票数，等我们投票结束后你再宣布。我相信你不会数错。”

“当然！”

“那么，我们开始吧。请东道主司马林先生第一个发言。”

众人的目光都转向儿子，他清癯的面孔微微发红，看来是努力抑制自己的内心激荡。屋里很静，小勇正在极轻地数着：“12，13，14……”莎迪娜下意识地攥住我的手，目不转睛地看着我儿子。

“我想大家都清楚，如果几年内真空能的利用不能付诸实施，人类社会就会迅速衰退，宇宙开发和移民计划将被搁置。”我儿子开始陈述，“而且，我们已为激发真空能的安全措施做了尽可能详尽的考虑。我想，只要我们的真空能理论是正确的，那么建立在这个理论基础上的安全措施也必然是正确的。换句话说，只要真空能确实存在，我们的安全措施理论上也应该有效。我想，人类不会为这么一个不确定的危险就永远束足。”

他按下投票钮，只有我和莎迪娜能从电脑屏幕上看到他的票数：11:4！我暗暗诧异。我知道他肯定投赞成票，但我没想到他并未投15:0。也就是说，即使对开发真空能最为激进的司马林也还有几丝疑惧。

第二个发言的是那个单臂单眼的RB・U35先生，他用浑厚的男低音说：“再详尽的考虑也不能完全排除这个实验的危险内禀。”他这句话显然是对儿子的驳难，“但既然宇宙诞生后这个伪真空已安全存在150亿年，相信在那150亿年中，因种种原因而激发一个真空泡的概率绝不会是零。既然宇宙至今尚未毁灭，那我们当然可以进行这个实验。”

他按下了投票，10:5。

未来学家德比洛夫是一个干瘦的老头儿，满头白发。他也是著名的科普作者，他书中洋溢的乐观精神和对未来的憧憬曾激动了亿万孩子。但今天他的谈话似乎暗含阴郁：“人类有诞生就会有灭亡，正像人有生有死。我不会因为必然的死亡就放弃生活的乐趣，不会因担心可能的车祸就不敢出门。”

他按下电钮14:1！这个语含悲怆的老人竟是最坚定的赞成派！

从前几位投票者来看，赞成派占明显优势，似乎奥德林的预测并不准确。教授看不到投票的票数，他表情沉静，悠闲地吸着烟斗，一缕青烟袅袅上升。

接下来是吴晋河发言："科学的发展导致了今天这样的小集团独裁，世界命运竟需要投票决定，这件事本身就是世界不确定性的反映。我们不要指望用内禀不确定的投票来消除这种不确定性。"

7.5:7.5！他投了弃权。

RB·金载熙，一个英俊倜傥的标准美男子，他是昨天才从月球返回的，这个当代麦哲伦通过蛀洞旅行曾到达30000光年外的银河系中心。他的发言相当尖刻："谁像我这样看遍广袤荒漠的宇宙，谁就会对地球这个唯一的生命摇篮倍加珍惜。与300万年的自然人类生命、40亿年的生物生命相比，诞生近30年的量子人还是一个尚未坠地的婴儿，我们强烈地希望活下去，即使放弃科学进步也是值得的。"

3:12，这是第一个反对者。

山田芳子，逻辑学和心理学博士，是10名自然人中唯一的女性代表，她说："宇宙和时间是无限的，但我们迄今未发现地球文明史前的高科技社会。为什么？只有一个解释：在宇宙的进程中，毁灭是周期性发生的，毁灭是一个实实在在的危险，我们不要轻易撩拨它。"

4:11，又一个反对者。

RB·丘比若夫，这个数学家侃侃而谈："一个复杂系统终究是不可控制的，人类一方面在卓有成效地增加科技社会的复杂性，一方面又想用投票来中止某种进程，这种愿望是不现实的。我们要发展科学，就必须接受它的副作用。"

13:2。

……

20个人都投完票，静默中，我几乎不敢按下电脑的求和键。

这时，奥德林教授说："在司马金先生和莎迪娜小姐公布票数之前，我们把那个游戏进行完吧。司马勇先生，你把硬币的票数统计完了吗？"

小勇抬起头认真地说："数完了，是153票赞成，147票反对。我又复核两遍，肯定没有错。"

"好吧，请把这个票数写在投影屏幕上。"

这几个字是用手写体打入屏幕的，人们都仰面看着这几个稚拙的数字，没有人说话。"现在，请司马金先生公布投票结果。"

我终于按下求和键：赞成票，152.5；反对票，147.5。

会场一片静寂。我的视线对准儿子，他胜利了，可以去启动那个耗时几十年的实验了，但他脸上了无喜色。赞成和反对的票数如此接近，而且世界上20个最杰出学者的投票结果，竟与"骰子"掷出的点数如此接近，这使他们感到惶惑。

奥德林说话了，声音很苍凉："也许我决定自己不参加投票是一个错误，因为我的票很可能改变投票结果。不过，这种难以预计的错误，本身就是社会发展正常进程的有机组成部分。让我们尊重上帝的选择吧！我宣布，按投票结果，授权司马林先生立即进行激发真空能的实验。"

实验的控制大厅就在不远处，在蜂房一样的仪表和监视屏幕中是一块高大的控制板，上面有一个绿色按钮、一个红色按钮。工作人员介绍，绿色——能量储备；红色——启动。没有通常的停止按钮，这个实验是不需要停止也不能停止的。

儿子命令工作人员按下绿钮，立时耳边响起隐隐的嗡嗡声。在这十分钟里，全世界的电力绝大部分输往海南，储存在一个巨大的环形超导体内。数十亿安培的电流在那里不断地流动，逐步增强，环状电流产生的强大磁场使这儿瞬间成为地球的磁极。

我知道，只要再摁下红色按钮，这些有史以来最强大最集中的电力将在瞬间涌入环形加速器，它们推动着小夸克在长达500公里的环形轨道内加速到光速，并与逆向的光速粒子碰撞，在那儿形成一个以纳米计的极微小的真空穴。在这个小小的真空泡中，将重现宇宙大爆炸后仅几个“滴答”的极端条件，极高温度和极高压力使小泡内的所有物质分崩离析，形成一锅沸腾着的粒子汤。然后……然后又该怎样呢？

我们都肃立在大厅中，奥德林教授的头颅也被小心地移过来。从监视屏上看，强大的磁场造成紫色的辉光，实验区内所有鸟儿的导向系统都被干扰，像炮弹一样向地面上坠落。这时屏幕上打出一行绿色的大字：“能量储备已完成，请进行后续程序。”

儿子站在控制板旁，所有人都盯着他，等着他按下那个红色电钮。儿子犹豫着，显然是临事而惧的样子。他向我转过身，轻声说：“爸爸，我想让小勇来摁下启动按钮。”

我忙瞟了一眼小勇，愤怒地低声喝道：“你疯了！你竟让7岁的孩子承担这个责任！”

儿子微微笑道：“爸爸，我是想让小勇的名字和历史上一个最伟大的瞬间联系在一起。你不必担心，如果……那时我们也不会自责了。”

小勇的耳朵十分灵敏，尽管我们的声音很小，他已经听到了，兴高采烈地说：“爸爸，是不是想让我摁电钮？我来！我来！”

生怕我再反对，他连蹿带蹦地跑过来。莎迪娜看看我儿子，也跟了过来。那个电钮较高，小勇够不到，莎迪娜把他抱起来，大厅中响起一个清脆的童音：“爸爸，是这个按钮吗？爸爸，我要摁下了，行吗？”

他扭回头，急不可耐地看着爸爸。我看见儿子深吸一口气，决然说：“按吧！”

小勇正要按下，忽然想起什么，他扭回头，满脸通红，羞怯地、声音极低地说：“爷爷，还有奥德林爷爷，我错了。”

我十分纳闷：“什么错了？”

“硬币的票数说错了，我没有数错，但我把什么是赞成、什么是反对记反了。应该是147票赞成，153票反对。”

我对他的马虎又是好气又是好笑。教授笑道：“你这个小糊涂。不过，我已经说过，那只是一个游戏，它的票数没有什么法律意义。往下进行吧。”

儿子又深吸一口气，重复道：“小勇，启动吧！”

小勇咯咯笑着用力按下那个按钮。我听见那些急不可耐的电子魔怪嘎嘎怪叫着冲出囚笼，沿着加速器的环形轨道狂奔而去。在轨道尽头的撞击中，那个小小的真空泡即将诞生。而世界80亿人绝大部分对此一无所知，他们仍在听音乐，跳舞，野游，亲吻儿女，拥抱恋人。除了大厅里的人，知情的只有少数世界政府首脑，他们这会儿一定也守在屏幕前，屏住呼吸等待那一刻。我想佐藤先生一定在心里重复着对我说过的那句祝福：

Good luck!

注释：

1.冷聚变：指在常温下实现的轻核聚变。轻核（如氘核）的聚变能产生巨大的能量，但目前只在高温（1亿度）及高压的极端条件下才能进行，无法用于和平目的。1987年美英两位科学家声称在实验室中实现了常温27度的核聚变，但其他科学家未能重复此结果。

2.碳纳米管：一种以纳米为尺度存在的碳的管状结构，由于它的晶体结构几乎没有缺陷，因而强度极大，硬度超过金刚石。我希望它能满足太空升降机缆绳的特殊需要。又及，太空升降机是一种异想天开的设想，该升降机将系在月亮上，依靠月亮轨道的长短轴之差无动力地提升物品。不过由于缆绳太长，即使用目前强度最高的材料制造，缆绳也会因自重而拉断。

3.超弦理论：这是为了把引力与其他三种力（电磁力、强力和弱力）统一而提出的一种假设，它认为宇宙中最基本的粒子像是小小的环，在低温下收缩为点，因而其为符合现今的低温物理学中关于点状粒子（无大小）的描述；而在高温下又扩展为具有特殊对称性的环，因而可能使引力在描述上与其他力统一。

4.磁单极理论：磁单极是一种“讨厌的”粒子，在各种尝试把自然力统一的理论中，必然出现巨量的磁单极，它会使宇宙质量比目前的估算值增大十亿倍。也没有观测证据表明它存在于今天。为了克服这个矛盾，一种暴涨理论说：我们的宇宙可能从一个极小的区域（不含或只含一个磁单极）暴涨而来。

善恶女神

——四级病毒

12岁前，我是N城最漂亮的女孩。孤儿院的妈妈说，你爹妈要是知道你这么水灵，保定舍不得把你扔掉啦。尽管身世卑微，但我相信人生之路上会铺满鲜花，因为命运女神青睐漂亮的女孩儿。

12岁，我成了一个麻子，21世纪唯一的麻子。命运女神原来是一个恶毒的巫婆，她嫉妒白雪公主的美貌和幸福。

我真想杀了她。

孤儿院里有两位妈妈照顾我们，可是我们真正的妈妈是梅妈妈。她是北京非常有名的医学科学家，一辈子没结婚，45岁时用半生积蓄在家乡办了这家圣心孤儿院。梅妈妈几乎每个月都来看她的孩子，把母爱一点一滴浇灌在我们心头。

2023年4月13日——我忘不了这个日子——梅妈妈又来看望我们。她照例为每个孩子带来一件小礼物，为我准备的是大蛋糕，那天是我的生日。我们快活地分食了蛋糕，唱了“祝你生日快乐”，团团围住她。梅妈妈同我们亲亲热热地聊着，问了我们在学校的情况。我依偎在她怀里，嗅着12年来已经闻惯的“妈妈”的气味，心中有抑制不住的念头——想用嘴唇触触她的胸脯。那年梅妈妈58岁，仍是一头青丝，在脑后挽一个清清爽爽的髻，皮肤很白很嫩，脸上没有多少皱纹，腰肢纤细，胸脯丰满，脖颈上挂着一个精致的十字架。她是天下最漂亮的妈妈，她的含笑一瞥能让伙伴们心儿醉透。

梅妈妈喜欢所有的孩子，可我知道她最喜欢我。一个感情饥渴的女孩的直觉比猎狗鼻子还厉害呢。那晚，我瞅住空子，难为情地问她："梅妈妈，我能问一个问题吗？"梅妈妈微笑着鼓励我："问吧，平儿，问吧。"我附到她耳边，鼓足勇气小声问：

"梅妈妈，你是我的亲妈妈吗？"

梅妈妈搂紧我，亲亲我的额头说："孩子，就把我看作你的亲妈妈吧。"这是个含糊的回答，我不免失望。我伏在梅妈妈柔软的胸脯上，泪珠悄悄溢了出来。

几天之后，灾难之神扑扇着黑翅降临到N城，孤儿院里的孩子们都病了，然后是我们所在学校的同学，再然后是学校的老师。发烧，身上长出红色的疹子。我发病最早，病情也格外严重，连日高烧不退，身上脸上长满脓疱。所以，我对这段时间的记忆中有大段的空白，也夹杂着高烧病人的谵妄。

我隐约记得，在医生们忧惧的低语中，一个凶词悄悄蔓延：天花。北京立即派来医疗队，带队的正是梅妈妈。医院中到处是穿着白色防护衣的医护人员，他们急匆匆地走来走去；电视上宣布了严厉的戒严令，全城封锁；交通要道口布满穿着防护衣、全副武装的士兵，军用直升机在天上巡弋，用大喇叭警告封锁区内人员不得外出……

多年后，丈夫为我补足这段空白。他说天花是为害已久的烈性传染病，埃及法老拉美西斯的木乃伊脸上就有天花瘢痕。历史上天花几次大流行，曾造成数千万人死亡，被称作"死神的忠实帮凶"。

1796年，琴纳医生发明牛痘，人类逐渐战胜了天花。最后一次天花病例发生在1977年的索马里。1980年，世界卫生组织宣布天花绝迹，停止接种天花疫苗。世界上仅保存两份天花病毒样本，一份在俄国的维克托研究所，一份在美国的疾病控制中心。为了预防病毒一旦泄露造成天花复燃，在几经推迟后，于2014年将两处的天花病毒样本全部销毁。丈夫说：

“你该想得出2023年天花复燃是何等可怕！病毒采用超级寄生，利用寄生细胞的核酸繁殖，这种寄生方法使所有抗生素对其无效，只能利用人体在千万年进化中所产生的免疫力，疫苗的作用则是唤醒和加强这种免疫力。但经过几十年全球范围的天花真空，又停止了疫苗接种，人类对天花的免疫力大大退化了，而且各国基本没有像样的天花疫苗储备（仅美国在911事件后扩大了储备）。我们几乎对它束手无策！那时我们预料，这次突如其来的灾疫会造成至少几百万人的死亡，甚至蔓延到全世界。可怕，太可怕了！”

直到十几年后，丈夫还对它心有余悸。不过，实际上那次疫病远没有这样凶险，从美国空运来的1000万份疫苗有效切断了病毒的传播途径，孤儿院和各学校的小病人也很快痊愈。伙伴们陆续到病床前同我告别，我成了医院唯一的病人。

那段时间反倒成了我最幸福的日子。梅妈妈有了闲暇，每天都来看我，陪我聊天，甚至实现了我多年来不敢奢望的一个隐秘愿望——晚上睡在妈妈怀里，用脸蛋贴着妈妈温暖的乳房。梅妈妈从不怕传染，搂着我窃窃私语。她说：“已经确定，这次致病的是低毒性天花病毒，根本不可怕。仅仅因为你的体质特别敏感，病情才显得较重，不过很快会痊愈的。平平，不要担心，你的疤痕能用手术修复，你肯定还是一个漂亮的女孩儿。平平，要想开一点儿，人生常有不如意，死亡、疾患、灾难本来是人类不可豁免的痛苦……”

那时我还不知道自己面临的灾难，只是终日沉醉于对妈妈的渴恋中。我低声说：“妈妈，我好想你，每次你离开孤儿院后，我都会偷偷哭一场。我想闻你的气味，听你的声音，摸你的双手。妈妈，我真想就这样一直病下去。”

梅妈妈搂紧我，感动地说：“平平，我的孩子，可怜的孩子。”第二天晚上，她突然喜气洋洋地向我宣布：她已决定认我做女儿，等我病好后就把我接到北京。“真的吗？”我声音颤抖地问，“是真的吗？”梅妈妈慈爱地拍拍我的脸，说：“当然是真的！我正在做必要的安排，最多两个星期就能办妥。”

我真的乐疯了，心儿扑扑颤颤飞离了病床。我梦见自己长出一双白色的翅膀飞到梅妈妈的家里，梅妈妈举双手接住我，脸上洋溢着圣母般的光辉。那些天我全然忘了自己的病痛，世上的一切都那么美好，窗外洁净的蓝天，医院雪白的墙壁，好闻的来苏水味儿，窗台上啾啾的小鸟……

但我的美梦突然断裂。

梅妈妈从我身边悄然消失，没有留任何话语。两天后，孤儿院的小雷急慌慌跑来告诉我，梅妈妈被捕了，他亲眼看见警察把她铐走了。我震惊地问：“为什么抓她？”小雷说：“听说这次天花都怪她，你生日那天，她把病毒带到了孤儿院。是她的一个博士生薛愈向公安局告发的。”

我悲愤地说：“肯定是造谣！这个薛愈是毒蛇！梅妈妈是天下最好的人，最爱我们，她怎么可能带来病毒呢。”小雷说：“对，我们都喜欢梅妈妈。可是……听说梅妈妈已经承认了呀。”

我心急火燎地盼着病愈出院，我要去找梅妈妈，保护她，为她申冤。在焦急的等待中，身上和脸上的痂皮变干脱落了，我摸到了面部的凸凹。病房里没有镜子，但护士们躲躲闪闪的目光是我最清晰的镜子。我终于得知，我不再是人人疼爱的小天使，变成了一个麻脸小怪物。

从那时起，一个12岁的女孩已经历尽沧桑，知道在人生中幸运是何等吝啬，而噩运是何等厚颜。

2023年，天花灾疫虽然被及时制止，但它对世界造成的冲击不亚于美国911事件。不过，它在我的记忆中一直很淡漠，我的潜意识竭力抵抗着有关它的一切。两年后我从家乡逃到K城，不愿终日面对人们怜悯的目光。我曾为一声轻轻的“咦，小麻子”而同那人拼命。我15岁开始做生意，发誓要赚很多钱，将来做一次彻底的整容。一年后，一个年轻男人辗转打听，在K市找到我。高个子，运动员一样的身材，浓眉，方脸盘。他怜悯地看着我，柔声说：他叫薛愈，想为我提供做整容手术的费用。我冷淡地说：“滚，我不用你的脏钱，你是出卖耶稣的犹大。”这句话狠狠刺伤了他，他流着泪吼道：

“我是按科学家的良心行事！事关这样的弥天大祸，就是亲妈有罪我也会告发的！”

他愤怒地走了，他的愤怒改变了我对他的看法。几天之后他又赶来，再次恳求我接受他的资助，他说自己是替梅老师偿债。后来，我终于随他到上海做了整容手术。再后来，这个大我10岁的男人成了我的丈夫。

19岁那年，也就是整容手术顺利完成之后，我和他在上海东方饭店的床上有了第一次云雨。他发狂地吻着我的裸体，吻着我每一寸平复如初的皮肤，尤其是我的脸庞。他喃喃地说："我爱你，你仍然是天下最漂亮的女人。"我也狂热地回吻着，但亢奋中不免伧然，我知道自己的美貌已不是原璧，天花留下的伤痕仍埋在皮肤深处，埋在我内心深处，永远不能平复了。云雨之后，我伏在他胸前，低声说：

"该对我说说她了，说说那位梅……吧。"

薛愈的目光瞬间黯淡了。他沉默了一会儿，第一次完整地叙述了这件事的来龙去脉。他说，其实他十分崇敬梅老师，她专业精湛，宅心仁厚，风度雍容，几乎是一个完人。但她的学术观点相当异端，而"一个走火入魔的科学家比魔鬼还可怕。"

他说，梅老师曾作为访问学者在俄罗斯维克托研究所工作过半年，那时该所的天花病毒还没有销毁，可以说她是21世纪的中国人中唯一有机会接触天花病毒的。而且，她从俄罗斯回来后常常有一些可疑的行为，有些实验她总是一个人做，不让任何人插手。所以，2023年天花复燃后，他立即把怀疑的矛头对准了梅老师。他的怀疑完全正确，在随后的公开审讯中（大批国外记者旁听了这次审讯），梅老师毫不迟疑地承认了，她以"某种方法"从维克托研究所取得了病毒样本，此后一直进行秘密培养和保存。因为她历来反对销毁天花病毒样本，她说上帝创造的任何生命都有存在的价值，即使是凶恶的病毒也罢。已经知道，脊髓灰质炎病毒能被利用来攻击脑瘤，而天花病毒对艾滋病毒有抑制作用，毁掉它们就是对未来犯罪。她告诉媒体，她的所有研究都是个人行为，个人愿承担全部责任（此前西方国家曾有一些暧昧的猜测）。

那么，她保存的天花病毒呢？梅老师说，在那次病毒泄露之后她彻底销毁了所有样本。随后对研究所的大搜查证实了这一点。她一直拒绝请律师，因为她承认："对于那些被毁坏容貌的患者来说，我的罪孽无可饶恕。"

薛愈停止叙述，抬头看看我，我心里很深很深的地方忽然震荡了一下。梅妈妈这句话无疑是对我说的。我越过时间和空间，看到了她当时愧疚的目光。看来，她后来决定收养我，也是对所犯错误的忏悔。我心乱如麻，沉默不语。薛愈用目光探索着我的内心，轻声问：

"你恨她吗？"

我恨她吗？不知道。她的过错毁了我的容貌，但她也向我播洒了美好的母爱。我问："她被关在哪儿？"

"Q城监狱。20年有期徒刑。对于58岁的梅老师来说，这几乎是无期了。"他又说，"不过公平地说，这个刑期不算重。她可不仅仅是渎职！她公然违犯国家法律，把极危险的病毒偷偷带回国内，简直是胆大妄为！我直到现在都不敢相信，梅老师竟然能干出这么不负责任的事。走火入魔的科学家比魔鬼还可怕！"他重复道。

我叹了口气："我要去看她。不管怎么说，她对我们这群孤儿可说是恩重如山。你陪我一块儿去吧。"

"不，我不去。"

"为什么？"我奇怪地问，"她毕竟是你的老师。是不是因为曾向警方告发她而内疚？别生气，我是开玩笑。"

薛愈平静地说："我不生气，也不内疚，但我不想去看她。"

我盯着他的眼睛，在那儿发现了一些说不清、道不明的东西。

Q城监狱离K城300多公里，位于一片浅山之中。进了监狱，首先看到百花怒放的大花圃。一位姓杨的女狱警为我办理着探监手续，她很爱说话，边填卡边说：

"梅心慈是这儿的模范犯人。你来看她，很好，多开导开导她。你与犯人的关系？"

"我小时在N城孤儿院，她是孤儿院的资助人。"

"是啊是啊，来探望她的大都是当年的孤儿。那时她一定对你们很慈爱，对吧？"

"对，她是大家的妈妈。"

"去吧，多开导开导她，毕竟是快70岁的老人了。"

两名男狱警背着手立在探望室的远端监视着。梅妈妈走出来，步履相当艰难。她坐下，我们隔着钢化玻璃互相凝望，心绪激荡，一时无语。这10年间她的头发全白了，仍在脑后挽一个清清爽爽的髻。囚服很整洁，保持着过去的风度。梅妈妈先开口说话，她端详我的面部，满意地说：

"平平，手术很完美。你仍然很漂亮，我真高兴。"

“梅妈妈，我们10年没见面了。”我心情复杂地说，“我忘不了在医院那段相处。”

“可惜我没能实现对你的许诺，没能把你带到北京。”

“你是否当时已有预感？记得咱们同榻而眠时，你不止一次告诉我，人生常有不如意，死亡、疾患、灾难都是人类不可豁免的痛苦。对于12岁的孩子来说，这些话未免太苍凉了。”

梅妈妈微微一笑：“不仅是预感，我早就确切知道自己的结局。不过我原想被捕前来得及把你安排好的。”

我忍不住脱口而出：“那你为什么……算了，过去的事情不提它了。梅妈妈，薛愈和我很快要结婚了，他今天本来要同我一起来的，临时有事被拖住了。他让我代他问好。”

不知道梅妈妈是否相信我的说辞，不过她慈祥地微笑着：“谢谢你来看我，谢谢薛愈。他是个好青年，有才华，有责任感。祝贺你们！”

“你的腿怎么样？我看你行走很困难。”

“风湿性关节炎。不用担心，监狱的医疗条件很好。”

我顿住了，不知道该再说些什么，10年的分离在我们之间造成了巨大的断裂，她几乎是一个陌生人了。但我心中仍顽强地保存着很多记忆：熟悉的妈妈味儿，温暖的乳房，柔软白净的双手……

“梅妈妈，你多保重，争取早日出狱。我会常来看你的。”

“再见，孩子，谢谢你。替我向薛愈问好。”

以后我常去看她，每月一次。两人的关系已经恢复如初，可以进行母女般熟不拘礼的谈话了。每逢她的生日，我就带去一个大蛋糕，我想报答她当日的情意。每次探望后，薛愈都仔细打听梅妈妈的情况，还为她购买了治疗风湿性关节炎的药物，看来他不是不关心她。但薛愈坚决不去探望她，我怎么劝说也不听。我觉得，他和梅妈妈之间有一个隐秘的心结，至于究竟是什么，我猜不透。

半年后我们结婚了，新家安在K城。北京房价太高，这些年，整容手术已经花光了薛愈的积蓄。每星期五晚上，薛愈乘火车赶到K城同我相聚。小别胜新婚，他常常一进门就把我扑到床上，尽情宣泄一番，再起来沐浴进餐。半年后，在一次酣畅淋漓的做爱后，他陶然躺在床上养神，我推推他，说："愈，起来，要商量一件大事。"

他把我搂到怀里："说吧，我听着呢。"

"我想把妈妈接回家。"他的身体忽然僵硬了，"梅妈妈的病情日益恶化，今天我去探监，她已经坐上轮椅了。管教说正在为她办减刑，还说像她这种情况可以先办保外就医，可惜她没有亲人。愈，把她接回家吧，行不行？"

丈夫久久不说话。我劝他："愈，你和梅老师之间究竟有什么心结？梅妈妈是一个好人，当然她犯了罪，把我变成丑陋的麻子，还几乎造成大灾难。但毕竟只是疏忽，又不是有意的。在圣心孤儿院时梅妈妈就常教诲我们，要学会宽恕别人。"

薛愈坐起来，月亮的冷光映着他的裸体。他在茶几上拿了一支烟，点着，烟头在夜色中明明灭灭。他说：

"平，有些情况我从未告诉过任何人，没告诉你，也没告诉警方。我怕说出来会使梅老师成为人类公敌。"这个词太重了，我震惊地看着他，“我和她之间没什么心结，从个人品德看，我非常敬重她。但她的科学观相当异端，我说过，走火入魔的科学家比魔鬼还可怕。平，孤儿院那场疫病并不是无心之失，她是有意而为。”

我在夜色中使劲盯着他的眼睛：“你是在开玩笑，你是在胡说。”

“不，我很认真。当然我没什么真凭实据，但直觉告诉我，这个推测不会错。这些年我执意不与她见面，就是想逃避对这件事的证实。如果她真是有意向孤儿院投放病毒，那……太可怕了。”

“你凭什么怀疑她？”

“我曾偶然听她透露过什么‘低烈度纵火’，恰恰2023年的致病原并不是烈性天花野病毒，而是经过专门培养的，低毒性的。正是因此才没酿成惊天大灾难。”

我立即忆起，当年梅妈妈在病床上搂着我聊天时，曾说过“低毒性”这个词。我打了一个寒战。

“平，并不是无心之失，那是一组系列实验的第一步。但我的揭发加速了她的被捕，她没能把实验做下去。”

我想到那天的大蛋糕，想起40个孩子围着梅妈妈其乐融融的情景；想起自己光滑柔嫩的面庞，及此后浑身脓疱的丑陋。似乎有一双手在慢慢扼紧我的喉咙，而我也非常想扼住谁的脖子。丈夫同情地说：

“我本不想告诉你，但你既然执意要保释她出狱，我想你有权知道真相。当然，经过11年牢狱之苦，她不会再重操旧业了，天花病毒也已经全部销毁，她想干也不可能了。不过……说实话，我对她心存惧意。”

我目光阴沉，沉默很久。“不，我还是要保释她出狱。”我闷声说，“我要好好伺候她，让她享尽女儿般的孝情。看她会不会内疚，亲口告诉我真实情况。”我咯咯地笑起来，“对，就是这样，真是两全其美的好主意。如果她没散播病毒——那就算我报答她了；如果她干过——那我的孝心会是她的良心折磨。薛愈，你说呢？”

我神经质地笑着，但笑声戛然断裂，我烦闷地垂下头。丈夫过来，体贴地从身后搂住我。我抓住他的手臂，苦闷地说：“愈，我真不愿相信你说的话。我不相信有人竟忍心向孤儿院投放病毒。那天是她最喜欢的女孩的生日，她送了一个漂亮的大蛋糕。如果蛋糕上有……那我简直对人性失去信心了。”

我真希望丈夫说“哈，刚才我是开玩笑的”，或者“只是很不可靠的推测”，但丈夫没有说这些，他只是问：“你是否还要保释她？”

我咬着牙说：“对，我要把她接回家。”

丈夫叹息道：“好吧，其实我也很同情她。我告诉你这些真相，但你不必把她视作魔鬼。她的动机——常人是不能理解的。”

两个月后，梅……妈妈（自从听了丈夫那番话，我总要心里先咯噔一下才能念出这个称呼）回到家里。她的腿病已经很严重，一步也不能离开轮椅。整洁的衣服包着她瘦弱的身体。每晚扶她上床时，我都觉得心中发苦。

她仍很注意风度，每天早早起来梳妆，扎出一个清清爽爽的髻。她话语不多，我们外出上班时，她就缓缓转动轮椅，巡视院里和屋里的一切，在一株花草甚至一个蜂窝前都能待上半天。她的目光非常明亮，与她的病躯极不相称，不过……说句不吉利的话，我总觉得那里燃烧的是她最后的活力。

我已经忘了什么"良心折磨"的心计，诚心诚意地伺候她，变着法儿给她做可口的饭菜，为她洗头洗脚，推她出去散步。邻居好奇地问："老太太是你妈妈还是婆婆？"知道内情的人尽夸我："善心人哪，下世有好报的。"丈夫的表现也无可指摘，看不出两人之间有什么芥蒂。

半年后的一个周末，我回家时，看见茶几上放着一个漂亮的蛋糕。我忽然想起今天是自己的生日，近来生意太忙，把它忘了，亏得薛愈记着。但薛愈说他回来时蛋糕已经在了，是梅妈妈打电话定的。梅妈妈摇着轮椅从卧室出来，含笑看着我。我的泪水不由涌出来，12年了，梅妈妈还记得我的生日。我想起12年前的蛋糕，想起那时问她"是不是我亲妈"的稚语，也想起那场泼天灾祸和我病愈后丑陋的麻脸……一时甜酸苦辣都涌上心头。我走过去，依偎在梅妈妈身边：

"妈妈，谢谢你。"

梅妈妈拍拍我的脸，说："下月5日是薛愈的生日，蛋糕还是我来定吧，免得定重喽。"

薛愈很难为情："梅妈妈，你的生日是什么时候？我也该记住的。"

梅妈妈说了她的生日："你记不住我也不会生气的，男人都心粗。"

薛愈辩解道："不，我记不住自己的，可从没忘记过平平的生日。"

三人都开心地笑了。我想，这是丈夫第一次不称她"梅老师"而称梅妈妈。

生日之夜过得很愉快。晚上睡到床上，我对丈夫说："我越来越不相信你说的那件事了。如果真是那样……如果真是她故意害了自己的女儿，她会这样心境坦然吗？都说眼睛是心灵的窗户，梅妈妈的眼睛从来都是一清到底的。"

丈夫承认："你说得不错，但我的直觉……相信也不会错。"

"你发现没有？你在家时，梅妈妈老是坐在角落里，目光灼灼地看着你。她对你比对我还看重呢。"

丈夫略带窘迫地说："我注意到了。她的目光老是烧得我后背发烫，烧得我不由自主想躲避，倒像是我干过什么亏心事似的。"

我格格笑了："也许你确实干了亏心事，你还向警方告发了自己的老师呢——开玩笑开玩笑，我知道你的动机是光明正大的。"

丈夫好久不说话，我忙搂住他："说过开玩笑嘛，要是还生气，就是小肚鸡肠啦。"丈夫摇摇头，表示他没生气。又沉思了一会儿，他说：

"我要把这件事问清楚！否则一辈子心里不安生。这样吧，下个月我休今年的年假，你扯个原因出去躲10天，我要耐心地把她的秘密掏出来。"

“10天？你能照顾好她的生活吗？”

“没问题，放心吧。”

一个月后，我同梅妈妈告别，我说广州有一桩生意，这10天由薛愈伺候你吧。临走我又帮她洗了澡，她真的只剩一把骨头了，抱着她轻飘飘的身体，我心里又酸又苦。梅妈妈细声细语地嘱咐着路途安全，神情恋恋地送我出门。但我离家后有一个强烈的感觉，似乎梅妈妈知道这次安排的目的，似乎她也渴盼着与薛愈单独面谈的机会。

到广州后我打电话问梅妈妈的安好，然后压低声音调侃丈夫：“秘密探出来没有？”丈夫没响应我的玩笑，很郑重地说：“正在进行一场非常深入的谈话，等你回来咱们再详谈吧。”

广州的生意很忙，有几天没同家里联系。第七天，丈夫把电话打过来，劈头就说：“梅妈妈情况很不好，是心力衰竭，发病很急。快回来！”

我连夜赶回，下飞机后直接到中心医院。梅妈妈已陷于昏迷，输氧器的小水罐哔哔地冒着气泡，心电示波仪软弱无力地起伏着。她的脸色苍白如纸，死神已经吸干她的精血。丈夫俯在她身边说：“梅妈妈，平平回来了！”我握住她的手，俯在她耳边喊：“妈妈，平儿回来了，是平儿在喊你，听见了吗？”

她的手指极微弱地动了一下，眼睛一直没睁开，但她分明听见我的喊声。她的手指又动一动，然后心电仪跳荡一下，很快拉成一条直线。

她走了，知道女儿回来后放心地走了。两天后，她变成了一坯骨灰，变成火化炉烟囱里的一缕轻烟。

丈夫搂着我坐在阳台上，默然眺望着深蓝色的夜空。身旁的轮椅上似乎还坐着那个熟悉的身影。纵然她年高体衰，但死亡仍来得太轻易了，短短七天的离别，我们就幽明永隔。伤感之波在房间里摇荡，不仅是伤感，还夹杂着尖锐的不安。我想梅妈妈的突然去世恐怕与丈夫有关，是他这次“非常深入”的谈话诱发了梅妈妈的心脏病。但这句责问很难说出口，我不想造成丈夫终生的痛悔。丈夫没有这些纡曲的思绪，直截了当地说：

“梅妈妈把所有秘密全告诉我了。”

“是吗？”

“对，她确实有一个‘低烈度纵火计划’，孤儿院是她播撒病毒的第一站。后来她很快被捕，才没把这事做完。”

我震惊地看着他，下意识地摇头：“不——”

“没错，是她故意播撒的，是低毒性病毒，当然她的动机不是害人。早在读博士时，我就听她讲过一个故事：美国黄石森林公园为防止火灾，配备了强大的消防力量，刻意防范，有很多年都未发生林火。但1988年一场最大的火灾爆发了，尽管动员了全美国的消防力量也无济于事，它烧光了150万英亩的林木，直到雨季才熄灭。后来专家发现，恰恰是平时对林火的注意防范才造成这场世纪火灾，由于林木越来越密，枯枝败叶越积越多，形成了发生火灾的超临界状态，这时一个小小的诱因就能引发大火，而诱因总是会出现的。黄石公园接受教训，此后定期实施低烈度纵火，烧去积蓄的薪材，有效控制了火情……我想在那时，梅老师就确立了在病毒世界低烈度纵火的思想。”

“她——”

“你知道，人类已经消灭天花和脊髓灰质炎病毒，并打算逐步消灭所有烈性病毒。这是医学史上里程碑式的成功，数以千万计的病人逃脱了病魔的蹂躏。可是梅妈妈说，这个成功的代价过于高昂了。人类在一代代的无病毒（天花、脊髓灰质炎）状态下，逐渐丧失了特异免疫力。但谁能保证直径1.5万公里的地球（含大气层）能永远保持在无病毒状态？诱因到处都有：实验室泄露、南极融冰后释放的古病毒、外太空病毒源、地球上进化出类似的新病毒（如类似天花的白痘）……每一种小小的诱因都能使这种超临界态哗然崩溃，造成世纪大灾疫，很可能是几亿人的死亡。”

这个阴森的前景让我不寒而栗。丈夫感觉到了，把我搂紧一些，接着说：“所以，梅妈妈从俄罗斯搞到了天花病毒（是一个观点相同的俄罗斯同行给她的），进行降低毒性的培养，使它变成像感冒病毒那样的‘温和’病毒。她的用意是让它们在人类中长久存在，但不会为害过烈。2023年，她把第一批温和病毒撒播到社会上，首先是圣心孤儿院。可惜，过于有效的现代医疗体系摧毁了她的努力。”

我心中发冷，摸摸自己的脸：“结果使我变成麻子。”

丈夫很快说：“她说对此很抱歉，很难过。但没有法子。为了能唤醒人体的免疫力，温和病毒必须保持足够的毒性。对绝大多数人是无害的，但极少数特别敏感的人可能变成麻子，甚至也不排除少量死亡——感冒也会造成死亡呀。人类的进化本来就是死亡和生存之间的平衡，医学只能把平衡点尽量拉向生的一方。这是人类不可豁免的痛苦。平，梅妈妈是爱你的，用她的远见和睿智爱你。虽然她给你留下了天花疤痕，但同时也种下宝贵的免疫力，某一天它会救你的。”

我咀嚼着这句话：不可豁免的痛苦。12岁时梅妈妈就对我讲过这句话。不过直到现在，我才体会到其中所含的宿命的悲怆。我的内心挣扎着，不想信服这个观点。我怀疑地问：

“为什么不仍旧使用疫苗？那是绝对有效、绝对安全的，已经经过250年的证明啦。”

丈夫冷冷一笑：“恰恰是这种绝对的安全有效，造成了人类社会目前绝对的超临界。这真是绝顶的讽刺。梅妈妈说，她花了20年才认识到人类防疫体制的弊端。不要奢望什么绝对安全，那是违反自然之道的。”

那晚丈夫和我谈了很多。看来，在这次“深入的长谈”中，梅妈妈的观点把他彻底征服了。他说，梅妈妈是一个伟大的智者，其眼光超越时代几百年。她是拯救众生的耶稣，可惜人类社会误解了她，而我（薛愈）扮演的是出卖耶稣的犹大（尽管是动机良好的犹大）。她曾勇敢地点燃第一堆圣火，但被社会偏见迅速扑灭了。丈夫说，很庆幸在梅妈妈去世前能有这次长谈，不至于让这些宝贵的思想被湮没。

我认真听着，尽自己的智力去理解这些深奥的观点。我无法驳倒，但我一直心怀惕惧。原因很简单，就是为了生死平衡点“那边”的“不可豁免的”牺牲者。那些天丈夫很亢奋，坐立不安，目光灼热，喃喃自语。我冷静地旁观着，没有干扰他。第四天晚上我对他说：

“今晚放松放松，不要再思考那件事。愈，我想该要孩子了吧，我今天已去掉避孕环，又处于易受孕期。”

丈夫热烈地说：“对，该要个孩子了。”那晚，我从丈夫那儿接过生命的种子，丈夫沉沉睡去。我来到阳台，躺到摇椅上，看着月升月落、云飞云停。东方现出鱼肚白时，我回屋把丈夫喊醒，平静地问：什么时候他要重新开始梅妈妈的“低烈度纵火计划”。丈夫吃惊地望着我，我苦笑道：

“愈，不必瞒我啦。你妻子虽然学识不足，但并不是傻子。听了你的话后，我有几点判断：一、既然‘低烈度纵火计划’是梅妈妈的毕生目标，她决不会把天花病毒轻易销毁，一定还有备份妥妥地藏在什么地方。二、她这次安然而逝，很可能已找到了衣钵传人。三、你几天来的情绪太反常。”

丈夫顽固地保持沉默，看来这事太重大了，他既不愿对我撒谎也不敢承认。我叹息着：“愈，我不拦你，我知道你和梅妈妈一样，都有压倒一切的使命感。只希望你把行动日期往后推迟五年。那时我们的宝宝4岁了，你可以把天花病毒先播到他身上试试。”丈夫的身体猛然颤抖一下，连目光也颤抖不已。我盯着他，无情地说下去：“对，先拿咱们的孩子做头道祭品。我已经信服你们的理论：人类社会已处于危险的超临界状态，温和病毒能逐步化解它。当然实施低烈度纵火时会有极少量不幸者，他们将代替人类去承受那‘不可豁免的痛苦’。咱们的孩子是幸运者还是不幸者呢？只有听凭上帝的安排。不管怎样，在自己孩子身上做过之后，你就可以良心清白地到世界上去纵火了。”我温柔地问，“愈，我说得对不对？我知道自己是一个傻女人。”

我安静地依偎在他怀里，耐心等他的回答。

魔鬼梦幻

——欲望双闪

黑姆利索地为司马平戴好魔幻传感器——一个亮闪闪的类似太空人头盔的玩意儿。传感器的触角像章鱼一样密密麻麻地吸在他脑袋上，黑姆熄了屋里所有的电灯，只有电脑屏幕发出青幽幽的微光。青光在天花板上投出一个巨大的黑影，颇像一个张牙舞爪的巫师。

他俯在司马平头上嗄声说：

“好了，你马上就能得到空前的全功能的感官享受。不过我要最后提醒你一次，”他在阴影中得意地笑着，“这是双向梦幻机，幻觉中的故事在一定程度上按你的思维发展。所以，你头脑中最隐秘的思想将在电脑屏幕上显示出来，不管是龌龊的欲念还是圣洁的愿望。你如果想中止这个游戏，还来得及。”

司马平仰面躺在转椅上，被传感器头盔箍得不能稍动，表情略显紧张。不过，听了黑姆的话，他反而微微一笑：

“我不是圣人，脑袋里恐怕少不了几株毒菌。不过我很乐意把它拿出来晒一晒。请开始吧！”

黑姆盯了他一会儿，咧嘴笑道：

“好，不管结果如何，我佩服你的勇气。现在请你放松思想，尽力挖掘你的回忆和愿望，梦幻机将在适当时候切入你的思维。”

他打开机器，司马平听到均匀的嗡嗡声，他的思维随着这波声荡开，散入无边的混沌。

（A向思维）

回忆就从今天下午开始吧。

今天我心情忧郁。十年前，车祸使我脑部重伤后我便离群索居，从那时起我常常陷入周期性的深度抑郁中。我不想让妻子和儿子陪我一块儿受苦，照例把他们打发走了。

我独坐室内，失神地看着夜空，一波又一波的抑郁几乎把我吞没。忽然门铃响了。打开门，是一个瘦高的男人，四十岁上下，一个弯弯的鹰钩鼻子，金丝眼镜后面闪着恶意的微笑。这人的笑容和鹰钩鼻子我似乎很熟悉，似乎和某种不愉快的回忆有关。我苦苦思索，但回忆不起来。他拎着一个巨大的皮箱，见我认不出他，似乎很惊奇：

“司马平，你不认得我了？”

我很是歉然，忙请他进屋：“十年前我因车祸受伤，记忆力坏透了。你是……”

他恍然大悟：“我的天！我一直怀疑一个天才怎么消失了十年，原来如此！”他沉思片刻，缓缓说道：“十年前，在一个著名的生物研究所里，有一个美貌惊人的女博士。她对所里的男同事有过这么一个评价：在我们所里，有两个天才足以在科学史上留名，不过两个人中有一个是圣徒、一个是撒旦。”

他停了一下，冷笑道：“我就是她说的撒旦，而你是她心中的圣徒。现在你知道我是谁了吧？”

我点点头，想起来了。我想起那个白鸽般纯洁可人的女博士，她叫尹雪；想起那个才华横溢的司马平，那就是我。一场车祸扭曲了我的人生之路，现在我是一个才智低下的庸人，往日的光辉恰恰成为我今天的痛苦。

半夜里我常常在思想的剧痛中醒来。我总觉得自己的才智并未毁坏，它们只是被囚禁起来，它们一直咆哮着想冲破那间囚笼。

也许我关闭智慧之窗只是为了忘记过去。

那时，生物研究所里在才智上可与我匹敌的只有黑姆，但我们两个人的性格却大相径庭。他有一个奇怪的嗜痂之癖，不倦地刺探同事们的隐私，搜集他们心中点滴的龌龊，偶然的卑鄙，一旦得手，他就乐不可支。

不少人惧怕他“美杜莎”般的目光。能够坦然直视他的人不多，我和尹雪就是其中的两个。即使现在，我几乎算得上是一个废人了，但我仍能坦然直视他的目光。

我微笑道：“欢迎你来我家。我已经十年没听到生物科学的消息了。我想你一定做出了惊人的发现——是不是在你的皮箱里？”

他咧开嘴笑了：“的确如此。”

我们没有多事寒暄，他仰坐在沙发上，开始傲然地介绍他的发明。

“我不知道你的智力残余是多少。我先假定你的智商是中等偏下，好据此来调整我的讲解层次。”他半是怜悯半是幸灾乐祸地说，“上帝真狠心，为什么偏要折磨自己的信徒呢？”

我冷冷地说：“我信奉道德之神，不信仰上帝。请你开始正题吧！”

黑姆打开皮箱，拿出那个宇航员头盔似的玩意儿，得意扬扬地说：

“瞧，就是这个玩意儿，全功能双向梦幻机。为了把它的用处说清，我们不妨回忆一下历史。人类的生存本能实际表现在感官享受上。蒙昧时期的人们只有在看到朝晖夕晕、听到松涛水声、吃到佳肴美味、行完男女之乐时才能获得感官享受。这些享乐很狭窄，但它们是真实的，是外部真实世界作用于我们感官的结果，我称之为‘真实影像’。

“后来，人们创造了诗赋文章、音乐舞蹈、电影电视……人类的感官享受也日益五彩缤纷。所有这些娱乐，都是先造出一个虚幻的世界，作用于眼耳等感官，再把信号输入到大脑，我称其为“虚幻影像”。它是真实影像的延伸和扩大，真实世界里不能满足的欲望，可以在诗歌小说、电影电视里找到代用品。

“还有一种娱乐与它们不同——毒品。”

我抬眼盯着他，他咧嘴笑道：

“毒品。正人君子是不屑一顾的，我却从中得到了创造的灵感。它也是虚幻影像，不过它是用化学物质直接作用于人的神经系统，不再经过人的外部感官，但它同样能得到逼真的感官享受。我们为什么不能沿着这条路走下去？”

他看着我，不耐烦地说：“我再给当年的科学奇才上一堂启蒙课吧。简单地说，人的所有感觉都是外界信号通过感官，转换为神经电脉冲，再送到大脑。这是一条迂曲的路线，我的梦幻机走了捷径，我用电脑编辑出同样波形繁复的电脉冲，通过千千万万无形的磁针送入相应的神经元——是绕过感官，直接送入大脑与感官间的神经元。你听明白了吗？”

我努力追赶他的思路，点点头。他继续说道：

“过去的娱乐大多集中在视觉、听觉这两个领域，太狭窄了。我的梦幻机则可以模仿眼耳鼻舌身各种感受，连性快感也能模仿得惟妙惟肖——正人君子是不敢堂而皇之地说这个字眼的，幸亏我不是。”

他咯咯地笑起来，继续说道：

“还有更为奇妙之处。以往的虚幻影像都是单向的，本人并不能参与——一个看科幻片的孩子并不能钻进屏幕里同太空人握手。只有我的梦幻机是双向的：它可以把人的思维电波取出来，我称之为A向思维；A向思维输入到梦幻机里，电脑根据此人的思维定势进行创作编辑，再把人工思维反输到人脑，我称这为B向思维。两种思维互相糅合，就形成了最能与感受者发生共鸣的梦幻世界，使贩夫走卒、盗贼娼妓、贤达哲人都沿着自己的思维爬到精神享受的顶峰！”

他在我面前展现了一个光怪陆离的世界，使我敬畏。我素知这个撒旦的才能，所以对他的话并不怀疑。我指着他的皮箱：

“这就是梦幻机？”

“对。”

“是否已投放市场？”

黑姆摇摇头笑道：“没有，我还没有找到一个合适的生物工程学家或电生理学家亲身试验一次，做出准确的鉴定。”

我扬起眉毛问："你找不到一个专家？"

黑姆又嘎嘎地笑起来：

"找不到。没有一个专家愿意一试。我想是因为没人敢担保自己的灵魂里没有几丝龌龊。符合条件的专家恐怕只有两位：一位是撒旦，他不怕把自己的卑鄙示众；一个是圣徒——如果他真是圣徒的话。所以我千方百计找到你的地址，却未料到你又变成一个智力不全的废人。"他鄙夷地说。

我的心被猛扎了一刀，但我控制着自己没有失态。我淡淡地说："我虽然早已不是什么专家，不过我愿意一试。"

黑姆似笑非笑地说："你不后悔？"

我语调平静地顶回去："我不后悔。我既不是撒旦，也不是圣徒，不过我不怕把我自己的肮脏示众。"

黑姆讥笑地说："也不怕尹雪知道？那位仙子至今还把你当成圣人膜拜。"

我的心弦猛一抖动，知道了黑姆为什么千里迢迢跑来寻我的晦气，对他的鄙视中不免夹杂着几丝同情。我心平气和地说：

"我已经十年没有与尹雪联系了。黑姆，用这种办法赢不来尹雪的爱情。你把我切成碎片也没用。"

黑姆恶狠狠地瞪了我一眼，转身去开箱子。

（B向思维）

忽然门铃急骤地响了。我打开门，竟然是尹雪。十年岁月在她身上并没有留下多少痕迹，她依然像株出水芙蓉一样清丽绝俗，眸子晶亮，肤色白中透红，一头黑亮的长发散落在白色的披风上。她似笑非笑地看着我，不等我说话，便一甩披风，径自闯进屋门。看见黑姆在屋里，她愕然止步，随之冷淡地打了个招呼。看来他们并不是相约而来。

我和尹雪微笑着，相对如梦。十年的时间并未冲淡我们之间的亲切感，不过这会儿我在她（还有黑姆）面前有一种智力上的自卑感，所以我的笑容里带有几分苦涩。

我知道她喜欢喝浓咖啡，便要去张罗。尹雪忙推我坐下，自己过去煮。过去我们在一块儿时，这类杂事都是她干的，她仍改不了这个习惯。我没有客气，静坐在沙发上，看着她的背影。等她把咖啡端来，我问：

“你怎么找到这儿来的？”

尹雪似嗔似怒地说：“患单相思的女人常有猎狗般的嗅觉。”

我没有料到尹雪的第一句回答竟是这样，她似乎毫不在意屋角的黑姆。我看看黑姆，他的眼中正喷射着嫉恨的怒火。尹雪呷了几口咖啡，忽然问道：“这位黑姆先生是来通知你获奖的消息的？”

我和黑姆茫然对视，我摇摇头，说：“不，我不知道。”

尹雪笑了：“我总算赶上第一个来报喜。给赏钱吧，状元公。”

我如堕五里雾中，微责道：“你还是这样调皮。”

尹雪的眼圈红了，她柔声说：“司马，是你盼望已久的消息，也是你应得的荣誉。你已经得到本届诺贝尔生物奖了！”

我的心口被猛戳一刀。十年前这曾是我的梦，但现在我知道这只不过是一个残酷的玩笑。我不愿责备尹雪，只是声音喑哑地说：

“尹雪……”

尹雪急急打断了我的话：“你先别急，听我慢慢告诉你。”

她平息了自己的激动，慢慢地说：“十年前你车祸受伤，造成智力衰退，黯然离开了生物研究所。我难过地收拾了你留下的资料，在一本笔记本的末页，发现了一个莫名其妙的公式，字迹很草。我问过不少专家，谁也不知道公式的含义。”她抬起头看看我，强调道，“送你离开时我问过你本人，可惜你的脑力尚未恢复，你只模糊记得这公式似乎与DNA的双螺旋结构有关，是你一时灵感勃发时写下的。这些情况你还记得吗？”

我黯然摇头。她说：

“别人可能以为你是伤后胡言，我却坚定地相信你的话。我花了整整五年时间，终于破译了这个公式。原来它是人类DNA结构中30亿个核甙酸的统一数学表达式，就像元素周期表揭示了元素内部的联系。当然，这个公式当时还不完善，我又花了三年时间去充实和验证，得到了完美的结论。研究成果已发表在《生物学报》上了，署名是司马平和尹雪。”

她目光殷殷地看着我，补充道：“是两年前发表的，在学术界引起轰动。文章发表后我就到处找你，这两年找得我好苦啊！”她神情悲凄地说。

天外飞来的“横福”使我头晕目眩。对这个梦想我早已绝望了，那种啮人心肺的痛苦已经麻木了，谁想到会有这种戏剧性的转折？

不过，这个公式我实在记不得了，我犹豫地说：“尹雪，我对你说的公式没有一点印象……”

尹雪急急打断我的话：“司马，难道你对自己十年前的才华还有怀疑？”她的眼圈又红了，“如果不是那场该死的车祸，你肯定还是生物学界的翘楚，这个荣誉本来就是你的，连我也是受你之惠。”

看来黑姆没有料到这样的消息，他恼怒地关上了装有梦幻机的箱子，目光阴森地看着我，不过他的美杜莎目光并不能使我变成石头。我快意顿生，感激地说：

“谢谢你，小白鸽，谢谢你带来的好消息。那篇文章……你带来了吗？”我犹犹豫豫地说，“也许看一遍，我会回忆起什么。”

尹雪放下咖啡，笑着起身挽住我的臂膀：

“以后有的是时间，当务之急是赶到斯德哥尔摩去领奖，时间已很紧迫了。快通知夫人，准备行装吧。”

我带上洗漱用具，在电话上通知了妻子，尹雪喜气洋洋地挽着我走到门口。好一阵子黑姆被我们遗忘了。这时我看到他在得意而鄙夷地笑着，这加重了我的不安。他不该是这样的表情的，他应该是嫉妒或者仇恨。这里究竟有什么蹊跷?

脑袋发木，不想它了，我不愿撕破一场好梦……

黑姆得意地笑着，把电脑B向思维在“名利”挡上调至最强，鄙夷地看着电脑屏幕中显示出来的司马平。这个道貌岸然的君子，为了圆他的名利梦，急不可待地准备去冒领那个子虚乌有的诺贝尔奖啦，哈哈！

电脑中的控制电平忽然猛一抖动，这表示梦幻机中的思维偏离了刚才的思维定式，司马平的A向思维楔了进来。难道他产生了怀疑？黑姆猛然悟到，自己有些得意忘形了，梦幻中的黑姆不该是鄙夷而得意的表情。

他赶忙做了调整，但是不行！控制电平越来越向A区域倾斜。司马平的A向思维像一串串水泡，骨突突地冒出来，越来越猛烈！

（A向思维）

黑姆的表情忽然变了，变得嫉恨又无奈。对，这应该是他此时应有的表情。

但一串串怀疑的水泡一经冒出，便不可遏制。这个公式是我的创造，还是未忘旧情的尹雪对我的怜悯？

一只小白鼠。

一只小白鼠陡然切入我的思维，毫无逻辑关联。我拼命想抓住它，小白鼠却畏缩着悄悄滑出我的思维圈。

但我头脑里随之闪过一道白光，使我惊醒。这是我吗？是那个虽然才智萎缩但仍以人品自负的司马平吗？在没有把真相弄清楚之前就去领奖，这不啻是科学剽窃，而这正是我深恶痛绝的秽行。

我的思维逐渐坚定，我柔声道：“尹雪，能让我先看看那个公式吗？”

尹雪犹豫着，知道我的决定不可更改，遂极不情愿地从女式挎包里取出一份《生物学报》。我接过来，翻到那篇文章，贪婪地看着。不，我不能理解，我甚至连公式中的拉丁文单词都记不全了。我悲伤地说：

“尹雪，我看不懂。”

尹雪的泪水夺眶而出，迅速扭头擦去泪水。

我柔声说：“尹雪，这公式我毫无印象，你恐怕记错了。”尹雪急欲辩解，我抢先一步坚定地说：“即使是我写的，现在我也不能为一个看也看不懂的公式去领奖。”

尹雪绝望地跌坐在沙发上，把咖啡也打翻了。她赶忙扶起杯子，抬头看见黑姆得意地笑着，尹雪突然发作道：

“黑姆先生是否可以回避一下？我想和司马平单独谈一下。”

黑姆悻悻地站起来，拎起皮箱，摔门走了。

我们久久对望，沉默无言，我低声说：“尹雪，不管怎样，我感谢你的情义。”

尹雪伤感地看着我，断然说：“司马，我告诉你实情吧，不错，这个公式是我提出的，是我八年的心血。我为什么能做出这点成绩？那是因为我有幸遇见一个才华横溢的青年导师，他教会我如何明快地思维、敏锐地发现，更不用说他的高尚人格对我的鼓舞了。如果不是命运的捉弄，本该是他摘取这个桂冠的，我这样做只是为了报答。”她恳求地仰视着我，说：“司马，答应我吧，让我有机会多少偿还一点宿债。这件事绝不会有第三个人知道。”

这句话深深地伤了我的心，这不该是尹雪说出的话。但我还未做出反应，一浪强劲的念头就楔进我的思维。

“别犯傻了，快答应吧，你甚至不必点头，只要默认，就能得到别人梦寐以求的荣誉。你是否怕一旦败露后会身败名裂？”冥冥中有一个冷嘲的声音，“这种高尚是名人才配有的奢侈。你现在还有什么名声值得珍惜？”

我犹豫地说：“尹雪……”

尹雪急迫地说：“司马，这个成果我已经以我们两人的名义发表了，诺贝尔奖也已敲定，你若不答应，叫我如何自圆其说？你难道愿意我身败名裂？”

又一排强劲的浪头把我埋进去：“快答应吧，这不是为了你自己，是为了尹雪，你可以心安理得了。哈哈！”

我嘘了一口气，看来只好如此了。

一只小白鼠！

又一只小白鼠毫无逻辑地出现在我头脑里，它目光痴迷，前足不停地按着一个电键。它是谁？是从哪儿来的？我努力想抓住它，但它又缓缓地滑出我的思维圈，堕入无边的黑暗。

但我头脑中的雾瘴却奇怪地随之消散，尹雪清晰地凸现在我的面前，星目含怨，以手托腮，痴痴地看着我。我为刚才一刹那的念头出了一身冷汗。

我伤心地长叹一声，嗄声道：“尹雪，你是不是记得，十年前生物研究所里有一双‘美杜莎’的目光，它能使良心有愧的人变成僵尸。可是你我从没有惧怕过。现在我不知道咱们是否敢正视他的目光。我很羞愧，难道时间已经锈蚀了你我的人格？”

尹雪羞愧地低下头。忽然我脑海中亮光一闪——那些想法应该是黑姆强加给我的！刚才我似乎听到了熟悉的奸笑声！……

黑姆神情沮丧，急忙按下暂停键。这个鬼司马平！他简直怀疑司马平的智力并未受损。要知道，已经有不少人试过梦幻机了，几乎所有人都在B向思维里沉沦，疯狂地追求梦幻机带给他们的各种快感。在梦幻机里能顽强地保持自己思维定势的人，他几乎没见过！

黑姆已经无计可施了，刚才他已把B向思维调至最强，但司马平的A向思维更胜一筹。他无法制服它。

他像一个输急了的赌徒，看看躺在转椅上仍处于梦幻状态的司马平，又看看梦幻机，忽然一咬牙，把B向思维调至“性欲”挡。

他本不愿出此下策，因为在梦幻机剥露出司马平的本来法相之前，就已经先抖搂出自己的卑鄙，这么一来还有什么胜利的快感？

不过他总不甘心。他狞笑着，把控制电平逐渐加强。

（A向思维）

我和尹雪度过了那场危机，慢慢平静下来。

诺贝尔奖的诱惑已经如一片浮云般飘散、淡化、消失。

我们隔着茶几安静地坐着，几乎忘了刚才的谈话，尹雪神情凄婉，凝思无语。我怜爱地看着她倩美的侧影，思绪又回到十年前。那时，尹雪是生物研究所的快乐天使，她聪明漂亮，心地纯洁，性情活泼宜人，大家尤其是年轻的同事们都乐于同她交往。我们两个同室工作，我常常搁下笔出神地看她的侧影，秀美的鼻梁，玲珑的耳垂，乌云蓬松处露出凝脂般的皮肤……那是一种极为纯洁的美，像晶莹的山泉，能净化人的心灵。

有一天，我正伏案工作，忽然嗅到一股发香。尹雪像往常一样，笑微微地俯身向我，她是来问我一个问题的。我抬起目光时，无意中看到她的领口，开得很低，薄如蝉翼的乳罩下分明是两颗嫣红的蓓蕾……那时我的目光忽然迷乱了，尹雪显然注意到了我的窘迫，羞怯地笑笑，用手向上扯了扯领口。

这一波涟漪搅乱了我们的平静。此后我俩单独相对时，总有几分不自然。我常常喘息着抑制自己拥抱她的欲念。

我那时已经结婚。我和尹雪都为自己套上了道德的枷锁。

我总觉得，尹雪实际也在情欲里煎熬。只要我张开双臂，她会一言不发地扑过来。整整一个月时间，我们一直在这种欲念里挣扎。

后来是……一只小白鼠（为什么是一只小白鼠？我苦苦思索着）。是这只小白鼠帮助我们恢复了往日的平静。

（B向思维）

但今晚我再也不能保持这种平静了。

在柔和的灯光下，她的身影亭亭玉立，肩臂浑圆，乳峰高耸，浑身洋溢着成熟的性感。我贪婪地看着，体内燃烧着一团狂暴的火。她也用火辣辣的目光盯着我，颈脉索索跳动。

壁钟嘀嗒作响。尹雪忽然起身，挥手道："司马，把那件事忘掉吧！今晚陪我出去散散心，好吗？"

我颔首应允，出门乘上尹雪的白色"风神"车。汽车并没有在灯光辉煌的夜总会停下，而是风驰电掣地奔向郊外，开往海滨方向。

暮色苍茫，一钩新月斜挂在天边。车窗大开着，强劲的风呼呼地鼓进车内，尹雪的长发在身后疯狂地飞舞。我在风声中喘息着问：

"尹雪，你不是把我们往鬼门关送吧？"

尹雪不答话，她的头颅微向后仰，微笑着，两眼亮晶晶地，时不时瞟我一眼。风神车开得飞快，一直开到海滨。

海滨浴场空无一人，显得空旷寂寥（为什么？在这个季节应该是人声鼎沸的，我怀疑地思索着）。一道道白浪哗哗地扑过来，又无声地退回去。细沙海滩平坦而柔软。尹雪像是换了一个人，她兴奋地尖叫着，很快脱光衣服，像一条美人鱼一样跃进大海。

她兴高采烈地在白浪中挥臂穿行，时而兴奋地尖叫。我在海边焦急地逡巡（为什么？我的水性绝不会比她差）。我大声呼喊：

“尹雪——快上来吧！”

风声中夹杂着她格格的笑声。海水渐渐淹没我的腰部。夜色渐沉，尹雪一直游到精疲力竭时才返回，我急忙用毛巾裹住她，在海水中跋涉着，扶她上岸。

我们紧紧靠在一起，听着对方剧烈的心跳。尹雪扬起头，两眼亮晶晶地看着我，湿漉漉的长发半遮住乳峰。她缓缓举起手臂，浴巾无声地滑落，她的裸体在月光下显得白皙诱人。忽然她用冰凉的双臂一下子攀住我的脖颈。

道德的堤防轰然溃决，我们狂热地吻着，在沙滩上滚来滚去。强烈的快感像潮水一样汹涌地扑过来，又哗哗地退回去，一浪高过一浪。奇怪的是，长时间的云雨之乐后丝毫不感到疲乏，在一波波快感退潮后，我们都贪婪地等待着下一波。

我狂吻着她的樱唇，喃喃地说：“今天我才知道，打碎道德的桎梏原来这么容易。早知如此，我们在十年前就不该自苦自抑，不该荒废时光。”

尹雪没有答话，紧紧抱住我，又一阵汹涌的快感把我淹没。

一只小白鼠！

小白鼠忽然射入我的脑海，似一道闪电把我的癫狂撕裂。

黑姆仇恨地盯着屏幕，尽管他知道屏幕上的尹雪是他手造的幻影（为了与司马平的A向思维相容，他创造幻影时不得不尽量贴近真实），但目睹这个“尹雪”与司马平疯狂地做爱，仍使他嫉妒得发狂。

不过他同时感到了复仇的快意：哈哈，这个道貌岸然的司马平，我总算剥下你的庄严法衣了！

十几年来，黑姆一直痴恋尹雪。但那个冷傲的姑娘对他，一个绝世天才，竟然不屑一顾，这使他感到耻辱。他早就看出——什么事能瞒过他鹰隼一般的目光——尹雪在热恋着已婚的司马平，司马平实际也暗恋着尹雪。不过，说句公道话，那时两人只囿于柏拉图式的精神恋爱，从不越雷池一步。这使他们自我感觉良好，在林荫道上与黑姆劈面相遇时，总能保持那种坦然平静甚至略带怜悯的目光。

他恨极了这种目光，他恨那两人在道德上的优越感！

甚至在司马平悄然失踪后，尹雪仍把他当作圣人来崇拜，始终不肯移情。好，这就是圣人的原形，一个肉欲之徒而已！他在认真思索着，是不是把这盘录像拷下来，送给尹雪一份。

忽然控制电平又一阵猛抖！一只硕大的小白鼠突兀地占据了屏幕，先是模糊虚浮，逐渐变得清晰，司马平的A向思维又开始高涨，越来越强劲，迅速占领思维波的全域。黑姆目瞪口呆，无计可施。真是莫名其妙，这个小白鼠是何方神圣？为什么它一出现总带来A向思维的反攻？莫非它是司马平冥冥中的保护神？

（A向思维）

一只小白鼠。

像往常一样，这只小白鼠闪现一下，便要滑出我的思维领域，但这次我敏锐地抓住了它。

小白鼠的形象逐渐清晰，它用前爪狂热地按动一个电键。这是几十年前生物学家做过的一个实验。我带尹雪读博士时，让她重复了一次。她很快教会小白鼠按动电键，每按一次，就有一道电脉冲刺激它的快感中枢，产生极强烈的快感，远远超过它的自然快感的阈值。小白鼠很快就耽溺于此，就像吸毒者耽迷于毒品一样。它不吃喝，不发情，只是不间断地按电键，在一浪一浪的快感中喘息。

小白鼠很快就变得形销骨立。尹雪可怜它，中止了实验，把键盘拆除。可惜为时已晚。小白鼠陷得太深已不可救药。它拖着衰弱的身体，在笼内歪歪倒倒地来回奔跑，目光狂热地寻找键盘，对食物不屑一顾。

几天后，尹雪黯然捧着小白鼠的尸体来找我。

“可怜的小白鼠。”她歉疚地说，就像她是凶手。

我感叹地说：“这就是人和其他动物的区别，从本质上讲，动物的生存本能是表现在各种欲望上，像食欲、性欲、接触欲等。人类又发展了一些高级的精神欲望，像名利欲、权力欲、探索欲等。所有这些欲望都是生存的需要，但一旦失控，也会起反作用。人类和其他动物不同，可以用理智来约束自己的欲望。只要某种欲望不利于人类的生存，人类就会造出一种道德观来约束它。比如社会对乱伦、纵欲、吸毒的羞耻感就是一种强大的约束。”停了停，我补充道，“我说的是人类，并不是说每个人。人类中有不少渣滓在肉体欲望中沦丧，但人类的精英总能把握住精神之舵。”

我和尹雪富有深意地交换着目光，心照不宣。正是从这天起，我俩从暧昧的肉体欲望中跳出来，我们的心境又复归平静。

又一阵强烈的性快感汹涌扑来，把我淹没。我在巨浪中挣扎出来，悲伤地注视着那对疯狂的男女。他们呻吟着、翻滚着，尽情发泄着动物的原始欲望。那是我吗？那是尹雪吗？我是在暗恋尹雪，我希望闻到她的发香，听到她的解颐快语，却从不敢这样亵渎她，即使在梦幻中。

梦幻！我忽然惊醒。这不是我，是黑姆强加给我的魔鬼欲望！我陡然觉得良心上一阵轻松。我开始和梦幻中的另一个我搏斗，竭力冲破思维上的禁制。

我在巨浪中挣扎，拉着尹雪努力冲向岸边，终于踩到坚实的土地。梦幻世界轰然倒塌，我的A向思维一泻千里……

梦幻机的控制电平发疯地抖动了几次，“啪”的一声自动关机。黑姆脸色灰白，呆呆地看着转椅上的司马平。

司马平睁开眼睛，缓缓抬起头，前额上冷汗涔涔。他微微喘息着，神情疲倦，但两眼炯炯放光。他刚刚横渡了欲望之海，途中几乎沉沦。但谢天谢地，他最终还是战胜了。

他看见垂头丧气的黑姆，想唤他过来除下传感头盔——但是且慢！这会儿他脑海中如洪水溃堤，囚禁十年的才智喷薄而出，久已忘记的专业知识一下了全苏醒了，在他脑海中横冲直撞：抑制性中间神经元，Renshaw cell（闰绍细胞），抑制性传递介质氨基丁酸，脑外伤引起的大脑功能自抑制……

他敏锐地分析了这种现象的原因：当A向思维和B向思维激烈冲突时，无意中撞开了因受伤造成的思维梗阻。他的才智已经恢复了。

天哪，他快乐地呻吟着。

黑姆悻悻地走过来，为他取下传感头盔，不得不承认自己失败了。司马平的道德大厦的基础是这样坚实，他对各种诱惑竟有全功能的防疫力，这使他在失败的恼恨中也夹杂着佩服。

除下沉重的头盔，司马平一跃而起，笑吟吟地说：

"黑姆，谢谢你，你的梦幻机对我的道德观进行了一次实战检验。另外，我想它还医好了我的脑伤后遗症，我的智力已经恢复了。"他恳切地说，"梦幻机确实是一个伟大的发明，只要用到正确的地方，它就会为人类造福。希望你珍惜它。"

他匆匆穿好外衣，对黑姆说：

"很抱歉，我要失陪了，我得赶紧返回生物研究所，重操旧业。我已经耽误了十年时光，一分钟也不想再延误。你在这儿住几天吧，我会通知妻子回来款待你，好吗？"

黑姆皱着眉头，没有说话。司马平匆匆走出大门，清凉的夜风拂面而来，繁星满天，新月如钩。他长舒一口气，好啦，我又可以恢复完整的自我，又可以享受智力的自由和思维的乐趣了，他对此喜不自胜。

他正想叫一辆出租，恰好一辆白色的风神车刷地停在他面前，司机摇下车窗，探出身子，似笑非笑地看着他。

是尹雪。奇怪的是，司马平并未感到意外，似乎这是梦幻世界的自然延续。那些令人面红耳热的镜头随之闪回，不过他的心旌仅摇荡一下就恢复了平静。

尹雪仍是那样娇艳，浑身洋溢着成熟的美，一头长发散在白色披风上。司马平笑着走下台阶，低声说："欢迎你。"

尹雪高兴地说："司马，没想到吧？"

司马平笑问道："你是怎么找到这儿来的？我一直在尽力抹去自己的行迹。"

尹雪横他一眼，带着恨意笑道："对于一个高智商的科学家来说，这不比探索DNA的迷宫更难。何况一个饱受相思之苦的女人，常有猎狗般的嗅觉。上车吧，我有重要的消息要通知你。"

司马平略为沉吟后拉开车门，坐在尹雪后边，微笑道："我也有一个好消息告诉你。"

汽车飞驰而去，两道雪亮的灯光刺破黑暗。车窗大开着，尹雪的长发随风飞舞。她头颅微向后仰，目光清澈，扭头瞟了司马平一眼，单手拉开提包的拉链，取出一本杂志递给他，又为他打开顶灯：

"先看看这本杂志吧，我说的消息就在这上边。"

司马平好久没有说话。他把杂志放在双膝上，两眼望着远方。尹雪奇怪地问："你怎么不看？"

司马平嘴角挂着笑意说："我正在猜书里的内容，想和你赌个东道。"

两人互相望着，忍不住大笑起来。尹雪踩足油门，风神车以200迈的时速向海滨方向驶去。

神肉

——关于『吃人肉』的反讽

1

“爷爷，祝你90岁生日快乐。”

“来，让我抱抱你，我的科学家孙子！我太高兴了，你每年都远道回家乡，来养老院为我祝寿。”

“爷爷，我很高兴有这么多人为你送寿礼或匾额。你看这幅题词：‘送给敬爱的南渊教授，你是科学斗士，科学的民间守护神。’这可是十分崇高的赞誉啊！”

“哈哈，当然这是过誉，不过我还是很高兴，还有人记着我这个老朽。”

“不，一点儿都不是过誉。就拿我来说，能取得今天的这点儿成就，就是受了你的潜移默化。在我的少年时期，反科学主义思潮曾肆虐一时，弄得不少人失去了对科学的信仰。但你一直旗帜鲜明地反对这些谬论。你说‘科学是天然合理的’‘科学发展与伦理道德互相冲突时，科学是注定胜利的一方’。这些观点给了我极大的勇气。要知道，文明发展到今天，已经没有‘纯学术性’的科学了。尤其是最前沿的科学，没办法不楔入到伦理学、哲学、神学和政治学中去。谁要想在前沿科学上有所突破，必须首先是藐视一切旧传统的勇士。”

“对，你说得很对。我这一生就做了这些琐事。有人批判我是‘强科学主义者’，我觉得这其实是对我的赞美。我尤其厌恶那些以‘敬畏自然’为名诋毁科学的妄人。所谓‘敬畏自然’，实际是要让上帝复辟。人类已经用一万年的时间把上帝拉下宝座，难不成还要亲手再把他扶上去？”

“爷爷，你身体这么硬朗，一定能再活半个世纪。”

“但愿吧。过去有句著名的话：与天斗其乐无穷，与地斗其乐无穷，与人斗其乐无穷，我的好身板儿就是这么斗出来的。只要不死，还会和那些妄人继续斗下去。好，说说你吧。我刚刚看到有关报道，说你的研究小组取得了突破。”

“对，那项技术基本成熟了。用动物肌肉细胞体外培养的办法，来工业化生产人类急需的肉食。当然这是人造肉，但从细胞水平来说，又是真真正正的天然肉食。”

“人造天然肉！你的成就简直让人类语言穷于表达了。我的好孙子，这是一项伟大的革命性的跨越，其意义无论怎么评价都不算溢美。整整十万年来，人类获取食物原料的方式仅仅迈了一步，从游猎采集迈到畜牧种植。到你这儿才迈出第二步，迈入大规模工业化生产。毫不夸张地说，你的成就堪比教人稼穑的神农氏。”

“爷爷，你过奖了。其实动物细胞体外培养技术上个世纪就有，不过那时只用于生产疫苗、单抗、干扰素等药物。我的功劳是大大降低了生产成本，使其变成实用的肉类生产技术。你知道，用自然方式生产动物性蛋白，相对于同样热量的植物性蛋白，大约需要消耗三倍的能量。并不是能量守恒定律在这儿失效，而是把大部分能量消耗到动物的生理活动上了。现在用我的方法生产动物性蛋白，一点儿不比生产植物性蛋白昂贵，因为在我的技术中，并不需要动物奔跑和求偶，不需要心脏搏动和新陈代谢。”

“太好了。这种肉食什么时候能推向市场？”

“其实今天就可以。不过在推向市场前我想让它尽善尽美。还有一个次要问题需要解决——口感。”

“口感？据我推想应该不成问题，这种真正天然的人造肉肯定具有天然肉的口感吧。”

“你说得不错。但有了这项技术，我们可以对口感提出更高档的要求了，比如，可以用同样低廉的成本生产鲨鱼翅、熊掌或飞龙肉（注：东北密林中一种飞禽，肉质颇美）。”

“哈哈，听你这么一说，我已经垂涎欲滴了！飞龙早就基本绝种，你爷爷这辈子别说没吃过，见都没见过。我盼着哪天你给我端来一盘——孩子，你笑什么？已经带来了吗？别跟我卖关子了。”

“爷爷，区区飞龙肉算什么，还有比它更好的美味呢！来，你尝尝这种肉食。”

“这就是人造肉？从肌肉纤维来看，与天然肉毫无二致嘛。让我尝尝，哎呀，真的非常鲜美，肉质绝顶细嫩！我从来没吃过这样的美味。告诉爷爷，这是什么肉？”

“爷爷，这就是我今天回来的目的。除了为你祝寿，还想在你身上汲取勇气，就像我三十八年来一向做的那样。我把话头扯远一点儿吧。众所周知，人类与动物有一个重要区别，就是人类在文明化的进程中，逐渐形成了一条绝对的伦理禁忌：不食同类之肉。其实这种行为放在蒙昧时代并非不道德，那时俘虏的肉只不过是宝贵的动物蛋白，吃了就能活下去，不吃就可能饿死。如此而已。随着文明逐渐确立……”

“你不用细说了。你是说，你给我吃的是人肉？”

“准确地说，是用人的肌肉细胞体外培养生产的人造肉。直接称它‘人肉’肯定不合适，也太敏感，我还没有想到更确切的名字。当然，就细胞构造来说，或者从分子水平来说，它确实是百分之百的人肉，一点儿都不错。”

“我猜想，你为它肯定承受了很大的社会压力。”

“那是自然，有人甚至骂我是‘吃人科学家’‘食人族的返祖个体’。爷爷，我很苦恼。这完全是用人工方法生产的肉食，与人造的牛肉、猪肉、鸡肉并无任何不同，为什么不能吃？如果因为一些遗老们可笑的道德禁忌，就让人类无法享用世上最美味的肉食，我实在心有不甘。”

“那你还犹豫什么？往前走就是。我说过，伦理道德只是适应某种生产力水平的临时性建筑，可以随拆随建的。当科学与伦理道德冲突时，科学总是最后的胜利者。别管那些狂吠！尽管大胆推进你的研究，爷爷还盼着翘辫子之前能每天享用这种美味呢。当然啦，最好为它想一个合适的名字，免得不必要地刺激社会的神经。”

“谢谢爷爷，你这番话让我心中的阴霾一扫而光。爷爷，我对你五体投地。你已经90岁了，还保留着年轻人的勇气、朝气和思维方式。”

“说句自诩的话吧，我这一生始终保持着赤子之心，我是一位90岁的老赤子。”

“至于这种肉的名称——称它为‘神肉’如何？是‘神奇的肉食’的简称。”

“行，这个名字不错。其实它在中文里另有一层很妙的意义：神的肉。这算得上一个精当的隐喻：科学发展到今天，人类已经把神的权威当成日常便饭下肚了。来，我的好孙子，与爷爷拥别吧，我盼着你发明的神肉早一天摆到养老院的饭桌上。”

2

“爷爷，祝你91岁寿诞快乐。”

“来，让爷爷抱抱你，我的院士孙子。”

“爷爷，你要注意身体，你比去年瘦多了。”

“别担心，我虽然腿脚不灵，精神还好。这次为我带来什么礼物？”

“我先要感谢你去年的鼓励。神肉已经闯过了社会的道德关和舆论关。反对阵营虽然还在竭力鼓噪，但不至于影响大局了。说到底，除了少数死硬分子，有谁能逃过这种美味的诱惑呢？爷爷，今年我有更好的礼物送你。”

“什么礼物？快拿出来！”

“普通的神肉虽然非常美味，我已经不满足了。有了我的技术，人类能在更精细的水平上享用美味。我是说，可以进行订单式的生产，为每一个个人制造对他来说最美味的肉食，而且制造成本基本没有提高。”

“订单式口感的肉食？这可是个全新的概念，我想灵霄宝殿里的玉帝也没有这样的口福。快告诉我，它是什么样子？”

“爷爷，你别急，听我慢慢告诉你。咱们先回头说说，神肉为什么最美味。有一句大俗话：‘身上缺啥就想吃啥。’其实有深层的生物物理学机理。所谓口感并非无根之木，从本质上说，只是某人身体需要的外在表现，比如：体内缺少脂肪时觉得肥肉最香，等营养过剩时一见肥肉就恶心。神肉既然是人的肌肉细胞，当然其细胞构造和化学组成与人体最接近，也为人体最需要。”

“对，你说得很对。从本质上说，人只是一台执行各种生化程序的复杂机器，各种精神性的特质其实都能找到物理学的原因。”

“既然是这样，我就进一步想，个人的DNA毕竟有小小的不同，如果用本人的肌肉细胞作为样本来生产神肉，应该最接近他本人的生理需要，也最美味吧。我对此进行了深入研究，基本证实了这一结论，不过研究结果与我当初的设想多少有些不同——不是本人的肉最美味，而是其父母的肉最美味——不不，我说溜嘴了，应该是：用其父母的肌肉细胞做样本生产的神肉，对此人而言最美味。”

“哦……是这样！”

“至于为什么会是这个结果，我还没有得出最后的结论。也许下面的解释有一定道理，尽管它多少带有神秘主义的色彩：人们觉得源于父母的神肉最美味，是基于其潜意识中保留的对胎盘营养的记忆。”

“哦……”

“当然，你可以想见，这项技术进步又在道德卫士中引起了一场12级风暴，有人竟骂我丧尽天良，弑父食母。不过，爷爷，你尽管放心，我已经从你这儿获得了足够的精神武装，不会把这些聒噪放到心里。说到底，这种订单式神肉只用提取其父母的一个肌肉细胞，甚至只用拣拾其父母身上脱落的皮屑碎片就行。区区一个细胞，与他父母本人又有多大关系呢，每人每天都会掉落成千上万个皮肤细胞！爷爷，我爸妈就很达观，很乐意地为我提供了两个肌肉细胞，我已经据此生产出了两种订单式神肉。喏，这就是样品，你可以尝尝。可惜你不会品出其极品口感。我说过，订单式肉食的口感只能是某人独有的。”

“是吗？是很可惜。那我就不品尝了。”

“更可惜的是，爷爷，你的父母早就过世，无法取得他们的细胞，所以我永远无法为你生产订单式神肉了。我会为此抱憾终生。”

“不用可惜，我老了，没多少口腹之欲了。”

“爷爷，你是不是有点儿……不高兴？”

“嗯？不不，我没有不高兴。”

“这就对了。我知道以爷爷的勇气，肯定会坦然接受这项技术。否则的话，爷爷岂不是背叛了一生坚守的信念？哈哈，我只是开玩笑。”

“不，我当然不会背叛自己的信念。不过，孩子，我累了，我想休息了。再见。”

3

“爷爷，祝你92岁生日快乐。可惜，这次生日是在病床上度过。”

“我的好孙子，很高兴能再见你一面。据我的直觉，这很可能是咱们最后一次见面了。不过你不必伤感，也不必安慰我，科学信徒从不惧怕死亡。”

“爷爷，我衷心佩服你的达观。我相信你还能活到100岁、120岁。不过，等你离开那一天最终来到时，我也会坦然接受，我会学庄子鼓盆而歌，为你送行。”

“好的，听着你的歌声，在水晶棺里我也会笑醒的。”

“爷爷，我这次来，本来还有一件小事要求你。但你在病中，我不忍心再麻烦你。”

“没关系，你说吧。能在死前为我最疼爱的小孙子做一件事，我再高兴不过了。”

“那我就说了？”

“说吧。”

“去年我已经说过，我的爸妈，你的儿子儿媳为我提供了两个肌肉细胞，我已经生产出了两种对我而言是极品口味的神肉。我非常感激二老，想为他们做同样的事来回报他们。当然这就需要他们在世的父母提供细胞样本。前不久我见了外婆，你知道她的思想比较陈旧，自然不会乐意，我反复劝说她还是想不通。非常遗憾，我无法为妈妈生产极品神肉了。但我还可以为爸爸做这事，所以就来这儿了。”

“……”

“爷爷，我相信，依你一向坚守的信念，你绝不会忌讳做这件事，不会在乎贡献一个肌肉细胞的。”

“……”

“如果你不介意，我想在你胳臂上提取一个肌肉细胞。很方便的，用医院常用的取血针扎一下就行，一点儿也不疼。当然，如果你介意，我也可以在你的病床上找一些皮屑碎片做代用品，只是那样要多一个程序——唤醒皮肤细胞的全能性，使其转变成肌肉细胞。这个程序比较麻烦，所以，最好还是能让我提取一个你的肌肉细胞。”

“……”

“爷爷，你为什么不说话？如果不乐意就直说嘛。我会很乐意地顺从你的意愿，虽然我觉得像你这样的科学斗士不该有这些陈腐的忌讳。”

“……”

“爷……爷？爷爷！爷爷！！护士，快喊值班医生！……”

后记：

著名科幻作家克拉克曾写过一篇《神的食物》，预言了人工生产肉类的技术及其带来的道德困境。据最近国外的科技动态，用动物细胞体外培养法生产肉类食品的技术已经取得突破。当然，科学家们忙于低头研究，还没人抬头远眺其未来发展的所有可能……

失去的瑰宝

——二泉映月

2050年12月，我离开设在月球太空城的时旅管理局，回家乡探望未婚妻栀子。那天正好是阿炳先生逝世百年纪念日，她在梵天音乐厅举行阿炳二胡曲独奏音乐会。阿炳是她最崇敬的音乐家，可以说是她心目中的神祇。舞台背景上打出阿炳的画像，几支粗大的香柱燃烧着，青烟在阿炳面前缭绕。栀子穿着紫红色的旗袍走上台，焚香礼拜、静思默想后操起琴弓。《二泉映月》的旋律从琴弓下淙淙地淌出来，那是穷愁潦倒的瞎子阿炳在用想象力描绘无锡惠泉山的美景，月色空明，泉声空灵，白云悠悠，松涛阵阵。这是天籁之声，是大自然最深处流出来的净泉，是人类心灵的谐振。琴弓在飞速抖动，栀子流泪了，观众也流泪了。当最后一缕琴声在大厅中飘散后，台下响起暴雨般的掌声。

谢幕时栀子仍泪流满面。

回到家，沐浴完毕，我搂着栀子坐在阳台上，聆听月光的振荡、风声的私语。我说："祝贺你，你的演出非常感人。"栀子还沉浸在演出时的情绪激荡中，她沉沉地说："是阿炳先生的乐曲感人。那是人类不可多得的至宝，是偶然飘落人间的仙音。著名指挥家小泽征二在指挥《梁祝》时是跪着指挥的，他说，这样的音乐值得跪着去听！对《二泉映月》何尝不是如此呢！阿炳一生穷愁潦倒，但只要有一首《二泉映月》传世，他的一生就值了！"

栀子的话使我又回到音乐会的氛围，凄楚优美的琴声在我们周围缭绕。我能体会到她的感受，因为我也是《二泉映月》的喜爱者，我们的婚姻之线就是这首乐曲串起来的。

栀子喜爱很多二胡名曲，像刘天华的《良宵》《烛影摇红》《光明行》《空山鸟语》等，但对阿炳的琴曲更有近乎痛惜的怜爱。为什么？因为它们的命运太坎坷了。它们几乎湮埋于历史的尘埃中，永远也寻找不到。多亏三位音乐家以他们对音乐的挚爱，以他们过人的音乐直觉，再加上命运之神的眷顾，才在阿炳去世前三个月把它们抢救下来。

这个故事永远珍藏在栀子心中。

1949年春天，经音乐大师杨荫浏的推荐，另一著名音乐家储师竹（民乐大师刘天华的大弟子）收了一位年轻人黎松寿做学生，历史就在这儿接合了。一次，作为上课前的热身，学生们都随便拉着一段曲子。在杂乱的乐声中，储师竹忽然对黎松寿说："慢着！你拉的是什么曲子？"

黎松寿说："这段曲子没名字，就叫瞎拉拉，是无锡城内的瞎子乐师阿炳街头卖艺时常拉的。我与阿炳住得很近，没事常听，就记住了。"储师竹让其他人停下，说："你重新拉一遍，我听听。"

黎松寿凭记忆完整地拉了一遍，储师竹惊喜地说："这可不是瞎拉拉！这段乐曲的功力和神韵已达炉火纯青的境界，是难得一见的瑰宝呀！今天不上课了，就来聊聊这位阿炳吧！"恰巧同在本校教书的杨荫浏过来串门，便接上话题聊起来。阿炳原名华彦钧，早年曾当过道观的主持。他天分过人，专攻道教音乐和梵乐，各种乐器无不精通。但阿炳生活放荡，30岁时在烟花巷染病瞎了眼，又染上大烟瘾，晚年生活极为困苦。一位好心女人董彩娣收留了他，每天带他去街上演奏，混几个铜板度日。

两位音乐家商定要录下阿炳的琴曲。1950年9月，他们带着一架钢丝录音机找到阿炳。那时阿炳已经久未操琴。三年前，一场车祸毁了他的琵琶和二胡，当晚老鼠又咬断了琴弓，接踵而来的异变使阿炳心如死灰，他想大概是天意让我离开音乐吧。客人的到来使他重新燃起希望，他说："手指已经生疏了，给我三天时间让我练一练。"客人从乐器店为他借来二胡和琵琶，三天后，简陋的钢丝录音机录下了这些旷世绝响。共有：

二胡曲：《二泉映月》《听松》《寒春风曲》。

琵琶曲：《龙船》《昭君出塞》《大浪淘沙》。

阿炳对他的演奏很不满意，央求客人让他练一段再录，于是双方约定当年寒假再来。谁料，三个月后阿炳即吐血而亡！这6首曲子便成了阿炳留给人类的全部遗产。

栀子说："何汉，每当回忆起这段史实，我总有胆战心惊的感觉。假如黎松寿不是阿炳的同乡，假如他没有记住阿炳的曲子，假如他没在课堂上拉这段练习曲，假如储师竹先生没有过人的鉴赏力，假如他们晚去三个月……太多的假如啊，任一环节出了差错，这些人类瑰宝就将永远埋没于历史长河中，就像三国时代嵇康的《广陵散》那样失传。失去《二泉映月》的世界将是什么样子？我简直难以想象。"

栀子说："这6首乐曲总算保存下来，可是另外的呢？据说阿炳先生能演奏300多首乐曲，即使其中只有十分之一是精品，也有30首！即使只有百分之一是《二泉映月》这样的极品，还有2首！可惜它们永远失传了，无可挽回了。"

栀子微微喘息着，目光里燃烧着痴狂的火焰，她说："何汉，你会笑话我吗？我知道自己简直是病态的痴迷，那些都已成为历史，不能再改变，想也无用。可是只要一想到这些丢失的瑰宝，我就心痛如割。这么说吧，假如上帝说，可以用你的眼睛换回其中一首，我会毫不犹豫地剜出自己的眼珠……"

"不要说了，栀子，你不要说了，我决不会笑话你，我已经被你的痴情感动了。可是，你知道吗？"我犹豫地、字斟句酌地说，"那些失去的乐曲并不是没法子找回来。"

"你说什么？你说什么？"

"我说，我可以帮你找到那些失落的瑰宝。只是我做了之后，恐怕就要失业了，进监狱也说不定。你知道，时空管理局的规则十分严格，处罚严厉无情。"

栀子瞪大眼睛望着我，然后激动地扑入我的怀中。

我们选择了1946年，即阿炳还没有停止拉琴的那个时期。抗日战争刚刚结束，胜利的喜悦中夹杂着凄楚困苦。惠山寺庙会里人头攒动，到处是游人、乞丐，小贩、算命先生。江湖艺人在敲锣打鼓、翻筋斗、跳百索、立僵人，地摊上摆着泥人大阿福。我们在庙会不远处一条小巷里等待，据我们打听的消息，阿炳常在这一带卖艺。小巷里铺着青石板，青砖垒就的小门洞上爬着百年紫藤，银杏树从各家小院中探出枝叶。我穿着长袍，栀子穿着素花旗袍，这都是那时常见的穿着。不过我们总觉得不自在。行人不经意扫过来一眼，我们就认为他们已看穿了我们时间旅行者的身份。

阿炳来了。

首先是他的琴声从巷尾涌来。是那首《听松》，节奏鲜明，气魄宏大，多用老弦和中弦演奏，声音沉雄有力。片刻之后，两个身影在拐角出现，前边是一位中年女人，穿蓝布大襟上衣，手里牵着阿炳长袍的衣角，显然是他的夫人董彩娣。阿炳戴着墨镜和旧礼帽，肩上、背上挂着琵琶、笛子和笙，一把二胡用布带托在胯部之上，边走边拉，这种行进中的二胡演奏方式我还是头一次见到。

阿炳走近了，我忙拉过栀子，背靠砖墙，为两人让出一条路。董彩娣看了我们一眼，顺下目光，领阿炳继续前行。阿炳肯定没感觉到我们的存在，走过我们面前时，脚步没一点儿凝滞。

他们走过去了，栀子还在呆望着。对这次会面她已在心中预演过千百遍，但真的实现了，她又以为是在梦中。我推推她，她才如梦初醒。我们迅速赶过阿炳，在他们前边的路侧倒行着，把激光录音头对准阿炳胯前的琴筒。阿炳的琴声连绵不断，一曲刚了，一曲接上，起承时流转自然。我们在其中辨识出了《二泉映月》《寒春风曲》，也听到了琵琶曲《龙船》《昭君出塞》《大浪淘沙》的旋律，但更多的是从未听过的琴曲。我未听过，作为专业演奏家的栀子也没听过。我还发现一个特点，阿炳的马尾琴弓比别人的都粗，他的操弓如云中之龙，夭矫多变，时而沉雄，时而凄楚，时而妩媚，而贯穿始终的基调则是苍凉高远。栀子紧盯着阿炳的手，物我两忘，与音乐融为一体。

即使是我们熟悉的《二泉映月》，听先生本人的演奏也是别有风味。留传后世的那次演奏是粗糙的钢丝录音，无法再现丰富的低音域，再说，那时阿炳也不在艺术生涯的巅峰。唯有眼前的演奏真实表现了先生的功力。我看见栀子的嘴唇颤抖着，眼眶里盈满了泪水。

整整一天，我们像导盲犬一样走在先生前面。阿炳先生没有觉察，董彩娣常奇怪地看看我们，不过她一直没有多言。街上的行人或闲人笑眯眯地看着阿炳走过去，他们已见惯不惊了，不知道自己聆听的是九天之上的仙音。不时有人扔给董彩娣几个零钱，董恭顺地接过来，低眉问好。有时阿炳在某处停一会儿，但仍是站着演奏，这时周围就聚起一个小小的人群。听众多是熟悉阿炳的人，他们点名要阿炳拉哪首曲子，或换用哪种乐器。演奏后，他们的赏钱也稍多一些。

夕阳西斜，董彩娣拉着丈夫返回，在青石板上拖着长长的影子。我和栀子立即赶回时间车，用整整一夜的时间重听录音并做出统计。今天阿炳先生共演奏了270首乐曲，大概基本包括他的全部作品了。据栀子说，它们几乎个个都是精品，而且其中至少有15首是堪与《二泉映月》媲美的极品！栀子欣喜得难以自禁，深深地吻我。她激动地说："汉，知道你对人类做出了多大的贡献吗？储师竹、杨荫浏先生只录下6首，我们录下270首呀。"

我笑道："那你就用一生的爱来偿还我吧。咱们明天的日程是什么？要尽量早点儿返回。不要忘了，我们是未经批准的时间偷渡者。”

栀子说：“明天再去录一次，看看先生还有没有其他作品。更重要的是，我想让阿炳先生亲自为他的乐曲定出名字。汉，我真想把阿炳先生带回现……”

我急忙说：“不行，绝对不行，连想也不能想。别忘了你出发前对我的承诺！”

栀子叹口气，不说话了。

第二天春雨淅淅，我们在街上没等到先生，便辗转打听，来到先生的家。一座破房，门廊下四个孩子在玩耍，他们是董彩娣前夫的孩子，个个衣衫褴褛、浑身脏污。董彩娣不在家，孩子们说她“缝穷”去了（给单身穷人做针线活）。阿炳先生坐在竹椅上，仍戴着墨镜和礼帽，乐器挂在身后的墙上，似乎随时准备出门。他侧耳听我们进屋，问：“是哪位贵客？”

栀子趋步上前，恭恭敬敬地鞠躬，说：“阿炳先生，华先生，我们把你昨天的演奏全录下来了，请你听听，告诉我们每首曲子的曲名，好吗？”

不知先生是否听懂她的话意，他点头说：“好呀好呀。”栀子打开激光录音机，第一首先放《二泉映月》，她想验证一下阿炳会给它起什么名字。凄楚优美的琴声响起来，非常清晰真切，带有强烈的穿透力。阿炳先生浑身一颤，侧耳聆听一会儿，急迫地问：

“你们哪位在操琴？是谁拉得这么好？”

栀子的泪水慢慢溢出眼眶：“先生，就是你呀，这是你昨天的录音。”

原来阿炳先生没听懂栀子刚才的话，他还不知道什么是录音。栀子再次做了解释，把录音重放了一遍，阿炳入迷地倾听着，被自己的琴声感动了。四个孩子挤在门口，好奇地望着栀子手中能发出琴声的小玩意儿。一曲既毕，栀子说："阿炳先生，这是你的一首名曲，它已经……"她改了口，"它必将留传千秋后世。请你给它定出一个正式名字吧。"

阿炳说："姑娘——是小姐还是夫人？"

"你就喊我栀子姑娘吧。"

他苍凉地说："栀子姑娘，谢谢你的夸奖，我盼知音盼了一辈子，今天才盼来啦。有你的评价，我这一生的苦就有了报偿。这首曲子我常称它'瞎拉拉'，若要起名字，就叫……'二泉月冷'吧。"

栀子看看我。"二泉月冷"与"二泉映月"意义相近，可以想见，阿炳先生对自己每首曲子的意境和主旨是心中有数的。栀子继续播放，现在是她挑出的15首极品中的一首，乐曲旷达放逸，意境空蒙辽远，栀子问："这一首的名字呢？"

阿炳略为沉吟："叫'空谷听泉'吧。"

我们一首一首地听下去，阿炳也一首首给出曲名："山坡羊""云海荡舟""天外飞虹"等。雨越下越大，董彩娣回来了，看来她今天出门没揽到活计。她站在门口惊奇地看着我们俩，我们窘迫地解释了来意。她不一定听得懂我们的北方话，但她宽厚地笑笑，坐到丈夫身边。

我俩和阿炳先生都沉浸在音乐氛围中，没注意到阿炳妻子坐立不安的样子。快到中午了，她终于打断阿炳的话头，伏在他耳边轻声说着什么。栀子轻声问："她在说什么？"

我皱着眉头说："似乎是说中午断粮，她要把琵琶当出去，买点儿肉菜招待我们。"

栀子眼眶红了，急急掏出钱包："先生，我这儿有钱！"肯定她想起人民币在那时不能使用，又急忙扯下耳环和项链："这是足金的首饰，师母请收下！"

我厉声喝道："栀子！"

栀子扭回头看看我，这才想起出发前我严厉的嘱咐。她无奈地看看阿炳夫妇，泪水夺眶而出。忽然她朝阿炳跪下，伏地不起，肩膀猛烈地抽动。董彩娣惊慌地喊：

"姑娘，你别这样！"她不满地看看我，过去拉栀子，"姑娘，我不会收你的金首饰，别难过，快起来！"

我十分尴尬，无疑，董把我当成吝啬而凶恶的丈夫了，但我唯有苦笑。阿炳先生也猜到了眼前发生的事，把妻子叫过去低声交代着，让她到某个熟人那儿借钱。趁这当儿，我急忙扯起栀子离开这里，甚至没向阿炳夫妇告别。

栀子泪水汹涌，一直回望着那座破房。

这趟旅行之前，我曾再三向栀子交代：

"时间旅行者不允许同异相时空有任何物质上的交流。这项规定极为严厉，是旅行者必须遵守的道德底线。你想，如果把原子弹带给希特勒，把猎枪带给尼安德特人，甚至只是把火柴带给蓝田猿人……历史该如何震荡不已！可是，'这一个'历史已经凝固了，过度剧烈的震荡有可能导致时空结构的大崩溃。”

那时栀子努着嘴娇声说：“知道啦，知道啦，你已经交代10遍了。”

“还有，与异相时空的信息交流也不允许——当然少量的交流是无法避免的，咱们回到过去，总要看到听到一些信息。但要绝对避免那些对历史进程有实质性影响的信息交流！比如，如果你告诉罗斯福，日本将在1941年12月7日发动珍珠港袭击；或者告诉三宝太监郑和在他们航线前方有一个广袤的大陆……”

栀子调皮地说：“这都是好事嘛，要是那样，世界肯定会更美好。”

“不管是好的剧变，还是坏的剧变，都会破坏现存的时空结构。栀子，这事开不得玩笑。”

栀子正容说：“放心吧，我知道。”

回到时间车里，栀子啜泣不已，我柔声劝慰着：“看着阿炳先生挨饿，我也很难过，但我们确实无能为力。”栀子猛然抬起头，激动地说：“这样伟大的音乐家，你能忍心旁观他受苦受难，四年之后就吐血而死？汉，我们把阿炳先生接回2050年吧！”

我吃了一惊，呵斥道：“胡说！我们只是时间旅行者，不能改变历史的。需要改变的太多了，你能把比干、岳飞、凡·高、耶稣都带回到现代？想都不能想。”我生气地说，“不能让你在这儿再待下去了，我要立即带你返回。”

栀子悲伤地沉默了很久，才低声说：“我错了，我知道自己错了。当务之急是把这270首乐曲带回去，只要这些音乐能活下去，阿炳先生也会含笑九泉的。”

“这才对呢，走吧！”

我启动了时间车。

一辆时空巡逻车在时空交界处等着我们，局长本人坐在车里。他冷冷地说：“何汉，我很失望，作为时空旅行管理局的职员，你竟然以身试法，组织时空偷渡。”

我无可奈何地说：“局长，我错了，请你严历处罚我吧！”

局长看看栀子：“是爱情诱你犯错误？说说吧，你们在时间旅行中干了什么。”

他手下的警察在搜查我的时间车。我诚恳地说：“我们没有带回任何东西，也没有在过去留下任何东西。我的未婚妻曾想将首饰赠予阿炳夫妇，被我制止了。”

“这台录音机里录了什么？”

我知道得实话实说：“局长，那是瞎子阿炳失传的270首乐曲。”

局长的脸唰地变白：“什么？你们竟然敢把他失传的乐曲……”

栀子的脸色比局长更见惨白：“局长，那是人类的瑰宝啊！”

局长痛苦地说：“我何尝不知道。栀子姑娘，我曾多次聆听过你的演奏，也对阿炳先生十分敬仰。但越是这样我越不能宽纵。时空禁令中严禁‘对历史进程有实质性影响的信息’流入异相时空，你们是否认为，阿炳先生的270首乐曲是微不足道的东西，对历史没有实质性影响？”

我哑口无言，绝望地看看栀子。栀子愣了片刻，忽然说：“算了，给他吧！局长说得有道理，给他吧！”

我很吃惊，不相信她肯这么轻易地放弃她心中的圣物。栀子低下头，避开我的目光，但一瞥之中我猜到了她的心思：她放弃了录音带，放弃了阿炳先生的原奏，但她已把这些乐曲深深镌刻在脑海中了。270首乐曲啊，她在听两遍之后就能全部记住？不过我想她会的，因为她已经与阿炳先生的音乐融为一体，阿炳的灵魂就寄生在她身上。

局长深感歉然：“何汉，栀子小姐，我真的十分抱歉。我巴不得聆听阿炳的新曲，我会跪在地上去听——但作为时空管理局的局长，我首先得保证我们的时空结构不会破裂。原谅我，我不得不履行自己的职责。”他命令两个警察：“带上栀子小姐和她的激光录音机，立即押送时空监狱。我知道那些乐曲还镌刻在栀子小姐的大脑中，我不敢放你进入‘现在’。”

我全身的血液一下子流光了，震惊地望着局长。时空监狱——这是令人毛骨悚然的地方。它的时空地址是绝顶机密，没人知道它是在2万年前还是10万年后。人们只知道，时空监狱只用来对付时空旅行中的重犯，凡是到那儿去的人从此音讯全无。局长不忍心看我，转过目光说：

“请栀子小姐放心，我会尽量与上层商量，找出一个妥善的办法，让栀子小姐早日出狱——实际上现在就有一个通融办法：如果栀子小姐同意做一个思维剔除术，把那部分记忆删去，我可以马上释放你。”

栀子如石像般肃立，脸色惨白，目光悲凉，她决绝地说：“我决不会做思维剔除术，失去阿炳先生的乐曲我会生不如死。走吧，送我去时空监狱。”

我把栀子搂入怀中，默默地吻她，随后抬起头对局长说：“局长，我知道你的苦衷，我不怪你。不过，请你通融一下，把我和栀子关到一个地方吧。”

栀子猛然抬头，愤愤地喊：“何汉！”她转向局长，凄然说：“能让我们单独告别吗？”

局长叹了口气，没忍心拒绝她。等局长和两名警察退离后，我说：“栀子，不要拒绝我。没有你，我活着还有什么趣味？”

栀子生气地说：“你真糊涂！你忘了最重要的事！”她变了，一个多愁善感的小女人顷刻之间变得镇静果断。她盯着我问：“你也有相当的音乐造诣，那些乐曲你能记住多少？”

“可能……有四五首吧，都是你说的极品，它们给我的印象最深。”

“赶紧回去，尽快把它们回忆出来，即使再有一首能流传下去，我……也值了。去吧，不要感情用事，那样于事无补。”

我的内心激烈斗争着，不得不承认她的决定是对的。“好吧，我们分开后，我会尽量回忆出阿炳的乐曲，把它传播出去。然后，我会想办法救你出狱。”

栀子带泪笑了：“好的，我等你——但首先要把第一件事干好。再见！”

我们深情吻别，我目送栀子被带上时空巡逻车，一直到它在一团绿雾中消失。

水星播种

——科幻中的『圣经』

再宏伟的史诗性事件也有一个普通的开端。2032年，正当万物复苏的季节。这天我和客户谈妥一笔千万元的订单，晚上在得意楼宴请了客户。回到家中已是11点，儿子早睡了，妻子田娅依在床头等我。酒精还在血管中燃烧，赶跑了我的睡意，妻子泡了一杯绿茶，倚在身边陪我闲聊。我说："田娅，我的这一生相当顺遂呀，年方34岁，有了两千万资产，生意成功，又有美妻娇子。人生如此，夫复何求！"妻子知道我醉了，抿嘴笑着没接话。

这时电话铃响了，拿起听筒，屏幕上显出一位男人，身板硬朗，一头银发一丝不乱，目光沉静，也透着几分锐利。他微笑着问：

"是陈义哲先生吗？我是何俊律师。"

"我是陈义哲，请问？"

何律师举起手指止住我的问话，笑道："虽然我知道不会错，但我仍要核对一下。"他念出我的身份证号码，我父母的名字，我的公司名称，"这些资料都没错吧。"

"不错。"

"那么，我正式通知你，我的当事人沙午女士指定你为她的遗产继承人。沙女士是5年前去世的。"

我和妻子惊异地对看一眼，"沙午女士？我不认识——噢，对了！"我突然想起来了，小时在爸爸的客人中有这么一位女士，论起来是我的远房姑姑。她那时的年龄在40岁左右，个子矮小，独身，没有儿女，性格似乎很清高恬淡。在我孩提的印象中，她并不怎么亲近我，但老是坐在角落里静静地观察我。后来我离开家乡，再没有听过她的消息。她怎么忽然指定我为遗产继承人呢？“我想起沙午姑姑了，对她的去世我很难过。我知道她没有子女，但她没有别的近亲吗？”

“有，但她指定你为唯一继承人。想知道为什么吗？”

“请讲。”

“还是明天吧，明天请允许我去拜访你，上午9点，可以吗？好，再见。”

屏幕暗下去，我茫然地看着妻子，这个消息太突然了。妻子抿嘴笑着：“义哲先生，你的人生的确顺遂呀。看，又是一笔天外飞来的遗产，没准它有几个亿呢。”

我摇摇头：“不会。我知道沙午姑姑是一名科学家，收入虽丰，但仍属于工薪阶层，不会有太丰厚的遗产。不过我很感动，她怎么不声不响就看中我呢？说说看，你丈夫是不是有很多优点？”

“当然啦，不然我怎么会在50亿人中选上你呢。”

我笑着搂紧妻子，把她抱到床上。

第二天，何律师准时来到我的公司。我让秘书把房门关上，交代下属不要来打扰。何律师把黑色皮包放在膝盖上，我想，他马上会拉开皮包，取出一份遗嘱宣读了。但他没有这样做，而是轻叹道：

“陈先生，恐怕这是我一生中最困难的律师业务。为什么这样说？以后你会明白的。现在，先说说我的当事人为什么指定你继承遗产吧。”

他说：“还记得你两岁时的一件事吗？那时你刚刚会说一些单音节的词。一天你父母抱着你出门玩，沙女士也陪着。你们遇到一家饭店正在宰牛，血流遍地，牛的眼睛下挂着泪珠。你们在那儿没有停留，大人们都没料到你会把这件事放到心里。回家后你一直闷闷不乐，反复念叨着，刀、杀、刀、杀。你妈妈忽然明白了你的意思，说：你是说那些人用刀杀牛，牛很可怜，对不对？你一下子放声大哭，哭得惊天动地，劝也劝不住。从那之后，沙女士就很注意你，说你天生有仁者之心。”

我仔细回想，最终还是摇了摇头，这件事在我心中已没有一丝记忆。何律师又说，另一件事则是你7岁之后了。沙女士说，那时你有超出7岁的早熟，常常皱着眉头愣神，或向大人问一些古古怪怪的问题。有一天你问沙姑姑，为什么闭上眼睛后，眼帘上并不是空的，不是绝对的黑暗，而是有无数细小的微粒、空隙或什么东西飘来飘去，但无法看清它们。你常常闭上眼睛努力想看清，总也办不到，因为当你把眼珠对准它时，它会慢慢滑出视野。你问沙姑姑，那些杂乱的东西是什么？是不是在我们看得见的世界背后，还有一个看不见的世界？

我点点头，心中发热，也有些发酸。童年时我为这个毫无意义的问题苦苦追寻过，一直没有答案。即使现在，闭上眼睛，我仍能看到眼帘上乱七八糟的麻点，它确实存在，但永远在你的视野之外。也许它只是瞳孔微结构在视网膜上的反映？或者是另一个世界（微观世界）的投影？现在，我已没有闲心去探求这个问题了，能有什么意义呢。但童年时，我确实为它苦苦寻觅过。

我没想到这件小事竟有人记得，我甚至有点畏惧：一个人的一生中，有多少双眼睛在默默地观察你啊。何律师盯着我眼睛深处，微笑道：

“看来你回忆起来了。沙女士说，从那时起她就发现你天生慧根，天生与科学有缘。”

我猜度着，沙姑姑的遗产大概与科学研究有关吧，可能她有某个未完成的重要课题等待我去解决。我很感动，但更多的是苦笑。少年时我确实有强烈的探索欲，无论是磁铁对铁砂的吸引，还是向日葵朝着太阳的转动，都能使我迷醉。我曾梦想做一个洞悉宇宙奥秘的科学家，但最终却走上经商之路。人的命运是不能全由自己择定的。

“谢谢沙姑姑对我的器重。但我只是一个商人，在商海中干得还不错。我没有接受过高等教育，即使我真的有慧根，这慧根也早已枯死了。”

“没关系，她对你非常信赖，她说，你一旦回头，便可立地成佛。”他强调道，“一旦回头，立地成佛，这是沙女士的原话。”

我既感动，也有些好笑，看来这位沙姑姑是赖上我啦！她就只差说“苦海无边，回头是岸”了。不过，如果继承遗产意味着放弃我成功的商业生涯，那沙姑姑恐怕要失望了。但我仍然礼貌地等客人往下说。老于世故的何律师显然洞悉我的心理，笑道：

“我已经说过，这是我最困难的一次律师业务。你是否接受这笔遗产，务请认真考虑后再定夺，你完全可以拒绝的。”他歉然说，“对不起，我现在还不能宣布遗嘱的内容。遵照我当事人的规定，请你先看看这本研究笔记，如果你对它不感兴趣，我们就不必深谈了。请你务必抽时间详细阅读，这是立嘱人的要求。”

他从黑提包里取出一本薄薄的笔记，郑重地递给我，然后含笑告辞。

这位狡猾的老律师成功地勾起了我的好奇心，我匆匆安排了一天的工作，带上笔记本回到家中。家里没有人，我走进书房，关上门，掏出笔记本认真端详。封皮是黑色的，已有磨损，显然是几十年前的旧物。它静静地躺在我手中，就像是惯于保守秘密的沧桑老人。笔记本里究竟藏有什么秘密？

我郑重地打开它。不，没什么秘密，只是一般的研究笔记，是心得、杂记和一些试验记录。遣词用句很简练，看懂它比较困难，不过我还是认真看下去。后来，我看到一篇短文，一篇不足千字的短文，这篇短文影响了我的一生。

《生命模板》

20世纪后半期，科学家费因曼和德雷克斯勒开启了纳米科学的先河。他们说，自古以来人们制造物品的方法都是“自上而下”的，是用切削、分割、组合的方法来制造。那么，为什么我们不能“自下而上”呢？可以设想制造这样的纳米机器人，它们能大量地自我复制，然后它们去分解灰尘的原子，再把原子堆砌成肥皂和餐巾纸。这时，生命和非生命、制造和成长的界限就模糊了，互相渗透了。

这当然是一个美好的设想，可惜其中有一个重大的缺陷——当纳米机器人大量复制时，当它们把原子堆砌成肥皂和餐巾纸时，它们所需的程序指令从何而来？毫无疑问，这个指令仍是自上而下的，因此就形成宏观世界到纳米世界的信息瓶颈。这个瓶颈并非不能解决，但它会使纳米机器人大大复杂化，使自下而上的堆砌烦琐得无法进行。

有没有简便的真正自下而上的方法？有。自然界有现成的例子——生命。即使最简单的生命，如艾滋病毒、大肠杆菌、线虫、蚊子，它们的构造也是极复杂的，远远超过汽车、电视机等机器。但这些复杂体却能按DNA中暗藏的指令，自下而上的建造起来。这个过程极为高效和低廉。想想吧，如果以机械的办法造出一架功能不弱于蚊子的微型直升机，需要人们做出多么艰巨的努力！付出多少金钱！而蚊子的发育呢，只需要一颗虫卵和一池污水就行了。

由于生命体的极端复杂和精巧，人们常把它神秘化，认为它只能是上帝所创造，认为生命体的建造过程是人类永远无法破译的黑箱。实际上并非如此，只要用还原论的手术刀去剖析它，就会发现它也是一种自组织过程，仅此而已。宇宙中的一切都是由自组织形成：宇宙大爆炸形成的夸克；宇宙星云中产生的星体；地球岩石圈的形成；石膏和氯化钠的结晶；六角形雪花的凝结，等等等等。宇宙中的四种力：强力、弱力、电磁力和引力是万能的黏合剂，是它们促使复杂组织能自发地建造。

生命也是一种自组织，不过是高层面的自组织。两者的区别在于：非生命物质自组织过程是不需要模板的，或者说它也要模板，但这种模板很简单，宇宙中无处不有。所以，太阳和100亿光年外的恒星可以有相同的成长过程；巴纳德星系的行星上如果飘雪花，它也只能是六角，绝不会是五角。而生命体的自组织需要复杂的模板，它们只能产生于难得的机缘和亿万年的进化。但不管怎么说，生命体的建造本质上也是一种物理过程，是由化学键（实质上是电磁力）驱使原子自动堆砌成原子团，原子团变形、拓展、翻卷，直到生命体建造出来。

想造一台微型直升机吗？假如我们找到类似蚊卵的模板（当然不需要吸血功能），让它孵化、发育……这个工作该多么简单！

不过，以蛋白质为基础的生命体有致命的弱点：它太脆弱，不耐热，不耐冻，不耐辐射，寿命短，强度低，等等。那么，能否用硅、锡、钠、铁、铝、汞等金属原子，依照生命体的建造原理，“自下而上”地建造出高强度的纳米机器，或纳米生命呢？

经过30年的摸索，我想我已制造了硅锡钠生命的最简单的模板。

也许我确实有科学的慧根，我马上被这篇朴实的文章吸引住了。它剖析了复杂的大千世界，轻松地抽出清晰的脉络。尤其是结尾那句简短的、平淡的宣布，纵然是科学的外行也能掂出它的分量。一种硅锡钠生命的模板！一种高强度的，完全异于现有生命形式的新生命！可以断定，我将得到的遗产肯定与之有关。

我立即打电话给何律师，直截了当地问他：“何律师，那种硅锡钠生命是什么样子？现在在哪儿？”

何律师在电话中大笑道：

“沙女士的估计完全正确，她说你会打电话来的，还说如果你不打来电话，律师就可以中断工作了。她没看错你。来吧，我领你去，那种新型生命在她的私人实验室里。”

沙女士的试验室在城郊的一座小山坡上，是一幢不大的平房，屋内有两名工作人员正在安静地工作。何律师引我参观各屋的设施，耐心解释着。他笑着说道：“给沙女士当了10年律师，我已成半个纳米科学家啦。”他领我到实验室的核心——所谓的生命熔炉。四周是厚厚的砖墙，打开坚固的隔热门，灼热的气浪扑面而来，里面是一个约有100平方米的大熔池，暗红色的金属液在其中缓缓地涌动。看不到加热装置，大概藏在熔池下面吧。透过熔池上方因高热而畸变的空气，能看到对面墙上有一面金属蚀刻像，那是一位相貌普通的中年女人，何律师说那就是沙午女士了。她默默俯视着下面灼热的熔池，目光慈爱，又透着苍凉，就像远古的女娲看着她刚用泥土团成的小人。

何律师告诉我，这是些低熔点金属（锡、铅、钠、汞等）的混合熔液，其中散布着硅、铁、铬、锰、钼等高熔点物质，这些高熔点物质尺寸为纳米级，在熔液中保持着固体形态。我们的变形虫——即沙女士说的新型生命——正是以这些纳米级固相原子团为骨架，俘获一些液相金属而组成的。熔池常年保持在490℃正负85℃的范围，这是变形虫最适宜的生存环境。“现在，看看它们的真容吧。”

他按一下按钮，侧面墙上映出图像。图像大概是用X光层析技术拍的，画面一层层透过液体金属，停在一个微小的异形体上。从色度看，它和周围的液体金属几乎难以区分，但仔细看可以看出它四周有薄膜团住。它努力蠕动着，在黏稠的金属液中缓缓地前进，形状随时变化，身后留下一道隐约可见的尾迹，不过尾迹很快就消失了。

“这就是沙女士创造的变形虫，是一种纳米机器，或纳米生命。在这个尺度的自组织活动中，机器和生命这两个概念可以合而为一了。”何律师说，“它的尺度有几百纳米，能自我复制，能通过体膜同外界进行新陈代谢。不过它吃食物只是为了提供建造身体的材料（尤其是固相元素），并不提供能量。它实际是以光为食物，体膜上有无数光电转换器，以电能驱动它体内的金属‘肌肉’进行运动。”

我紧紧盯着屏幕，喃喃地说：“不可思议，真是不可思议！”

“是啊，和地球上的生命完全不同。它的死亡和繁衍更离奇呢。一只变形虫的寿命只有12—16天，在这段时期，它们蠕动、吞吃、长大，然后蜷成一团，使外壳硬化。在硬壳内的物质发生‘爆灭’，重新组合成若干只小变形虫。至于爆灭时生命信息如何向后代传递，沙女士去世前还未及弄清。”

“它们繁殖很快吗？”

“不快，金属液中的变形虫达到一定密度时，就会自动停止繁殖。我想其内在原因是合适的固相材料被耗尽了。看！快看！镜头正好捕捉到一只快要爆灭的变形虫！”

屏幕上，一只变形虫的外壳显然固化了，在周围缓缓涌动的金属液中，它的形状保持不变。片刻之后，壳体内爆发出一道电光，随之壳内物质剧烈翻动，又很快平静下来，分成四个小团。然后硬壳破裂，四只小变形虫扭转着身体，向四个方向缓缓游走。

我看呆了，心中有黄钟大吕在震响，那是深沉苍劲的天籁，是宇宙的律动。我记得有不少科学家论述过生命的极限环境，但谁能想到，在500℃的金属液中，会有一种金属生命，一种不依赖水和空气的生命？这种生命模板的合成是多么艰难的事，那应该是上帝10亿年的工作，沙姑姑怎么能在几十年的研究中就把它创造出来？我瞻望着她的雕像，心中充满敬畏。何律师关上隔热门，领我回办公室。他说：

“这种生命还相当粗糙，它体内光电转换器的效率还不如普通的太阳能板呢。沙女士说，经过一代代进化后，它们也会像地球生命一样精巧，不过那肯定是几亿年以后的事了。至少在我接手后的5年里，这些慢性子的家伙们没有一点儿变化。”

我问：“这是私人实验室？得不到政府的支持？”

“对，至于原因，我想你能猜到。从实用主义观点看，这种研究恐怕在几千万年内毫无价值。沙女士开始研究时，原是想创造某种能耐高温、有实用价值的纳米机器人。后来她阴差阳错地搞出了这种小变形虫，但一直没有为它找到实际用途。沙女士去世后，委托我用她的财产维持生命熔炉的运转，不过，这笔资金很快就要告罄了。”

他看看我，我看看他，我们都知道这句话的含意。沙女士留给我的，实际是一笔负资产，我一旦接下，就要向这座熔炉投入大量的资金，直到用尽家财。然后，然后该怎么办？再去寻找一个像我这样易于被感动的傻瓜？

但不管怎样，我无法拒绝。这些生命尽管粗糙，终究已脱离物质世界。它们是妙手偶得的孤品，如果生存下去，也许能复现地球生命的绚丽。我怎忍心让它们因我而死呢。童年的科学情结忽然复活了，就像是一泓春水悄悄融化着积雪。我叹口气："何律师，宣布遗嘱吧。"

"啊，不，"何律师笑道："遵照沙女士的规定，还有第二道程序呢。请你先看完这封信吧。"

他从皮包中掏出一件封固的信，郑重地递给我。我狐疑地接过来，撕开。信笺上用手写体简单地写着两行字，其内容是那样惊世骇俗：

"致我的遗产继承人：

真正的生命是不能圈养的，太阳系中正好有合适的放养地——水星。"

我呆住了。我瞠目结舌，太阳穴的血管嘭嘭跳动。那个狡猾的律师似笑非笑地看着我，他一定料到了这封信对我的震撼。是啊，与这两行字相比，此前我看到的一切还值得一提吗?

索拉星

《圣书》《创世纪》

大神沙巫创造了索拉人。沙巫神是父星之独子，住在父星第三星上，那个星球曾是蓝色的，浸在水波之中。20个4152万年前，神来到索拉星上，他见索拉星是好的，光是好的，天地是好的。神说：好的天地，焉能没有活物呢。神伸展身躯，高579亿步，从父星的熔炉里舀出热的汤液，汤液中有小的活物。他把汤液洒遍索拉星的土地。20个4152万年后，小活物长成索拉人。

沙巫神行完这件事，失去了父星的宠爱。父星发怒说：你怎么敢代我行这件事？父星用白色的光剑惩罚了蓝星，毁灭了沙巫的家。沙巫神乘神车逃离蓝星，去了父星照不到的地方。

沙巫神在索拉星上留下化身，化身沙巫睡在北极的寒冰里，躲避着父星。每隔4152万年，化身沙巫醒来，乘神车巡视索拉星。他怜悯索拉人的愚昧，把智慧吹进索拉人的眼睛和闪孔。

沙巫神告诉索拉人：

我的孩子们啊，我偏爱你们，你们有福了。我造出你们的身体比我更强壮，不怕父星的惩罚；你们以光为食，不以生命为食；你们是金属做的身子，不是泥和水做的身子；你们身上有五窍，不是九窍；你们没有雌雄之分，免去做人的原罪。你们有福了啊。

沙巫神告诉索拉人：

我把神的灵智藏在圣书里，你们什么时候能看懂它呢。看懂圣书的人就能找到极冰中的圣府，神会醒来，带你蒙受父星大的恩宠。

水星素描

水星是离太阳最近的行星，距太阳0.387地球天文单位，即5789万公里。太阳光猛烈地倾泻到水星上，使它成了太阳系最热的行星。它的白昼温度可达450℃，在一个名叫卡路里盆地的地方，最高温度曾达到973℃。由于没有大气保温，夜晚温度可低至-173℃。这个与太阳近在咫尺的星球上竟然也有冰的存在，它们分布于水星的两极，常年保持着-60℃以下的温度。

水星质量为地球的1/25，磁场强度为地球的1/100。公转周期为87.96天，即1000地球年=4152水星年。水星自转周期为58.646天，是其公转周期的2/3，这是由于太阳引力延缓了它的自转速度，造成了一定程度的引力锁定。

水星地貌与月球相似，到处是干旱的岩石荒漠，是陨星撞击形成的寰形山（卡路里盆地就是一颗大陨星撞击而成）。地面上多见一种舌状悬崖，延伸数百公里，这种地形是由水星地核的收缩所形成。水星的高温使一些低熔点金属熔化，聚集在凹部和岩石裂缝内，形成广泛分布的金属液湖泊。由于水星缺少氧化性气体，它们一直保持金属态的存在。夜晚来临时，金属液凝结成玻璃状的晶体。当阳光伴随高温在58.6个地球日之后返回时，金属湖迅速开冻。

如此严酷的自然环境，毫无疑问是生命的禁区——可是，真是如此吗？

“疯了，”我神经质地咕哝道：“真的是疯了，只有疯子才这样异想天开。”

何律师安安静静地看着我：“可是，历史的发展常常需要一两个疯子。”

“你很崇拜沙女士？”

“也许算不上崇拜，但我佩服她。”

我干笑着：“现在我知道这笔遗产的内容了，是一笔数目惊人的负遗产。继承人要用自己的财产去维持生命熔炉的运转，维持到哪一年哪一天不知道。不仅如此，他还要为这些金属生命寻找放生之地，一劳永逸地解决这个问题，而这么做，至少需要数百亿元资金，需要一二百年的时间。谁若甘愿接受这样的遗产，别人一定会认为他也疯了。”

何律师微笑着，简单地重复着：“世界需要几个疯子。”

“那好，现在请你忘记自己的律师身份，你，我的一个朋友，说说，我该接受这笔财产吗？”

何律师笑了：“我的态度你当然知道。”

“为什么该接受？对我有什么益处？”

“它使你得到一个万年一遇的机会，可以干一件前无古人的事。你将成为水星生命的始祖之一，它们会永远铭记你。”

我苦笑道：“要让水星生命进化到会感激我，至少得一亿年吧，这个投资回收期也太长啦。”

何律师笑而不答。

“而且，还不光是金钱的问题。要到水星上放养生命，地球人能接受吗？毕竟这对地球人毫无益处，说不定还会给地球人类增加一个竞争对手呢。”

“我相信你，相信沙女士的眼力，所有困难你都有能力、有毅力去克服。”

我像是被蝎子蜇似地叫起来：“我去克服？你已坐定我会接受这笔遗产？”

那个狡猾的律师拍拍我的肩：“你会的，你已经在考虑今后的工作啦。我可以宣读遗嘱了吧，或者，你和夫人再商量一次？”

6天后，我们举行了一个小小的仪式，我和妻子签字接受了这笔遗产。

我为这个决定熬煎了6天，心神不宁，长吁短叹。我告诉自己，只有疯子才会自愿套上这副枷锁，但海妖的歌声一直在诱惑我，即使塞上耳朵也不行。40亿年前，地球海洋中诞生了第一个能自我复制的蛋白质微胞，那是个粗糙的、微不足道的东西。如果真有上帝，恐怕他也料不到，这种小玩意儿会进化出地球生命的绚烂吧。现在，由于偶然的机缘，一种新型生命投到我的翼下。它是一位女上帝创造的，它能否在水星发扬光大，取决于我的一念之差。这个责任太重了，我不敢轻言接受，也不敢轻言放弃。即使我甘愿作这样的牺牲，还有妻儿呢？我没有权力把他们拖入终生的苦役中。妻子对此一直含笑不语，直到某天晚上，她轻描淡写地说：

“既然你割舍不下，接受它不就得了。”

她说得十分轻松，就像是决定上街买两毛钱的白菜。我瞪着妻子：“接下它——你知道这意味着什么？”

“意味着咱俩一生的苦役。不过，如果不能按自己的意愿和兴趣去生活，活一辈子又有什么意义？我知道，如果你这会儿放弃它，老来你一定会后悔的，你会为此在良心上熬煎一生。行了，接受它吧。”

我望着妻子明朗的笑容，泪水潸然而下。

现在妻子仍保持着明朗的笑容，陪我接受了沙姑姑的遗产。何律师今天很严肃，目光充满苍凉。我戏谑地想，这只老狐狸步步设伏，总算把我骗入彀中，现在大概良心发现了吧。沙午实验室的两名工作人员欣喜地立在何律师身后。屋里还有一个不露面的参加人，就是沙午女士，她正待在那座生命熔炉的上方，透过因高温而抖颤的空气，透过厚厚的墙壁在看着我们，我想她的目光中一定充满欣慰。我特意请来的记者朋友马万壮则是咬牙切齿：

“疯了！全疯了！”他一直低声骂着，“一个去世的女疯子，一对年轻的疯夫妻，还有一个装疯的老律师。义哲，田娅，你们很快会后悔的！”

我宽容地笑着，没有理他。不管怎样反对，他还是遵照我的意见把这则消息捅到新闻媒体中去。我想，做这件事，既需要社会的许可，也需要社会的支持。那么，就让这个计划尽早去面对社会吧。

老马把那篇报道捅出去之后，我立即接到一位朋友的电话，他兴高采烈地说：

“我见到报导了！金属生命，水星放生，一定是愚人节的玩笑吧。”

我说：“不，不是。实际上，那篇报导原来确实打算在4月1号出台，但我忽然悟出4月1号是西方愚人节，于是通知报纸向后推迟4天。”

“正好推迟到4月5号啦，清明节，那这篇报导一定是鬼话喽！”

我苦笑着，慢慢放下话机。

此后舆论的态度慢慢认真起来，当然大多数是反对派。异想天开！地球人类的事还没办完呢，倒去放养什么水星生命！也有人宽容一些，说只要不妨碍人类的利益，人人都可干自己想干的事，只要不花纳税人的钱。

在这些争论中，我沉下心来全力投入实验室的接收工作。我以商人的精打细算，最大限度地压缩实验室的开支。算一算，我的家产能够维持它运转30年。这种生命很顽强，高温能耐到1000℃以下，低温则可耐受到绝对零度。在温度低于320℃时，它们会进入休眠。所以，即使因经费枯窘而暂时熄灭熔炉也没什么关系，只是暂时中断这种生命的进化。

不过，我不会让生命熔炉在我手里熄灭的。我不会辜负沙姑姑的厚望。

晚上，我和妻子常常来到生命熔炉，看那暗红涌动的金属液。或者把图像调出来，看那些蠕动的小生命。这是一些简单的粗糙的生命，但无论如何，它们已超越物质的范畴。1亿年之后，10亿年之后，它们进化到什么样子，谁能预料到呢？看着它们，我和妻子都找到一种感觉，就如同妻子腹中刚刚诞生了一个小生命时的感觉。

老马很够朋友，为我促成一次电视辩论。“或者你说服社会，或者让社会说服你吧。”

我、妻子和何律师坐在演播厅内，面对中央电视台的摄像镜头，聚光灯烤得脸上沁出细汗。演播台另一边坐着七位专家，他们实际是这场道德法庭的法官，不过他们依据的不是中国法律，而是生物伦理学的教义。台前是一百多名听众，多数是大学生。

主持人耿越笑着说：“节目开始前，首先我向大家致歉，这次辩论本来应放在水星上进行的，不过电视台付不起诸位到水星的旅费。再说，如果不配置空调，那儿的天气太热了一点。”

听众会心地笑了。

“‘水星放生’这件事已是妇孺皆知，我就不再介绍背景资料了。现在，请听众踊跃提问，陈义哲先生将做出回答。”

一位年轻听众抢着问：“陈先生，放养这种水星生命——这样做对人类有益处吗？”

我平静地说：“目前没有，我想在一亿年内也不一定有。”

“那我就不明白了，劳神费力去做这些对人类无益的工作，为什么？”

我看看妻子和何律师，他们都用目光鼓励我，我深吸一口气说：“我把话头扯远一点儿吧。要知道，生物的本质是自私的，每个个体要努力从有限的环境资源中争取自己的一份，以便保存自己，延续自己的基因。但是，大自然是伟大的魔术师，它从自私的个体行为中提炼出高尚。生物体在竞争中发现，在很多情况下合作更为有益。对于单细胞生命，各细胞彼此是敌对的。但单细胞合为多细胞生命时，体内各个单细胞就化敌为友，互相协作，各有分工，使它们（或大写的它）在生存环境中处于更有利的地位。于是，多细胞生命便发展壮大。概而言之，在生物进化中，这种协作趋势是无所不在的，而且越来越强。比如，人类合作的领域就从个体推至家庭，推至部族，推至国家，推至不同的人种，乃至于人类之外的野生生物。在这些过程中，生命一步步完成对自身利益的超越，组成范围越来越大的利益共同体。我想，人类的下一步超越将是和外星生命的融合。这就是我倾尽家财培育水星生命的动机，我希望那儿进化出一种文明生物，成为人类的兄弟。否则，地球人在宇宙中太孤单了！”我说，“其实，在一个月前我还没有这些感悟，是沙女士感化了我。站在沙教授的生命熔炉前，看着暗红涌动的金属液中那些蠕动的小生命，我常常有做父母的感觉。”

一位中年男人讥讽地说：“这种感觉当然很美妙，不过你不要为了这种感觉，而培育出人类的潜在竞争者。我估计，这种高温下生存的生命，其进化过程必定很快吧，也许1000万年后它们就赶上人类啦。”

我笑了，“别忘了，地球的生命是40亿年前诞生的，如果担心地球生命竞争不过40亿年后才起步的晚辈，那你未免太不自信了吧。”

耿越说：“说得对，40亿岁的老祖父，1000万岁的小囡囡，疼爱还来不及呢，哪里有竞争？”

观众笑起来，一位女听众问：“陈义哲先生，我是你的支持者。你准备怎么完成沙女士的托付？”

我老实承认，“不知道。至少到目前为止我还不知道。我的家产能在30年内维持生命熔炉的运转，但30年后怎么办？还有，怎样才能凑出足够的资金，把这些生命放养到水星上？我心里没有一点数。不管怎样，我会尽我的力量，这一代完不成，那就留给下一代吧。”

听证会进行了近两个小时，七名专家或称七名法官一直一言不发，认真地听着，不时在纸上记下一两点，从表情上看不出他们的倾向性。最后耿越走到演播台中央说："我想质询已相当充分了，现在请各位专家发表自己的意见吧。你们对水星放生这件事，是赞成、反对还是弃权？"

七位专家迅速在小黑板上写字，同时举起黑板，上面齐刷刷全是同样的字：弃权！听众骚动起来，耿越搔着头皮说：

"如此一致呀！我很怀疑七位专家是否有心灵感应？请张先生说说，你为什么持这个态度。"

坐在第一位的张先生简短地说："这件事已远远超越时代，我们无法用现代的观点去评判将来的事。所以，弃权是最明智的选择。"

埋在索拉星北极冰层中的沙巫圣府快要露面了，透过厚厚的深绿色的极冰，已能隐约看到圣府中的微光。牧师胡巴巴进入了神灵附体的癫狂状态，向外发射着强烈的感情场，胸前的闪孔激烈地闪烁着，背诵着圣书旧约和新约篇的祷文。破冰机飞转着，一步一步向前拓展。胡巴巴俯伏在白色的冰屑中向化身沙巫遥拜，脑袋和尾巴重重地在地上叩击，打得冰屑四处飞扬。

科学家图拉拉立在他身后，不动声色地看着，助手奇卡卡背着两个背囊（那里有四个能量盒），站在他的身边。

这次的"圣府探查行动"是图拉拉促成的，他已经150岁了，想在"爆灭"前找到圣书中屡次提到的圣府——或者确认它不存在。他原想教会要极力反对，但他错了，教会的反应相当平和，甚至相当合作。他们同意这次考查，只是派了牧师胡巴巴作监督。图拉拉想，也许教会深信圣书的正确？圣书说，化身沙巫睡在北极的极冰中；圣书说，能看懂圣书的人就能找到极冰中的圣府，唤醒大神，蒙受大的恩宠。千百年来，无数自认读懂圣书的信徒争着到北极去朝拜，但没有一个人活着回来。现在，教会可能想借科学的力量来证明圣书的正确。

想到这儿，图拉拉不禁微微一笑。近500年来科学的力量越来越强大，几乎能与教会分庭抗礼了。比如说，眼前这位虔诚的胡巴巴牧师就受惠于科学，他的尾巴上也装着一个能量盒，科学所发明的能量盒，否则，“以光为食”的他就不可能来到无光的北极。

这次向北极行进的路上，图拉拉看到了无数的横死者，他们是一代代虔诚的教徒，按圣书的教诲，沿着从圣坛伸向北极的圣绳，来寻找沙巫神的圣府。当他们逐渐脱离父星的光照后，体内能量渐渐耗竭，终于倒在路上。对于这些横死者，教会一直讳莫如深。因为，这些人死前没找到死亡配偶，没经过爆灭，灵魂不得超生，这是圣诫三罪（不得横死，不得信仰伪神，不得触摸圣坛和圣绳）中第一款大罪。但这些人又是可敬的殉教者。教会是该诅咒他们，还是褒扬他们呢？

图拉拉决定，从北极返回时，他要把这些横死者收集起来，配成死亡配偶，让他们在光照下爆灭。图拉拉倒不是相信灵魂超生，但总不能任这些人永远暴尸荒野吧。

破冰机仍在转着，现在已经能确定前面就是圣府了，因为极冰中露出40根圣绳，在此汇聚到一块儿，向圣府延伸。圣府中射出白色的强光，把极冰照得璀璨闪亮。牧师胡巴巴让工人暂停，他率领众人做最后一次朝拜，诚惶诚恐地祈祷着。人群中只有图拉拉和奇卡卡没有跪拜。牧师愠怒地瞪着他们，在心中诅咒着，你们这些不尊崇沙巫神的异教徒啊，神的惩罚马上要降临到你们身上！

奇卡卡不敢直视牧师，也不敢正视自己的导师，他的感情场抖颤着，两个闪孔轻微地闪烁，像是询问自己的导师，又像是自语：难道化身沙巫真的存在？难道圣书上说的确实是真理？因为圣书说的圣府就在眼前啊。

图拉拉看到助手的动摇，他佯作未见，苍凉地转过身去。他一向知道奇卡卡不是一个坚强的无神论者，常常在科学和宗教之间踟蹰。图拉拉本人在100年前就叛离了宗教，麾下聚集一大批激进的年轻科学家。他们坚信图拉拉在100年前提出的生物进化论，相信索拉人是由低等生物进化而来（这一点已有许多古生物遗体给出证明），坚信圣书上全是谎言。但是，在对宗教举起叛旗100年后，图拉拉本人反倒悄悄完成圣书的回归。

他不信宗教，但相信圣书（指圣书的旧约篇），因为圣书中混着很多奇怪的记载，这些记载常常被后来的科学发展所确证。比如，圣书上说：索拉星是父星的第一星，蓝星是父星的第三星。这些圣谕被人们吟哦了数千年，从不知是什么含义。直到望远镜的出现刺激了天文学的发展，科学家才知道，索拉星和蓝星都是父星的行星，而其排列顺序完全如圣书所言！

又比如，《圣书·旧约》第39章中规定了索拉星的温度标定，以水的凝结为0度，水的沸腾为100度。可是，索拉星生命在几亿年的进化中从没有接触过水！只是在近代，科学家才推定在南北极有极冰存在。那么，圣书中为什么做这种规定，这种规定又是从何而来呢。

难道真有一个洞察宇宙，知过去未来的大神吗？

还有，索拉星赤道附近的20座圣坛，也一直是科学家的不解之谜。在那些圣坛上，黑色的平板永不疲倦地缓缓转动，永远朝着父星的方向。每座圣坛都有两根圣绳伸出来，一直延伸到不可见的北方。圣书上严厉地警告，索拉人绝不能去触碰它，不遵圣诫的人会被狠狠击倒，只有伏地忏悔后才能复苏。图拉拉不相信这则神话，他觉得圣坛中的黑色平板很可能是一种光电转换器，就如索拉生物的皮肤能进行光电转换一样。问题是——是谁留下这些技术高超的设备？以索拉人的科学水平，500年后也无法造出它！

正是基于这个信念，他才尽力促成了对圣府的考查。现在已经可以确认圣府的存在了，圣书上那个神秘缥缈的圣府已经明明白白地摆在眼前。如果化身沙巫真的住在这里，图拉拉迫不及待想见到他。

最后一层冰墙轰然倒塌，庄严的圣府豁然显现。这是一个冰建的大厅，厅内散射着均匀的白光，穹顶很高，厅内十分空旷，没有什么杂物，只有大厅中央放着一辆——神车！圣书上提到过它，无数传说中描绘过它，3120年前的史书中记载过它。这正是化身沙巫的坐骑呀。神车上铺着黑色的平板，与圣坛上的平板一模一样。下面是四个轮子。神车上方是透明的，模样奇特的化身沙巫斜躺在里面。

化身沙巫真的在这里！洞外的人迫不及待地拥进去。以胡巴巴为首，众人一齐俯伏在地，用脑袋和尾巴敲击着地面，所有人的闪孔都在狂热地祷告着：至上的沙巫大神，万能的化身沙巫，你的子民向你膜拜，请赐福给我们！

跪伏的人群包括他的助手，似乎奇卡卡的祷告比别人更狂热。只有图拉拉一人站立着。众人合成的感情场冲击着图拉拉，他几乎也不由想俯伏在地，但他终于抑制住自己，快步上前，仔细观看化身沙巫的尊容。

化身沙巫斜倚在神车内，模样奇特而庄严。他与索拉人既相似又不相似，他也有头，有口，有胳臂和双手，有双眼，有躯干；但他的尾巴是分叉的，分叉尾巴的下端也有指头。他身上有5处奇怪的凸起：脑袋正前方有一个长形凸起，其下有两孔；脑袋两侧两个扁形凸起，各有一孔；两条尾巴开始分岔的地方有一个柱形凸起，上面有一个孔。胸前没有闪孔，图拉拉惊讶地想，没有传递信息的闪孔，沙巫们如何互相交谈？他们都是哑人吗？不过把这个问题先放放吧。他现在要先验证圣书上最容易验证的一条记载。他仔细数了沙巫身体上的孔窍，没错，确实是九窍，而不是索拉人的五窍。

圣书又对了啊。图拉拉呆呆地立着，心中又惊又喜。

他又仔细观察神车内部。车前方放着一个金制的塑像，塑像只有半身，与沙巫神一样，头部有七窍，不过这尊塑像的头上有长毛，相貌也显然不同。这是谁？也许是沙巫神的死亡配偶？他忽然看到更令人震惊的东西，一本圣书！圣书是崭新的，但封面的字体却是古手写体，是3000年前索拉先人使用的文字。在图拉拉的一生中，为了击败教会，他曾认真研究过圣书，对圣书的渊源、版本和讹误知之甚清。他一眼看出这是第二版圣书，内容只有旧约而无新约，刊行于3120年前。这版圣书现在已极为罕见。

胡巴巴也看到了圣书，他的祈祷和跪拜也几近癫狂。等他抬起头，看见图拉拉已经打开车门，捧住圣书，胡巴巴立即从闪孔射出两道强光，灼痛了图拉拉的后背。图拉拉惊异地转过身，胡巴巴疯狂地喊道：

“不许渎神触摸圣书！”他挤开科学家，虔诚地捧起圣书，恶狠狠地说：“现在你还敢说神不存在吗？你这个渎神者，大神一定会惩罚你的！”他不再理会图拉拉，转向众人说：“我要回去请示教皇，把沙巫神的圣体迎回去。在我回来之前，所有人必须离开圣府！”

他捧着圣书领头爬出去，众人诚惶诚恐地跟在后面。奇卡卡负疚地看看自己的老师，低下脑袋，最终也去了。胡巴巴走到洞口时，看到留在洞中的科学家，便严厉地说：

“你，要离开圣府。化身沙巫不会欢迎一个渎神者。”

图拉拉不想与他争执，他的闪孔平和地发射着信息：“你们回去吧，我不妨碍你们，但我要留在这里，向化身沙巫讨教。”

胡巴巴的闪孔中闪出两道强光：“不行！”

图拉拉讥讽地说：“胡巴巴牧师的脾气怎么大起来啦？不要忘了，你是在科学的帮助下才找到圣府的。如果你逼我回去，那就请把你尾巴上的能量盒取下来吧，那也是渎神的东西，圣书从未提到过它。”

牧师愣住了，他想图拉拉说得不错，圣书的任何章节中，甚至宗教传说中，都从未提到过这种能量盒。它是渎神者发明的，但它非常有用，在这无光的极地，没有了能量盒，他会很快脱力而死，而且是不得转世的横死。他不敢取掉能量盒，只好狂怒地转过身，气冲冲地爬走了。

电视辩论之后的当天晚上，何律师在我家吃了晚饭。席间他告诉我："义哲，你实际已经胜利了，对这件事，法律上的'不作为'就是默认和支持。现在没人阻挡你了，甩开膀子干吧。"

他完成了沙午姑姑的托付，心情十分痛快，那晚喝得酩酊大醉，笑嘻嘻地离开。这时电话铃响了，拿起话机，屏幕上仍是黑的，那边没有打开屏幕功能。对方问：

"你是陈义哲先生吗？我姓洪，对水星放生这件事有兴趣。"

他的声音沙哑干涩，颇不悦耳，甚至可以说，这声音引起我生理上的不快。但我礼貌地说：

"洪先生，感谢你的支持。你看了今天的电视节目？"

对方并不打算与我攀谈，冷淡地说："明天请到寒舍一晤，上午10点。"他说了自己的住址，随即挂断电话。

妻子问我是谁来的电话？说了什么？我迟疑地说："是一位洪先生，他说他对水星放生感兴趣，命令我明天去和他见面。没错，真的是命令，他单方面确定了明天的会晤，一点也不和我商量。"

我对这位洪先生印象不佳，短短的几句交谈就显出他的颐指气使。不仅如此，他的语调还有一种阴森森的味道。但是……明天还是去吧，毕竟这是第一个向我表示支持的陌生人。

后来我才知道，我这个勉强的决定是多么正确。

洪先生的住宅在郊外，一座相当大的庄园。庄园历史不会太长，但建筑完全按照中国古建筑的风格，飞檐斗拱，青砖绿瓦，曲径小亭。领我进去的仆人穿一身黑色衣裤，态度很恭谨，但沉默寡言，神情中透着一股寒气。我默默地打量着四周，心中的不快更加浓了。

正厅很大，光线晦暗，青砖铺的地面，其光滑不亚于水磨石地板。高大的厅堂没有什么豪华的摆设，显得空空落落。厅中央停着一辆助残车，一个50岁的矮个男人仰靠在车上。他高度残疾，驼背鸡胸，脑袋缩在脖子里。五官十分丑陋，令人不敢直视。腿脚也是先天畸形，纤细羸弱，拖在轮椅上。领我进屋的仆人悄悄退出去，我想，这位残疾人就是洪先生了。

我走过去，向主人伸出手。他看着我，没有同我握手的意思，我只好尴尬地缩回手。

他说："很抱歉，我是个残疾人，行走不便，只好麻烦你来了。"

话说得十分客气，但语气十分冷硬，面如石板，没有一丝笑容。在他面前，在这个晦暗的建筑里，我有类似窒息的感觉。不过我仍热情地说：

"哪里，这是我该做的。请问洪先生，关于水星放生那件事，你还想了解什么情况？"

"不必了，"他干脆地说，"我已经全部了解。你只用告诉我，办这件事需要多少资金。"

我略为沉吟："我请几位专家做过初步估算，大约为200亿元。当然，这是个粗略的估算。"

他平淡地说："资金问题我来解决吧。"

我吃了一惊，心想他一定是把200亿错听为200万了。当然，即使是200万，他已是相当慷慨。为了不伤他的自尊心，我委婉地说：

“太谢谢你了！谢谢你的无比慷慨。当然，我不奢望资金问题一下子全部解决，200亿的天文数字呵，可不是200万的小数。”

他不动声色地说：“我没听错，200亿，不是200万。我的家产不太够，但我想，这些资金不必一步到位吧。如果在10年内逐步到位，那么，加上10年的增值，我的家产已经够了。”

我恍然悟到此人的身份，亿万富翁洪其炎！这是个很神秘的人物，早就听说他高度残疾，丑陋过人，所以从不在任何媒体上露面，能够见到他本人的也只有七八个亲信。他的口碑不是太好，听说他极有商业头脑，有胆略，有魄力，把他的商业帝国经营得欣欣向荣。但手段狠辣无情，常常把对手置于死地。又说他由于相貌丑陋，年轻时没有得到女人的爱情，滋生了报复心理。几年前他曾登过征婚启事，应征女方必须夜里到他家见面，第二天早上再离开，这种奇特的规定难免会使人产生暧昧的猜想。后来，听说凡是应征过的女子都得到一笔数目不菲的赠款，这更使那些暧昧的猜想有了根据。不过这些猜想很可能是冤枉了他。应征女子中有一位年轻漂亮的女律师，大概是姓尹吧，她是倾慕洪其炎的才华而非他的财产。据说她去了后，主人与她终夜相对，一言不发，也没有身体上的侵犯。天明时交给她一笔赠款，请她回家，尹律师痛痛快快地把钱摔到他脸上。不过，这个举动倒促成了二人的友谊，虽说未成夫妻，但成了一对形迹不拘的密友。

虽说他是亿万富翁，但这种倾家相赠的慷慨也令人心生疑惑，关于他的负面传说更增加了我的担心。也许他有什么个人打算？也许他因不公平的命运而迁怒于整个人类，想借水星放生实行他的报复？虽然一笔200亿的资金是万年难求的机缘，但我仍决定，先问清他有没有什么附加条件。

洪先生的锐利目光看透我的思虑——在他面前，我常常有赤身裸体的感觉，这使我十分恼火——他平淡地说：

“我的赠款有一个条件。”

我想，果然来了，便谨慎地问：“请问是什么条件？”

“我要成为放生飞船的船员。”

原来如此！原来就这么一个简单的要求！我不由看看他的腿，心中刹那间产生强烈的同情，过去对他的种种不快一扫而光。一个高度残疾者用200亿去购买飞出地球的自由，这个代价太高昂了。这也从反面说明，这具残躯对他的桎梏是多么残酷。我柔声说：

“当然可以，只要你的身体能经受住宇航旅行。”

“请放心，我这架破机器还是很耐用的。请问，实现水星放生需多长时间？”

“很快的，我已经咨询过不少专家，他们都说，水星旅行在技术上没有太大的难点，只要资金充裕，15-20年就能实现。”

他淡淡地说：“资金到位不成问题，你尽量加快进度吧，争取在15年之内实现。这艘飞船起个什么名字？”

“请你命名吧。你这样慷慨地资助这件事，你有这个权利。”

洪先生没推辞：“那就叫姑妈号吧。很俗气的一个名字，对不？”

我略为思索，明白了这个名字的深意：它说明人类只是水星生命的长辈而非父母，同时也暗含着纪念沙姑姑的意思。我说：“好！就用这个名字！”

他从助残车的袋里取出一本支票簿，填上5000万，背书后交给我：“这是第一笔启动资金，尽快成立一个基金会，开始工作吧！对了，请记住一点，飞船上为我预留一辆汽车的位置，就按加长林肯车的尺寸。我将另外找人，为我研制一个适合水星路面的汽车。”他微带凄苦地说，“没办法，我无法在水星上步行。”

“好的，我会办到。不过，”我迟疑着，“可以冒昧地问一句吗？我想知道，你倾尽家财以放养水星生命，是为了什么？只是为了到水星一游吗？”

他平淡地说：“我认为这是件很有趣味的事，我平生只干自己感兴趣的事。”他欠欠身，表示结束谈话。

从此，洪先生的资金源源不断地送来。激情之火浇上金钱之油，产生了惊人的工作效率。当年年底，已经有15000人在为“姑妈号”飞船工作。对“水星放生”这件事，社会上在伦理意义上的反对一直没有停止，但它始终没有对我们形成阻力。

洪先生从不过问我们的工作。不过，每月我都要抽时间向他汇报工作进度，飞船方案搞好后，我也请他过目。洪先生常常一言不发地听完，简短地问：

“很好。资金上有什么要求？”

按洪先生要求，我对他的资助严格保密，只有我妻子和何律师知道资助人的姓名。当然实际上是无法保密的，姑妈号飞船需要的是数百亿元资金，能拿得出这笔资金的个人屈指可数，再加上洪先生不断拍卖其名下的产业，所以，这件事不久就成了公开的秘密。

姑妈号飞船有条不紊地建造着，到第二年，当我去洪先生家时，总是与一位漂亮的女人相遇。她有一种恬淡的美貌，就像薄雾笼罩着的一枝水仙，眉眼中带着柔情。她就是那位尹律师。她与洪先生的关系显然十分亲近，一言一行都显出两人很深的相知。不过，毫无疑问，两人之间是纯洁的友情，这从尹律师坦荡的目光可以确认。

尹律师已经结婚，有一个3岁的儿子。

在我向洪先生汇报进度时，他没有让尹律师回避。显然，尹律师有资格分享这个秘密。谈话中，尹女士常常嘴角含着微笑，静静地听着，偶尔插问一句，多是关于飞船建造的技术细节。我很快知道了这种安排的目的，她就是负责建造洪先生将要乘坐的水星车的那个人。

那天尹律师单独到我办公室，这是我第一次单独与她会面。我请她坐下，喊秘书斟上咖啡，一边忖度着她的来意。尹律师细声细语地说：

“我想找你商量一下飞船建造的有关技术接口。你当然已经知道，我在领导着一项秘密研究，研制洪先生在水星上使用的生命维持系统。”

我点点头。她把水星车称作“生命维持系统”没有使我意外。要想在没有大气、温度高达450℃、又有强烈高能辐射的水星上活动，那辆车当然也可称作生命维持系统。但尹律师下面的话无疑是一声晴天霹雳，她说：

“准确地说，其主要部分是人体速冻和解冻装置。”

我从沙发上跳起来，震惊地看着她。洪先生要人体速冻装置干什么？在此之前，我一直把洪先生的计划看成一次异想天开的、挑战式的旅行，不过毫无疑问是一次短期旅行。但——人体速冻和解冻装置！

在我震骇的目光中，尹女士点点头：“对，洪先生打算永远留在水星上，看守这种生命。他准备把自己冷冻在水星的极冰中，每1000万年醒一次，每次醒一个月，乘车巡查这种生命的进化情况，一直到几亿年后水星进化出‘人类’文明。”

她的目光悲凉，我喃喃地说：“你为什么不劝他？让他在水星上独居几亿年，不是太残忍吗？”

她轻轻摇头：“劝不动的，如果他能被别人劝动，他就不是洪其炎了。再说，这样的人生设计对他未尝不是好事。”

“为什么？”

尹女士叹息道，“恐怕没有人比我更了解他了。命运对他太不公平，给了他一个无比丑陋残缺的身体，偏偏又给他一个聪明过人的大脑。畸形的身体造就了畸形的性格，他心理阴暗，对所有正常人怀着愤懑；但他的本质又是善良的，天生具有仁者之心。他是一个畸形的统一体，仁爱的茧壳箍着报复的欲望。他在商战中的砍伐，他在征婚时对应征者的戏弄，都是这种矛盾心态的反映。不过这些报复都是低度的，是被仁爱之心冲淡过的。但是，也许有一天，报复欲望会冲破仁爱的封锁，那时……他本人深知这一点，也一直怀着对自身的恐惧。”

“对自身的恐惧？”我不解地看看她。她点点头，肯定地说：“没错，他对自身阴暗一面怀着恐惧，连我都能触摸到它。他对水星放生的慷慨资助，多少是这种矛盾心态的反映。一方面，他参与创造了一种新的生命，满足了他的仁者之心；另一方面，对人类也是个小小的报复吧。想想看，当他精心呵护的水星生命进化出文明之后，水星人肯定会把洪其炎的残疾作为标准形象，而把正常地球人看成畸形。对不？”

虽然心情沉重，我还是被这种情景逗得破颜一笑。尹律师也漾出一波笑纹，接着说，“其实，想开了，他对后半生的设计也是蛮不错的嘛。居住在太阳近邻，与天地齐寿，独自漫步在水星荒原上，放牧着奇异的生命。每次从长达1000万年的大梦中醒来，水星上的生命都会有你预想不到的变化。彻底摒弃地球上的陈规戒律、庸俗琐碎、浑浑噩噩。有时我真想抛弃一切，抛弃丈夫和孩子，陪伴他到地老天荒——可是我做不到，所以我永远是个庸人。”她自嘲地说，语气中透着凄凉。

这件事让我心头十分沉重，甚至有说不清道不明的愤懑，只是不知道愤懑该指向谁。但我知道多说无益。我回想到，洪先生是在看过那次电视辩论仅仅两小时内就作出了倾家相赠的决定。这种性格果决的人，谁能劝得动呢。我闷声说：“好吧，就成全他的心愿吧。现在咱们谈谈技术接口。”

第二天我和尹律师共同去见他，我们平静地谈着生命维持系统的细节，就像它是我们早已商定的计划。临告辞时，我忍不住说：

“洪先生，我很钦佩你。在我决定接受沙姑姑的遗产时，不少人说我是疯子。不过依我看，你比我疯得更彻底。”

洪先生难得地微微一笑：“谢谢，这是最好的夸奖。”

众人走了，圣府大厅中只留下图拉拉。没有了恼人的喧嚣，他可以静下心来同化身沙巫交谈了，心灵上的交谈。他久久地瞻望着化身沙巫奇特的面容，心中充满敬畏。圣府找到了，化身沙巫的圣体找到了。牧师及信徒们喜极欲狂。不过，他们错了。化身沙巫的确存在，他也的确是索拉生命的创造者。但他不是神，而是来自异星的一个科学家。图拉拉为之思考多年，早就得出了这个结论。在他对化身沙巫的敬畏中，含着深深的亲近感。科学家的思维总是相通的，不管他们生活在宇宙的哪个星系，都使用同样的数字语言，同样的物理定律，同样的逻辑规则。所以他觉得，在他和化身沙巫之间，有着深深的相契。

他已经捋出化身沙巫的来历及经历：他来自父星系第三星（蓝星），是20个4152万年前来的。（为什么是有零有整的4152万年？他悟到，4152万个索拉星年恰恰等于1000万个蓝星年，沙巫是按母星的纪年方式换算过来）。那时他创造了一种新型的、与蓝星生命完全不同的生命——并不是创造了索拉人，而是一种微生命——将它撒播在索拉星上，然后把进化的权杖交还给大自然。为了呵护自己创造的生命，化身沙巫离开母星和母族，在索拉星的极冰中住了20个4152万年。不可思议的漫长啊。当他独自面对蛮荒时，他孤独吗？当他看着微生命缓慢地进化时，他焦急吗？当他终于看到索拉星生命进化出文明生物时，他感到欣喜吗？

从他神车中有3000年前的圣书来看，他大约在3000年前醒来过，那时他肯定发现索拉人有了二进制语言，有了文字。但那时的索拉人还很愚昧，被宗教麻木心灵。他无法以科学来启发他们的灵智，只好把一些有用的信息藏在圣书里，以宗教的形式去传播科学。

圣书说，只要看懂圣书，就能找到圣府，那时，化身沙巫就会醒来，带索拉人去蒙受父星大的恩宠——什么“大的恩宠”？一定是一个浩瀚璀璨的科学宝库，索拉人将在一夕间跃升几万年、几十万年，与神（化身沙巫）们平起平坐。

这个前景使图拉拉非常激动，开始着手寻找化身沙巫留下的交代。化身沙巫既然在圣书中邀请索拉人前来圣府，既然答应届时醒来，那他肯定留下了唤醒他的办法。图拉拉寻找着，揣摩着，忽然发现了一个秘密的冰室。门被冰封闭着，但冰层很薄，他用尾巴打破冰门，小心地走进去。冰室里堆着数目众多的圆盘，薄薄的，有一面发着金属的光泽。这是什么？他凭直觉猜到，这一定是化身沙巫为索拉人预备的知识，但究竟如何才能取出这些知识，他不知道，绞尽脑汁也想不出来。这不奇怪，高度发展的技术常常比魔术更神秘。

但墙上的一幅画他是懂得的，这是幅相当粗糙的画，估计是化身沙巫用手画成。画的是一个索拉人，用手指着胸前的两个闪孔。画旁有一个按钮，另有一个手指指着它。图拉拉对这幅画的含意猜度了一会儿，下决心按下这个按钮。

他的猜测是正确的，墙上的闪孔立即开始闪烁，明明暗暗。图拉拉认真揣摩着，很快断定，这正是二进制的索拉人语言。闪烁的节奏滞涩生硬，而且，其编码不是索拉人现代的语言，而是3000年前的古语言，但不管怎样，图拉拉还是尽力串出它所包含的意义。

“欢迎你，索拉人，既然你能来到无光的北极并找到圣府，相信你已经超越蒙昧。那么，我们可以进行理智的交谈了。”

巨大的喜悦像日冕的爆发，席卷他的全身。他终生探求的宝库终于开启了。那边，闪孔的闪烁越来越熟练，一个10亿岁的睿智老人在同他娓娓而谈，他激动地读下去。

“我就是圣书中所说的化身沙巫，来自父星系的蓝星。20个4152年前，蓝星系的科学家创造了一种全新的生命，我把它撒到水星上，并留下来照看它们的成长。我看着它们由单胞微生物变成多胞生物，看着它们离开金属湖泊而登陆，看着它们从无性生物进化出性活动（爆灭前的配对），看着它们进化出有智慧的索拉人。这时我觉得，10亿年的孤独是值得的。”

“我的孩子们啊，索拉人类的进步要靠你们自己。所以，这些年来我基本没干涉你们的进化，只是在必要时稍加点拨。现在，你们已超越蒙昧，我可以教你们一些东西了。你们如果愿意，就请唤醒我吧。”

下面他介绍唤醒自己的方法。他的苏醒必须按照严格的程序，稍有违反，就会造成不可逆的死亡。图拉拉这才知道，神圣的沙巫种族其实是一种极为脆弱的生命。他们须臾离不开空气，否则会憋死。他们还会热死、冻死、淹死、饿死、渴死、病死、毒死……可是，就是这么脆弱的生命，竟然延续数十亿年，并且创造出如此先进的科技！图拉拉感慨着，认真地读下去。他真想马上唤醒这位10

亿岁的老人，对于索拉人来说，他可以被称作神灵了。

他忽然感到一阵晕眩，知道是能量盒快耗尽了。他爬过去找自己的背囊，那里应该有四个能量盒。但是背囊是空的！图拉拉的感情场一阵颤栗，恐慌向他袭来。面前这个背囊是奇卡卡的，肯定是奇卡卡把自己的背囊带走了。他当然不是有意害自己，只是，在刚才的宗教狂热中，奇卡卡失去了应有的谨慎。

该怎么办？大厅中有灯光，但光量太弱，缺少紫外光以上的高能波段，无法维持他的生命。看来，他要在沙巫的圣府里横死了。

圣书中有严厉的圣诫：索拉人在死亡前必须找到死亡配偶，用最后的能量进行爆灭，生育出两个以上新的个体。不进行爆灭的，尤其是死后又复苏的，将为万人唾弃。其实，早在圣书之前，原始索拉人就建立了这条伦理准则。这当然是对的，索拉人的躯体不能自然降解，如果都不进行爆灭，那索拉星上就没有后来者的立足之地了。

横死的索拉人很容易复生（只需让他接受光照），但图拉拉从没想过自己会干这种乱伦的丑事。不过，今天他不能死！他还有重要的事去办，还要按沙巫的交代去唤醒沙巫，为索拉人赢得“大的恩宠”，他怎么能在这时死去呢。头脑中的晕眩越来越重，已经不能进行有效的思考了，他必须赶紧想出办法。

他在衰弱脑力许可的范围内，为自己找到一个办法。他拖着身躯，艰难地爬到厅内最亮的灯光之下。低能光不能维持他的生存，但大概能维持一种半生半死的状态。他无力地倒下去，但他用顽强的毅力保持着意识不至于沉落。闪孔里喃喃地念诵着：

“我不能死，我还有未了之事。”

2046年6月1日，在我接受沙午姑姑遗产的第14年后，“姑妈号”飞船飞临水星上空，向下喷着火焰，缓缓地落在水星的地面上。

巨大的太阳斜挂天边，向水星倾倒着强烈的光热。这儿能清楚地看到日冕，它们向外延伸至数倍于太阳的外径。在太阳两极处的日冕呈羽状，赤道处呈条状，颜色淡雅，白中透蓝，舞姿轻盈，美丽惊人。水星的天空没有大气，没有散射光，没有风和云，没有灰尘，显得透明澄澈。极目之中，到处是暗绿色的岩石，扇状悬崖延伸数百公里，就像风干杏子上的褶皱。悬崖上散布着一片片金属液湖泊，在阳光下反射着强烈的光芒。回头看，天边挂着的地球清晰可见，它蓝得晶莹，美丽如一个童话。

这个荒芜而美丽的星球将是金属变形虫们世世代代的生息之地。

我捧着沙姑姑的遗像，第一个踏上水星的土地。遗像是用白金蚀刻的，它将留在水星上，陪伴她创造的生命，直到千秋万代。舱内起重机缓缓放着绳索，把洪先生的水星车放在地面上。强烈的阳光射到暗黑色的光能板上，很快为水星车充足能量。洪先生掌着方向盘，把车辆停靠在飞船侧面。他的头发已经花白，脸色仍如往常一样冷漠，但我能看出他内心的激动。

洪其炎是飞船上的秘密乘客，起飞前他已经“因心脏病突发，抢救无效而去世，享年64岁。”我们发了讣告，举行了隆重的葬礼，社会各界都一致表示哀悼。虽然他是个怪人，虽然他支持的

"水星放生"行动并没得到全人类的认可，但毕竟他的慷慨和献身令人钦服。现在，他倾力支持的"姑妈号"飞船即将起飞，而他却在这个时刻不幸去世，这是何等的悲剧！而其时，洪先生连同他的水星车已秘密运到飞船上。洪先生说：

"这样很好，让地球社会把我彻底忘却，我可以心无旁骛，留在水星上干我的事了。"

飞船船长柳明少将指挥着，两名船员抬着一个绿色的冷藏箱走下舷梯。里面是20块冷凝金属棒，那是从沙午姑姑的生命熔炉中取出的，其中藏着生命的种子。飞船降落在卡路里盆地，温度计显示，此刻舱外温度是720℃。宇航服里的太阳能空调器嗡嗡地响着，用太阳送来的光能抵抗着太阳送来的酷热。如果没有空调，别说宇航员了，连那20块金属棒也会在瞬间熔化。

5个船员都下来了，马上开始工作。我们打算在一个水星日完成所有的工作，然后留下洪先生，其余人返回地球。5个船员将在这儿建一些小型太阳能电站，通过两根细细的超导电缆送往北极。电缆是比较廉价的钇钡铜氧化物，只能在-170℃以下的低温保持超导性，不过这在水星上已足以胜任了。白天，太阳能电站转换的电量将就近储存在蓄电瓶内；晚上，当气温降到-170℃时，电源便经超导电缆送到遥远的极地。在那儿它为洪先生的速冻和解冻提供能源。至于每个复苏周期中那长达1000万年的冷藏过程，则可以由-60℃的极冰自动制冷，不必耗用能源。所以，一个小型的100千瓦发电站就足够了。不过为了绝对保险起见，我们用20个结构不同的发电站并成一个电网。要知道，洪先生的一觉将睡上1000万年。

1000万年中的变化谁能预想得到呢?

我和柳船长乘上洪先生的跑车，三人共同去寻找合适的放生地。这辆生命之舟设计得十分紧凑，车身覆盖着太阳能极板，十分高效，即使在极夜微弱的阳光中，也能维持它的行驶。车后是小型食物再生装置和制氧装置，能提供足够一人用的人造食品和空气。下面是强大的蓄电瓶，能提供十万千瓦时的电量，其寿命（在不断充放电的条件下）可以达到无限长。洪先生周围是快速冷凝装置，只要一按电钮，便能在2秒钟内对他进行深度冷冻。1000万年后，该装置会自动启动，使他复苏。他身下的驾驶椅实际是两只灵巧的机械腿，可以带他离开车辆，短时间出去步行，因为，放养生命的金属湖泊常常是车辆开不到的地方。

洪先生聚精会神地开着车，在崎岖不平的荒漠上寻找着道路，我和柳船长坐在后排。为了方便工作，我们在车内也穿着宇航服。老柳以军人的姿态端坐着，默默凝视着洪先生的白发，凝望着他高高突起的驼背和鸡胸，以及瘦弱畸形的腿脚，目光中充满怜悯。我很想同洪先生多谈几句，因为，在此后的亿万年中，他不会再遇上一位可以交谈的故人了。不过在悲壮的气氛中，我难以打开话题，只是就道路情况简短地交谈几句。

洪先生扭过头："小陈，我临'死'前清查了我的财产，还余几百万吧。我把它留给你和小尹了，你们为这件事牺牲太多。"

"不，牺牲最多的是你。洪先生，你是有仁者之爱的伟人。"

"伟人是沙女士。她，还有你，让我的晚年有了全新的生活，谢谢。"

我低声说：“不，是我该向你表示谢意。”

车子经过一个金属湖，金属液发出白热的光芒。用光度测温计量量，这儿有620℃，对于那些小生命来说高了一些。我们继续前行，又找到一处金属湖，它半掩在悬崖之下，太阳光只能斜照它，所以温度较低。我们把车停下，洪先生操纵着机械腿迈下车，我和柳船长揣上两块金属棒跟在后边。金属湖在下方100米处，地形陡峭，虽然他的机械腿十分灵巧，但行走仍相当艰难。在迈过一道深沟时，他的身子趔趄一下，我下意识地伸手去扶，老柳摇摇手止住我。是的，老柳是对的。洪先生必须能独力生存，在此后的亿万年中，不会有人帮助他。如果他一旦失手摔下，只能以他的残腿努力站起来，否则……我鼻梁发酸，赶快抛开这个念头。

我们终于到了湖边，暗红的金属液面十分平静。我们测量出温度是423℃，溶液中含有锡、铅、钠、水银，也有部分固相的锰、钼、铬微粒，这是变形虫理想的繁殖之地。我们从怀中掏出金属棒交给洪先生，他把它们托在宇航服的手套里，等待着。斜照的阳光很快使它们融化，变成小圆球，滚落在湖中，与湖面融合在一起。少顷，洪先生把一枚探头插进金属液中，打开袖珍屏幕，上面显示着放大的图像。探头寻找到一个变形虫，它已经醒了，慵懒地扭曲着，变形着，移动着，动作舒缓，十分惬意，就像这是它久已住惯的老家。

三个人欣慰地相视而笑。

我们总共找到10处合适的金属湖，把20块“菌种”放进去。在这10个不相连的生命绿洲里，谁知道会发生什么事？也许它们会迅速夭折，当洪其炎从冷冻中复苏过来后，只能看到一片生命的荒漠；也许它们会活下来，并在水星的高温中迅速进化，脱离湖泊，登上陆地，最终进化出智慧生命。那时，洪先生也许会融入其中，不再孤独。

太阳缓缓地移动着，我们赶往天光暗淡的北极。那儿的工作已经做完。暗绿色的极冰中凿出一个大洞，布置了照明灯光，40根超导电缆扯进洞内，汇聚在一个接头板上，再与水星车的接口相连。冰洞内堆放着足够洪先生食用30年的罐头食品，这是为了预防食物再生装置一旦失效。只是我们拿不准，放置数千万年的食物（虽然是在-60℃的低温下）还能否食用。

我们把洪先生扶出来，在冰洞中开了一次聚餐会。这是“最后一次晚餐”，以后洪先生就得独自忍受亿万年的孤独了。吃饭时洪先生仍然沉默寡言，面色很平静。几个年轻的船员用敬畏的目光看他，就像在仰望上帝。这种目光拉远了他同大伙儿的距离，所以，尽管我和老柳做了最大的努力，也没能使气氛活跃起来。

我们在悲壮的氛围中吃完饭，洪先生脱下宇航服，赤身返回车内，沙女士的金像置放在前窗玻璃处。我俯下身问：

“洪先生，你还有什么话吗？”

“请接通地球，我和尹律师说话。”

接通了。他对着车内话筒简短地说：“小尹，谢谢你，我会永远记住你陪我度过的日子。”

他的话语化作电波，离开水星，向一亿公里外的地球飞去。他不再说话，静静地等待着。十分钟后才传来回音，我们都在耳机中听到了，尹女士带着哭声喊道：

“其炎！永别了！我爱你！”

洪先生恬淡地一笑，向我们挥手告别。在这个刹那，他的笑容使丑陋的面孔变得光彩照人。他按下一个电钮，立时冷雾包围了他的裸体，凝固了他的笑容，2秒钟后他已进入深度冷冻。我们对生命维持系统做了最后一次检查，依次向他鞠躬，然后默默退出冰洞，向飞船返回。

5个地球日后，“姑妈号”飞船离开水星，开始长达1年的返程。不过，大家都觉得我们已经把自身生命的一部分留在这颗星球上了。

不知过了多长时间，图拉拉隐约感到人群回来了，圣府大厅里一片闹腾。他努力喊奇卡卡，喊胡巴巴，没人理他，也许他并没喊出声，他只是在心中呼喊罢了。闹腾的人群逐渐离开，大厅里的骚动平息了。他悲怆地地想，我真的要在圣府中横死么？

能量渐渐流入体内，思维清晰了，有人给他换了能量盒。睁开眼，看见奇卡卡正怜悯地看着他。他虚弱地闪道：

“谢谢。”

奇卡卡转过目光，不愿与他对视，微弱地闪道：“你一直在低声唤我的名字，你说你有未了之事。我不忍心让你横死，偷偷给你换了能量盒。现在，你好自为之吧。”

奇卡卡像躲避魔鬼一样急急跑了，不愿意和一位丑恶的“横死复生者”待在一起。图拉拉感叹着，立起身子，看见奇卡卡为他留下四个能量盒，足够他返回到有光地带了。化身沙巫呢？他急迫地四处查看。没有了，连同他的神车都没有了。他想起胡巴巴临走说：要禀报教皇，迎回化身沙巫的圣体，在父星的光辉下唤他醒来。一阵焦灼的电波把图拉拉淹没，他已知道沙巫的身体实际上是很脆弱的，那些愚昧的信徒们很可能把他害死。他可是索拉人的恩人啊。

他要赶快去制止！这时他悲伤地发现，在经历了长期的半死状态后，他身上的金属光泽已经暗淡了。这是横死者的标志，是不可豁免的天罚。如果他不赶紧爆灭，他就只能活在人们的鄙夷和仇恨中。

但此刻顾不了这些，他带上能量盒，立即赶回戛杜里盆地。那是索拉星上最热的地方，所有隆重的圣礼都在那儿举行。

他爬出无光地带，无数横死者还横亘在沿途。他歉然地想，恐怕自己已没有能力实现来时的承诺，无力收敛他们了。进入有光地带后，他看到索拉人成群结队向前赶，他们的闪孔兴奋地闪烁着：化身沙巫的复生大典马上要举行了！图拉拉想去问个详细，但人群立即发现他的耻辱印，怒冲冲地诅咒他，用尾巴打他。图拉拉只好悲哀地远远避开。

一个索拉星日过去了，他中午时赶到戛杜里盆地的中央。眼前的景象令他瞠目，成千上万的索拉人密密麻麻地聚在圣坛旁，群聚的感情场互相激励，形成正反馈，其强度使每个人都陷于癫狂。连图拉拉也几乎被同化了，他用顽强的毅力压下自己的宗教冲动。

好在癫狂的人群不大注意他的耻辱印，他夹在人群中向圣坛近处挤去。神车停在那里，车门关闭着，化身沙巫的圣体就在其中，仍紧闭着双眼。人群向他跪拜，脑袋和尾巴猛烈地撞击地面。这种撞击原先是杂乱的，逐渐变成统一的节奏，竟使地面在一波波撞击中微微起伏。

教皇出来了，在圣坛边跪下，信徒的跪拜和祈祷又掀起一个高潮。这时，一个高级执事走上前，让大家肃静。竟然是奇卡卡！看来教皇对这位背叛科学投身宗教的人宠爱有加，他的地位如今已在胡巴巴之上了。奇卡卡待大家静下来，朗朗地宣布：

“我奉教皇敕令，去北极找到极冰中的圣府，迎来化身沙巫的圣体。此刻，沙巫神将在父星的光辉下醒来，赐给我们大的恩宠！教皇陛下今天亲临圣坛，跪迎沙巫大神复生！”

教皇再次叩拜后，奇卡卡拉开车门，僧侣上前，想要抬出化身沙巫的圣体。图拉拉此刻顾不得个人安危，闪孔里射出两道强光，烙在一名僧侣的背上，暂时制止住他。图拉拉发出强烈的信息：

“不能把他抬出来，那会害死他的！”他急中生智，又加了一句有威慑力的话，“是沙巫神亲口告诉我的，你们不能做渎神的事！”

人们愣住了，连教皇也一时无语。奇卡卡愤怒地转过身，大声说：“不要听他的，他是一个横死者，不许他亵渎神灵！”

人们这才发现他的耻辱印，立刻有一条尾巴甩过来，重重地击在他的背上。他眼前发黑，但仍坚持着发出下面的信息：

“不能让化身沙巫受父星的照射，你们会害死他的！”

又是狂怒的几击，他身体不支，瘫倒在地，仍有人狠狠地抽击他。奇卡卡恶狠狠地瞪图拉拉一眼，举手让众人静下来。迎圣体的仪式开始了。四个僧侣小心地把化身沙巫抬出车，众人的感情场猛烈地迸射、激励、加强，千万双闪孔同时感颂着沙巫神的大德和大能。

这种感情场是极端排外的，现场中只有图拉拉的感情是异端，他头疼欲裂，像是被千万根针刺着神经。他挣扎着立起上身，从人缝中向里看。化身沙巫的圣体已摆放在一个高高的圣台上，教皇领着奇卡卡、胡巴巴在伏地跪拜。图拉拉的神经抽紧了，他想可怕的事马上就要发生了。化身沙巫坐在圣台上，眼睛仍然紧闭着。在父星强烈的照射下，在720度的高温中，他的身躯很快开始发黑，水分从体内猛烈蒸发，向上方升腾，在他附近造成了一个畸变的透明区域。随之他的身体开始冒烟，淡淡的灰烟。然后，焦透的身体一块块迸脱，剩下一副焦黑的骨架。

教皇和信徒们都目瞪口呆，这是怎么回事？索拉人的金属身体从不怕父星的暴晒，那些未经爆灭的遗体能千万年保存下来。但化身沙巫的圣体为什么被父星毁坏？人们想到刚才图拉拉的话："不能让他受父星的照射，你们会害死他的。"他们开始感到恐惧。千万人的恐惧场汇聚在一起，缓缓加强，缓缓蓄势，寻找着泄洪的口子。

教皇和奇卡卡的恐惧也不在众人之下——谁敢承担毁坏圣体的罪名？如果有人振臂一呼，信徒们会把罪人撕碎，即使贵为教皇也不能逃脱。时间在恐惧中静止，恐惧和郁怒的感情场在继续加强。忽然奇卡卡如奉神谕，立起身来指着那副骨架宣布：

"是父星惩罚了他！他曾逃到极冰中躲避父星，但父星并没有饶恕他！"

恐惧场瞬时间无影无踪，信徒们的神经一下子放松了。是啊，圣书中确实说过，化身沙巫失去父星的宠爱，藏到极冰中逃避父星的惩罚。现在大家也亲眼看见是父星的光芒把他毁坏了。奇卡卡抓住了这个时机，恶狠狠地宣布：

“杀死他！”

他的闪孔中闪出两道杀戮强光，射向沙巫的骨架。信徒们立即仿效，无数强光聚焦在骨架上，使骨架轰然坍塌。教皇显然仍处在慌乱中，他没有在这儿多停，起身摩挲着奇卡卡的头顶表示赞赏，随后匆匆离去。

信徒们也很快散去。虽然他们用暴烈的行动驱走恐惧，但把暴力加在化身沙巫的圣体上，这事总让他们忐忑不安。片刻之后，万头攒动的场景不见了，只留下圣坛上一副破碎的骨架，一辆砸扁了的神车，一副白金雕像，还有地上一个虚弱的图拉拉。

图拉拉忍着头部的剧疼，挣扎着走到骨架边。灰黑色的骨架散落一地，头颅孤零零地滚在一旁，两只眼睛变成两个黑洞，悲愤地瞪着天边。片刻之前，他还是人人敬仰的化身沙巫，是一个丰满坚硬的圣体，转瞬之间被毁坏了，永远不可挽救了。图拉拉感到深深的自责。如果他事先能见到教皇，相信凭自己的声望，能说服他采用正确的方法唤醒沙巫——毕竟教皇也不愿圣体遭到毁坏呀。可惜晚了，来不及了，这一切都是由于缺少一个备用能量盒，是由于自己该死的疏忽。

他深深地俯伏在地，悲伤地向化身沙巫认罪。

他立起身，小心地搜集化身沙巫的骨架。为什么这样做？不知道，他没有什么目的，只是想以这种下意识的动作来驱散心中的悲伤和悔恨。只是到了两千年后，当科学家根据基因技术（在沙巫留下的大批光盘里有详细的解说）从幸存的骨架中提取了化身沙巫的基因并使他复活之后，索拉人才由衷地赞叹图拉拉的远见。

此后1000年是索拉星的黑暗时期，狂热的教徒砸碎了和科学有关的一切东西，连索拉人曾广泛使用的能量盒，也被当做渎神的奇技淫巧被全部砸坏。羽翼未丰的科学遭到迎头痛击，一蹶不振，直到1000年后才慢慢恢复元气。

沙巫教则达到极盛。他们仍信奉沙巫，但化身沙巫不再被说成沙巫大神的使者，他成了一尊伪神，一个罪神。信徒的祈祷词中加了一句：

“我奉沙巫大神为天地间唯一的至尊，

我唾弃伪神，他不是大神的化身。”

不过，沙巫教中悄悄地兴起一个小派别，叫赎罪派。据说传教者是一个横死后复生的贱民。他们仍信奉化身沙巫是大神的使臣和索拉人的创造者，他们精心保存着两件圣物，一件是焦黑的头骨，一件是白金制的塑像。赎罪派的教义中，关于沙巫之死的是非是这样说的：化身沙巫确实是沙巫的化身，原打算给索拉星带来无上的幸福。但他被索拉人错杀了，幸福也与索拉人交臂而过。

尽管新教皇奇卡卡颁布了严厉的镇压法令，但赎罪派的信徒日渐增多。因为赎罪派的教义唤醒了人们的良知，唤醒了潜藏内心深处的负罪感。对教庭的镇压，赎罪派从不做公开的反抗，他们默默地蔓延着，到处搜集与科学有关的一切东西：砸碎的能量盒，神车的碎片，残缺不全的图纸和文字等。在那位180岁的赎罪派传教者去世后，再没人能懂得这些东西，但他们仍执着地收藏着，因为——传教者说过，等化身沙巫在下一个千禧年复活时，它们就有用了。

赎罪派只尊奉圣书的旧约篇而扬弃新约篇。他们在旧约篇上加了一段祷文：

“化身沙巫越权创造了索拉人，父星惩罚了他。

索拉人杀死了化身沙巫，你们得到父星的授权了吗?

索拉人啊，

你们杀死了自己的生父，你们有罪了；

你们要世世代代背负着原罪，直到化身沙巫复生。”

为促进中国本土科幻文学更好发展，《虫》MOOK系列图书面向全球华语科幻作者、书迷广泛征集科幻短篇、中篇、长篇原创作品。

我们郑重承诺，对于来稿每稿必复。

投稿邮箱： bfwhzf@163.com

科幻作者、读者交流群： QQ群1：16812541

QQ群2：28184811

扫一扫走进科幻，关注《虫》MOOK更多资讯。